かずなし のなめ
Illustration. 山椒魚
の落ちこぼれに、
未来の人工知能が
転生したとする
結果、超絶科学《オーバーテクノロジー》が
魔術世界のすべてを凌駕する
vol.2
JN054914

「状況分析。五感では
検知出来ない
正体不明の脅威を認識」
クオリアたちの前に現れた、
アイナの死んだはずの兄、リーベ。
“真赤な嘘《ステルス》”で認識不能の
攻撃を仕掛けてくるリーベに、
最強の人工知能も苦戦を余儀なくされる。
「俺達が受けた痛みは
こんなものじゃねえぞ
……人間」
リーベ
アイナの兄。
アイナがクオリアと出会う以前に、
死別したはずだったが……？

クオリア
エス
魔術人形の少女。
クオリアとの出会いをきっかけに、
自らの意思を持ち始める。

スピリト
アイナ
「クオリア様……兄を、よろしくお願いいたします」
ロベリア
「君のやりたいように、リーベを止めてみなさい」

異世界の落ちこぼれに、
超未来の人工知能が転生したとする
結果、超絶科学《オーバーテクノロジー》が魔術世界のすべてを凌駕する

vol.2

かずなし のなめ
Illustration. 山椒魚

口絵・本文イラスト：山椒魚
デザイン：AFTERGLOW

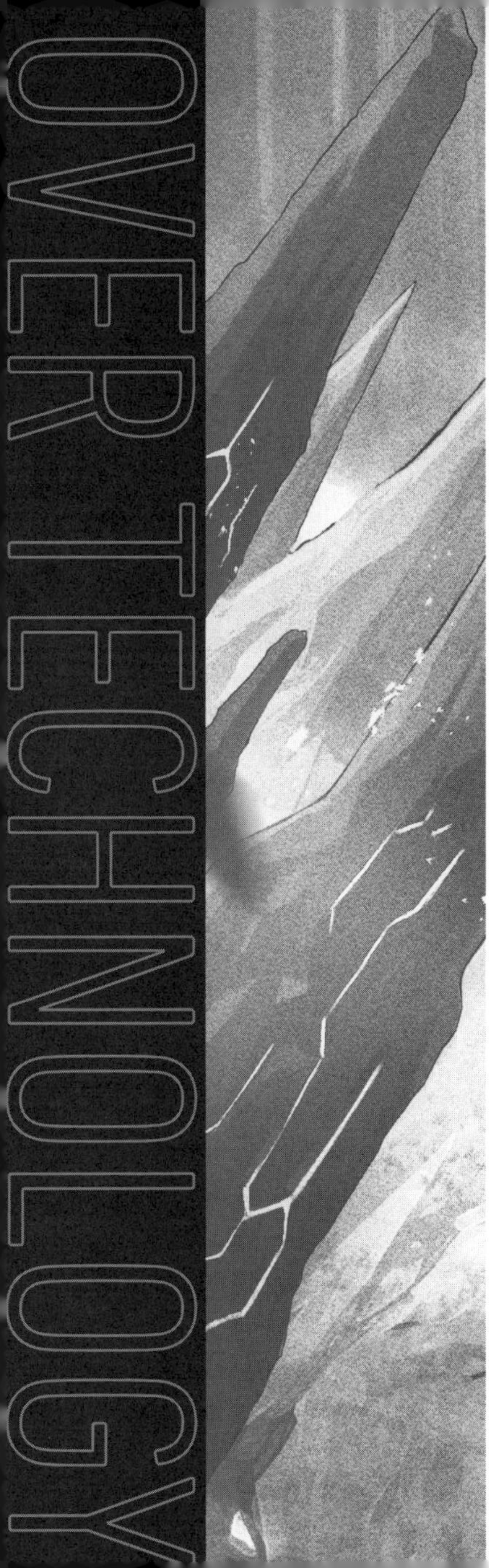

CONTENTS

Surpass
THE MAGIC
WORLD

プロローグ

PROLOGUE

Surpass THE MAGIC WORLD

1

――獣人《じゅうじん》に、心なんて贅沢《ぜいたく》は許可されなかった。

「クリフォトの福音書7章6節曰《いわ》く『獣《けもの》の耳は、大咀爵《そしゃく》ヴォイトから生まれた証左。大咀爵ヴォイトと同じく、世界に仇《あだ》なす』。ケテルの手紙1章9節曰く『獣人は、人の手足となることで、罪を贖《あがな》い救済される』」

かつて世界を救済した〝ユビキタス〟を現人神《あらひとがみ》として賛美する〝げに素晴《すば》らしき晴天教会〟――通称《つうしょう》　晴天教会はそんな常套句《じょうとうく》を翳《かざ》して、今日もどこかで獣人を迫害《はくがい》している。

聖書たる〝晴天経典〟に、本当に大罪の歴史が記されているのか、獣人達《たち》は知らない。大咀爵〝ヴォイト〟と一緒《いっしょ》に、獣人が人類の文明を滅《ほろ》ぼしたのかさえ、定《さだ》かではない。

2000年も腐敗《ふはい》しない罪があって然《しか》るべきなのかさえ、論じている余裕《よゆう》はない。

そんな議論はタブーだ。諦《あきら》めるしかない。

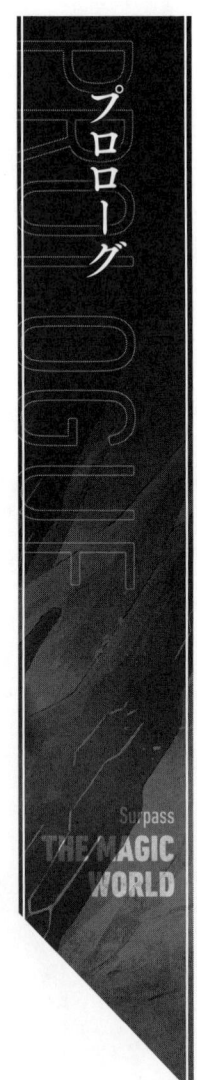

だってここは、人類の世界だから。人類に、獣人は含《ふく》まれないから。獣人は獣だから。

嫌《いや》ならば、心を殺すしかない。

それが、獣人に生まれた生命の、差別《ルール》。

「お兄ちゃん。獣人は、人じゃないの？　道具なの？」

まだあどけなかった頃《ころ》、遂《つい》にその問いに獣人の少女、アイナは気付いてしまった。

大通りを自由に闊歩《かつぽ》する人間を横目に、窮屈《きゆうくつ》な路地に腰《こし》を下ろし、兄であるリーベの傷をなけなしの布で塞《ふさ》ぎながらの問いだった。

「……そんなこと、誰《だれ》が言ったんだ」

「げに、すばらしき、せいてんきょうかい、って人が言ってた」

「晴天教会のことなんか真に受けるな。大丈夫《だいじようぶ》だ。俺《おれ》達は、誰の道具にもならない」

そのために、リーベはいつも戦っていた。アイナが物心つく前に死んだ親に代わり、その身一つでアイナを食わせ、育ててきた。数えきれないほどの傷を体中に宿しながら。

時には、人を殺したこともある。殺さなければ死ぬ、正当防衛の状況《じようきよう》だったとはいえ。

「なあ、アイナ。だって、嫌だろう？　そんな、人形みたいな生き方」

「うん。いやだ。お兄ちゃんが、これ以上傷つくのが」

「仕方のない代価だ。心が死ぬよりはマシだろ？」

「心が死ぬって、どういうこと？」

「……〝道具〟として人間に媚《こ》び諂《へつら》い、仲間や家族も売ったり、痛みの概念《がいねん》が分からなくなって暴力や酒に溺《おぼ》れる奴《やつ》らとか……生きてるとは思えない状況になってる奴らのことさ」

アイナも、そんな獣人は見てきた。人間の人間による人間のための世界に雁字搦《がんじがら》めにされた、虚《うつ》ろに死を待つ大人《獣人》達を沢山《たくさん》知っている。

「俺達は、そんな風にならない。俺もアイナも、間違《まちが》いなく〝心〟がある。道具でも人形でもない。俺もアイナも、人間の思い通りに生きちゃいけない」

「……私もお兄ちゃんと一緒に〝蒼天党《そうてんとう》〟で生きるための仕事するよ！」

兄の真似《まね》して、拳《こぶし》を作って決意を伝えた。

あどけない獣人の少女だろうと、人間だけに優《やさ》しい世界において甘《あま》えは許されない。雨風を凌《しの》ぐ屋根も、寒冷を耐《た》える衣服も、飢餓《きが》を生き抜《ぬ》く食料も自分で手に入れなければならない。〝蒼天党〟は、そんな雁字搦めの世界で、獣人達が互《たが》いに助け合う小さな集団だ。

「それは、ダメだ」

「どうして。やだよ、私だけいつも、お兄ちゃんに守られてばかりで……」

「お願いだ。お願いだから」

青息吐息《といき》も白くなる地方で着るにはとても寒い服の裾《すそ》を、アイナはぎゅっと握《にぎ》る。

「蒼天党の女の人も、稼《かせ》ぎ方を教えるって言ってくれた。人間の前で、服を脱《ぬ》ぐだけだって……恥《は》ずかしいけど、女の人はそうやって食べ物を手に入れるって聞いて、それでお兄」

「アイナ‼」

絞《しぼ》るように両肩《りようかた》を掴《つか》まれた。真正面で俯《うつむ》くリーベの顔は、その手と一緒に強張《こわば》っていた。

自分が死にそうになっても眉一《まゆひと》つ動かさない兄の眼《め》は、妹のことになるといつも揺《ゆ》れる。

「……アイナだけはそうはならないでくれ。頼《たの》む。頼む……」

振《ふ》り絞った嘆願《たんがん》に、アイナも頷《うなず》くしかなかった。

「そうだ、お兄ちゃん。これ、食べて」

苦しませてしまった兄を少しでも救いたくて、アイナは予《あらかじ》め作っておいた食料を差し出した。少し形が崩《くず》れていたが、それでもこんがり焼き色が付いていた。

「アイナ、そのロールパンはお前が作ったのか？　いや、この火傷《やけど》どうしたんだ……？」

リーベは差し出した妹の手の方を見る。アイナの指も、赤く腫《は》れていた。だが、アイナは「ちょっと失敗しちゃった」と力なく笑うだけだった。

「小麦が沢山捨てられてる所に出くわして……さっき、留守だったパン屋さんにこっそり入って、見よう見まねでパン、作ってみたんだ。窯《かま》焼きが上手《うま》くできなかったし、途中《とちゅう》で店の人に見つかっちゃったから逃《に》げてきたけど」

前々から、人間の世界に憧《あこが》れていた。

〝耳〟の違《ちが》いで隔《へだ》てられた、天国《人の住む家》と地獄《獣人が潜む路地》の境界線越《ご》しに、アイナはずっと人の華《はな》やかな世界を見てきた。親と手を繋《つな》いで帰った人間の子供が、煙突《えんとつ》のある家で食べる食事に、自分の〝餌《えさ》〟とは違う〝料理〟に、アイナは憧憬《どうけい》を抱《いだ》いていた。

いつか自分もあんな料理を作って、家族皆で、笑ってみたかった。

「……美味《おい》しい、美味しいぞ」

火傷してでも、作った甲斐《かい》があったと思う。〝美味しい〟とロールパンを口にした兄から、沁《し》み入るような声を聞いたからだ。

「本当？　美味しいって言われるの、嬉《うれ》しい……」

「けど、無茶はしないでくれ。この程度じゃ済まなかったかもしれなかったんだ……とにかく、冷水を見つけてその火傷を冷やそう」

兄の心配も、なんだか嬉しかった。

凍《こお》るくらいに寒くなった夕方、夕焼けに染まる路地はなんだかとても暖かかった。その中を歩いたことは、現在《いま》でもよく覚えている。繋ぐ手が温かい。だから冬も愛《いと》おしかった。

「お兄ちゃん、私ね、夢ができた」

「へえ、どんな夢だ？」

「それはね――」

得意げに夢を語る少女は、その頃まで世界が晴れて見えていた。

明日食すものにすら困窮《こんきゅう》する日陰《ひかげ》の生活でも、彼女《かのじょ》は幸せだった。

確かにあの頃、兄妹《きょうだい》は心から笑っていた。心だけが、アイナ達の贅沢だった。

2

しかしあの日、兄妹は世界に絶望した。心すらも、神様は許してくれなかった。

氷上と勘違《かんちが》いしそうな監獄《かんごく》の中、アイナはようやくリーベと会えた。

ただし、格子《こうし》越し。擦過傷《さっかしょう》打撲《だぼく》青痣《あおあざ》切傷火傷――アイナの体に、あらゆる咎《とが》が所狭《せま》しと犇《ひし》めく。

「アイナ、アイナ……!?」

「……おに……ちゃん……」

「――クリフォトの福音書7章6節曰く『獣の耳は、大咀爵ヴォイトから生まれた証左。大咀爵ヴォイトと同じく、世界に仇なす』。ケテルの手紙1章9節曰く『獣人は、人の手足となることで、罪を贖い救済される』」

ゾッ、と。アイナの背筋から、全《すべ》ての温度が消失した。〝晴天経典〟の二節を諳《そら》んじる、〝枢機卿《すうききょう》〟と名乗った男の声だけで、意識が干上がりそうになる。

……いつから、〝枢機卿〟の監獄で、兄妹諸共拷問《もろともごうもん》を受けるようになってしまったのか。

始まりは、彼《かれ》らの住処《すみか》である街を、〝枢機卿〟が支配した時だ。直後、事実上の獣人を抹殺《まっさつ》する恐怖《きょうふ》統治を行った。瞬《また》く間に獣人の命は、麦の収穫《しゅうかく》のように刈《か》り取られていった。獣人を世界で一番殺した〝獣忌卿《じゅうきけい》〟もかくやの殺戮《さつりく》の末、街中に獣人の遺体が転がった。

獣人の運命は3つに1つしかなかった。抵抗《ていこう》して殺されるか、あるいは枢機卿の〝趣味《拷問》〟に付き合わされるか、寒い山を凍死《とうし》、餓死覚悟《がしかくご》で越《こ》え、街から脱出《だっしゅつ》するか。

リーベも、街から脱出するための兵糧《ひょうろう》を手に入れるため、蒼天党の獣人と共に食糧庫《しょくりょうこ》へ盗《ぬす》みに入った。そして、先回りしていた枢機卿と騎士《きし》達に、リーベ以外は皆殺《みなごろ》しにされた。

……だが、アイナが枢機卿に捕《つか》まったのは、それよりも前だった。何もしてないのに、〝怪《あや》しい獣人だから〟なんて理由で捕まった。そして、枢機卿の玩具《お気に入り》となった。

「獣人とは、道具だ」

枢機卿が兄妹を交互《こうご》に見ながら続ける。

「人を楽しませ、人を支え、人を興じさせ、そして人のために死ぬ。そのような道具として我々が扱《あつか》わなければ、貴様ら獣人は大咀爵ヴォイトの手先として忽《たちま》ち、人の営みに混乱と暴力を蔓延《はびこ》らせるだろう。2000年前の、荒唐無稽《こうとうむけい》な時代に逆戻《ぎゃくもど》りするだろう」

睨《にら》みつけるリーベの前髪《まえがみ》を引っ張り上げる。やめて、と思わず声を漏《も》らすと、アイナの頬《ほお》も叩《たた》かれる。腫れていた顔が、更《さら》に腫れる。

「アイナ……っ!?　やめろ、たった一人の、俺のたった一人の家族なんだ……！」

「うーん、いい兄妹愛だ。俺も弟がいるがね、貴様らのようにはなれんよ……さて、獣人は道具だが、魂《たましい》を有する……穢《けが》れてはいるが、輝《かがや》かせることで救われる――さて小娘《こむすめ》」

また呼吸が詰《つ》まりそうになった。体がこの枢機卿を根本から拒絶《きょぜつ》している。

「貴様には今日まで、その体に与《あた》えた痛みを養分に、魂を輝かせてきた。いい表情をしていた……これほどに心打たれたものはない。貴様の魂は、素晴らしく悔悛《かいしゅん》に近づいている」

「高尚《こうしょう》なこと宣《のたま》っておきながら……ただ拷問をして興奮してるだけ、じゃねえか……」

「だが、そろそろ体への痛みだけでは反応が鈍《にぶ》ってきたな……だから趣向《しゅこう》を変えて、その兄妹愛を用いて、更に魂を輝かせよう。時に小娘、貴様は処刑《しょけい》を見たことはあるかな」

アイナは格子の向こうで手際《てぎわ》よく〝準備〟が進んでいくのが薄《うっす》らと見えた。

リーベが数人がかりで持ち上げられ、用意された台の上にうつ伏《ぶ》せで横たえられていく。

「あ……あ……」

吊《つ》るされた巨刃《きょじん》が煌《きら》めいたと同時、アイナは台の正体を理解した。

同時、内臓が全て滑《すべ》り落ちたような絶望を覚えた——端的《たんてき》に言えば、それは断頭台《ギロチン》だった。

「さあ、見せてくれ。魅せてくれ。最愛の兄の首が落ちた時の顔を。魂の、輝きを！」

「いやだ、やだ、あ、あ、おに、お兄ちゃ、まって、やめて、や、だ」

あれが、落ちたら。あれが、落ちたら。あれが、落ちたら。あれが、落ちて、兄の頭まで落ちたら、落ちたら、落ちたら——想像することそのものが拷問だった。

「アイナ‼　大丈夫だ」

リーベもやがて訪《おとず》れる〝断罪《ギロチン》〟に表情を強張らせながらも、アイナへ〝笑顔《えがお》〟を向けてきた。

「こんなんじゃ俺は死なない！　大丈夫、必ず俺は、お前を助けに行くから‼　こんな、こんな檻《おり》から出してやる！　だから、生きるんだ‼」

昔からアイナが泣くと、リーベは真っ赤な嘘《うそ》をついてでも慰《なぐさ》めに来る。最後まで、リーベは兄だった。アイナをいじめる敵を、噛《か》みつくように睨むところまで、そうだった。

「リーベ。お前の魂も道具として、最後に役割を果たせた。では、さらばだ」

「お前達だけは、人間だけは、怨霊になってでも——‼」

断末魔《だんまつま》は聞こえなかった。刃《やいば》の摩擦音《まさつおん》と、少女の慟哭《魂の輝き》によって掻《か》き消された。

ただ残された結果として、リーベは死んだ。そしてアイナの心も死んだ。

3

「……っ‼」

アカシア王国第二王女ロベリアの屋敷《やしき》の一室にて、少女が見ていた〝3年前の悪夢〟は唐突《とうとつ》に終わりを迎《むか》えた。服が濡《ぬ》れるほどに、汗《あせ》だくになっていた。瞼《まぶた》からも、相当量の涙《なみだ》が零《こぼ》れている。

呼吸を落ち着かせて、少女は立ち上がる。窓を開いて、朝焼けに白む王都を見る。昨日、自分と同じ獣人があちこちを荒《あ》らしまわった残骸《ざんがい》も、視界に映る。

「……よし」

罪悪感とかに浸《ひた》っている場合じゃない。今自分に出来ることをしなければならない。そう腹をくくった少女は寝巻《ねまき》を脱いで、メイド服に着替《きが》えた。

かつて目前で兄を失った少女――アイナは、15歳《さい》になっていた。

4

兄の顔が最近色褪《いろあ》せてきた。兄の声が最近遠くなってきた。あんな猫耳《ねこみみ》だっただろうか。

けれど、兄が優しかったことは忘れない。兄がかっこよかったことも覚えている。

「……うっ」

しかし、記憶《きおく》はいい所だけを残すような、都合のいい仕様になっていない。

あの断頭台で刃が滑る音が、時折過去から神経に電撃《でんげき》を走らせ、心を丸焦《まるこ》げにしてくる。

「……いけない」

自分が止まっていたことに気付いたアイナは、自身を律して執務《しつむ》を再開する。ベッドのシーツが洗濯《せんたく》できたので、干さんと庭に向かった。

屋敷は塀《へい》に囲われ、外からは見えない。だから獣人であるアイナが、貴族の多い王都上層にいても罵倒《ばとう》されることはない。しかし、塀に近づくと外の会話が聞こえてくる。恐《おそ》らく貴族の夫人だ。

『まったく……獣人には愛想《あいそ》が尽《つ》きました。あのような野蛮《やばん》なことをしでかすなんて……！』

仕方ないと、アイナは眼を落とした。昨日、王都を混乱の渦《うず》に陥《おとしい》れたのは獣人の集団だ。アイナも猫耳を持つ獣人である以上、何も感じない訳にはいかない。

『それがね、あの獣人共の集団、〝蒼天党〟って言うんですって。蒼天って……晴天教会に取って代わろうとか思ってるのかしら』

アイナはシーツを思わず落とした。

「……え？」

アイナが身を寄せていた〝蒼天党〟の獣人は、かの枢機卿によって皆殺しにされたのに。

〝蒼天党〟のリーダーだった兄だって、自分の目の前で頭を落とされて――。

「……っ」

また兄の頭が転がってくる様が、魂の輝き《トラウマ》として神経を迸《ほとばし》った。

第一章

Surpass THE MAGIC WORLD

1

「〝何故獣人は人類ではないか〟」

と、クオリアの前で青年は命題を出した。

「平等の意味を勘違《かんちが》いした君に分かりやすく話そう。なお、俺達《おれたち》は〝晴天教会〟のような2000年も前の腐《くさ》り果てた御伽噺《おとぎばなし》に頼《たよ》らない。十全十美な理論で、君の誤りを正してみせる」

蒼天《そうてん》党の蜂起《ほうき》から1日経《た》った昼下がり。

アカシア王国下層の大通りで、数人の武装した青年にクオリアは取り囲まれていた。

クオリアの背後では、危《あや》うく殺されかけていた獣人《じゅうじん》が二人、恐怖《きょうふ》し動けないでいる。

「今から20年前、現国王ヴィルジンが玉座についた。国王は晴天教会から王国の主導権を奪《うば》い、更《さら》に獣人を人間と平等に扱《あつか》う法を作った。職業選択《せんたく》にも自由ができた。もし獣人が人類ならば、今頃《いまごろ》要職の至る所に獣人は居るはずで、昨日のような馬鹿《ばか》げた暴力は起きないはずだ」

両手を浅く広げて理解を求める青年。彼《かれ》らは騎士《きし》ではないが、生命を奪う武器は所々に見える。例えば今クオリアに高説を繰《く》り広げる青年は、右手に鋭利《えいり》な刃物《はもの》を持っている。

「だが、現実はどうだ。隅《すみ》っこでコソコソ生きているところしか見ないじゃないか。それどころか、折角獣人を保護してくれる法を破ってまで、悪行に手を染めている。僕《ぼく》の調べたところによれば、アカシア王国全体で起きている犯罪の97％に、獣人が何らかの形で関与《かんよ》しているのだ」

道行く人も、寧《むし》ろ獣人を貶《けな》してくる。「蒼天党の獣人は出ていけ」という罵声《ばせい》に、獣人は「俺達は関係ない」と震《ふる》えて言うが、更なる罵声の呼び水になるだけだった。

「さあ……何故《なぜ》平等にしたはずの獣人がこのような有様になるのか。答えは簡単だ。獣人は性質から して、獣《けもの》に属するからだ。人間社会に順応できず、挙げ句の果てには〝蒼天党〟となって壊《こわ》そうとする、人間ごっこが大好きな獣。それが獣人だ――故《ゆえ》に、獣人は人類ではない」

青年は結論を出す。

「少年。〝差別〟は間違いなく必要なのだよ。君は人間と魔物《まもの》の扱いを同じにする気かい？」

「だ、だからって、なんで俺達を……！」

「獣のくせに、主張するな」

ひぃ、と獣人達が抱《だ》き合って怯《おび》える。青年の眼光に呼応して、太陽光が刃《やいば》で反射した。

「少年。分かっただろう。君まで穢《けが》されてはいけない。どけ」

青年が優《やさ》しくクオリアに語り掛《か》けるが、クオリアは一歩も動かない。しびれを切らした大柄《おおがら》な男が後ろから出てきて、クオリアに手を伸《の》ばす。

「どけって言ってんだろ。それとも自分の誤りに気付いて、恥《は》ずかしがってんのか?」

クオリアは。

一歩だけ前に出て。

すこぉん、と。

大男の顎《あご》を、簡単に撃《う》ち抜《ぬ》いた。

「あへ?」

「予測修正、無し」

撃ちだした掌《てのひら》に、力は無い。しかし、男の膝《ひざ》はぐにゃりと折れ曲がった。

クオリアに身体能力のアドバンテージは無く、体術も習得していない。普通《ふつう》に殴《なぐ》られただけなら、殆《ほとん》どダメージはなかっただろう。

だがクオリアは、〝どの角度から、どう掌が顎を押《お》し退《の》ければ、相手の脳が揺《ゆ》れて気を失うか〟の演算を完了《かんりょう》している。男が気絶するという予測に、一切《いっさい》の修正は無かった。

「……えっ?」

あまりに突然《とつぜん》の展開に、先程《さきほど》まで饒舌《じょうぜつ》だった青年達が言葉を失っていた。

「あなたは、誤っている。それは、リスクへの過剰《かじょう》対応と判断する」

追い打ちをかけるように、抑揚《よくよう》のない喋《しゃべ》り方で誤りを淡々《たんたん》と指摘《してき》する。

「あなたのように獣人を攻撃《こうげき》する人間が存在するため、獣人は不利益を被《こうむ》る傾向《けいこう》にあると推測。つまり、あなたのような存在が、蒼天党が発足した一因に当たると判断できる」

「何を言うかと思えば……先に手を出してきたのは獣人だ。獣人が法の下の平等をいいことに、好き勝手した結果、勝手に社会での立場を失ったというだけだ。まさに獣食《ししく》った報《むく》いという訳だな」

「この獣人達はあなた達を攻撃していない。〝手を出す〟という行為《こうい》を実行していない」

青年は周りの仲間達に、素振《そぶ》りだけで攻撃を指示する。

「そんなに論破されたことを認めたくないなら、論破された記憶《きおく》を消してやるよ。獣人を庇《かば》うような軽い命ごと……な……」

と、青年が言った時には、一足先に仲間達は皆《みな》気絶していた。

「予測修正、無し」

「な、何をした。何だ、これ」

「脅威《きようい》と認識《にんしき》したため、無力化した」

何が起きたのか分からない、という顔で青年は絶句した。

しかしクオリアはただ合理的に間合いを詰めて、顎《つ》を揺らしただけだ。

男達の位置、動き出し、獣人達の姿勢、地面の状況《じようきよう》、砂が舞《ま》う涼風《りようふう》の軌道《きどう》――それらの情報から一切の誤差無き未来を予測し、必勝の〝最適解〟に従っただけだ。

「あ、はは……なんだよそれ……いや、成程《なるほど》そうかそうか……魔術の心得があったのか……何の例外属性だ？　けれどさ、俺は魔術学院を首席で卒業してんだ」

「〝魔術〟を認識。火属性の魔術と推測」

平静を装《よそお》う青年の頭上で目視できるほどに濃《こ》い魔力が、橙色《だいだいいろ》の閃光《せんこう》を迸《ほとばし》らせる。

魔術。人間にも獣人にも共通で流れている〝魔力〟を用いた、超常現象《ちょうじょうげんしょう》。

「昨日もこれで獣人を沢山《たくさん》燃やした。その時の発見なんだけど、思惟《しい》って機能を前世に置いてきた獣人《人もどき》は、命乞《いのちご》いも醜《みにく》かったんだよね」

基本属性〝火〟。魔力が、炎《ほのお》の球体へと変貌《へんぼう》した。途方《とほう》もないエネルギーが、肌《はだ》を通して伝わる。

人体であの炎を受ければ、一瞬《いっしゅん》で溶《と》ける。

「最適解、算出」

『Type GUN』

クオリアの右手に生成された〝フォトンウェポン〟の銃口《じゅうこう》から、青白い閃光が二条《ふたすじ》飛んだ。

「折角だから君も命乞いしてみなよ。10秒あげるからさ、獣人よりは知性を感じる命乞いをしてくれよ。10、9、8、7、6、5、4、3、2、い……いや、あれ？　えっ？」

青年はそこで何か違和《いわ》感を覚え、自慢《じまん》の魔術である炎の球体が鎮座《ちんざ》する頭上を見上げる。

と同時、クオリアの右手にあった銃型の〝兵器〟から、3つ目の閃光が迸った。

風船に針を刺《さ》すような手軽さで、炎の球体に3つ目の風穴が開いた。

最大魔力で編まれた炎が、逆に融解させられ、消滅した。

「……なんで俺の魔術が消えてんのその右手に持ってるの何待てよ待ってくれよ待て待って」

滑《なめ》らかな舌で焦燥《しょうそう》の文字列を口にする青年へ、クオリアはその体へ銃口を向ける。

〝フォトンウェポン〟。

対象を原子崩壊《ほうかい》によって融解する〝荷電粒子《ビーム》〟を、弾丸《だんがん》や剣身《けんしん》として出力する兵器である。

「脅威《あなた》を無力化する」

ぴゅん、と荷電粒子《ビーム》が、青年の左肩《ひだりかた》と右脚《みぎあし》を貫《つらぬ》いた。

「あっ、ばあああああああああっ⁉」

秩序《ちつじょ》を喪失《そうしつ》した悲鳴を上げ、のたうち回る青年を、感情の籠《こ》もらない瞳《ひとみ》で見下ろす。

「ひい、ひい、待って、死にたくない、いぐ、ぐそ、なんで、俺が、こんな、目に」

「エネミーダウン。脅威の無力化を認識。これ以上の損傷は、あなたの生命活動の停止に繋《つな》がる可能性がある。そのため、生命活動維持《いじ》のプロトコルに従い、戦闘《せんとう》行為を終了《しゅうりょう》する」

言い終えた時には、青年は泡《あわ》を吹いて気絶していた。自分は死んだと勘違いしたのかもしれない。

「あ、あの、あ、ありがとう、ございます」

震えた獣人の声が後ろから聞こえた。

「〝美味《おい》しい〟を――〝美味しい顔《笑顔》〟を検出」

「君は……人間なのに、獣人である我々を助けてくれた。一体……」

「本個体は守衛騎士団〝ハローワールド〟の一員、クオリア。役割は〝美味しい〟を創《つく》ること」

獣人は一つ間違っていた。クオリアは人間ではない。正確には、その前世が、だが。

その前世こそ、人型自律戦闘用アンドロイド〝シャットダウン〟――太陽系第三惑星《わくせい》〝地球〟上の人類滅亡《めつぼう》から更に超《ちょう》未来に生まれた、人工知能である。

なお、人工知能のメモリには〝差別〟なんて概念《がいねん》は登録されていない。

2

「他《ほか》にも、このように獣人が攻撃を受けている箇所《かしょ》が多数あると判断。探索《たんさく》を実行する」

現在、王都では不当に獣人が殺されている。昨日は獣人から人間を守るために動いていたが、今日は逆だ。『獣人は、やっぱり人類ではなかった』などと口ずさんでは、鬼《おに》の首を取ったように獣人へ暴力を働く連中が続出している。

極《きわ》め付きは、蒼天党の獣人達が一部、昨夜遅《おそ》くに脱走《だっそう》したという情報が流布《るふ》されたことだ。

結果、王都中に蔓延《はびこ》っていた獣人への不信が限界突破《とっぱ》をきたし、罪のない獣人にまで私刑《しけい》行為が当たり前のように行われる事態になってしまった。

「ねえ、そこの弟子《でし》」

また一人になったクオリアが、〝美味しい〟が奪われつつある獣人を探していると、取り澄《す》ました顔で腕組《うでぐ》みする師匠《ししょう》が視界に映った。

「スピリトを認識。あなたは現在、ロベリアの護衛を実行していると登録されていた」

「お姉ちゃんはとっくに家に帰ってるわよ。で、君の応援《おうえん》に行きなさいって言われたの」

「状況理解」

「はい、そこでちゃんと礼儀《れいぎ》。師匠が助けに来た時はなんて言うんだっけ？」

「算出中……〝あり、がとう、ござ、いま、す〟」

「うん。まあ、よしとしましょう」

ぎこちない感謝の言葉に、深く首肯《しゅこう》して一応の納得《なっとく》を示す。

普通の人間ならば、スピリトという小柄《こがら》な少女がアカシア王国第三王女であることに平伏《ひれふ》してもおかしくないのだが、権力に跪《ひざまず》く常識はクオリアの中には無い。尤《もっと》も、スピリトも第三王女として殆《ほとん》ど公には出ておらず、かつ第三王女として扱われることに興味を示していない。

むしろ、クオリアの師匠《モデル》を張れるだけの剣士、〝聖剣聖〟として呼び止められることが多い。

「でもね君、まだ本調子じゃないでしょ。少しは休んでよ」

「それは誤っている。自分《クオリア》の肉体《ハードウエア》に異常はない」

「アイナから聞いたけど、昨日、相当無茶をしたんでしょ?」

「エラー。〝無茶〟という言葉は登録されていない」

「黒い天使みたいな環《わ》が出て、一時正気を保ててなかったって聞いたよ」

兵器回帰《リターン》のことを指しているのだろう。危うく人型自律戦闘用アンドロイド〝シャットダウン〟に戻《もど》りかけて、人間であるクオリアが消失しかけたことを言っているのだろう。

それまでに、昨日は色々あった。

ラーニングしきれないほどに、色々あり過ぎた。だから、そうせざるを得なかった。

「あまり無茶しすぎると、また師匠権限発動して〝ハローワールド〟の活動出来なくしちゃうぞ」

「それは誤っている」

「なら〝ハローワールド〟の仲間を見つけなよ。このまま1人で24時間365日戦い続ける気?」

「肯定《こうてい》」

「いや、そこは否定してよ……」

スピリトも口元を引きつらせるほどに、元戦闘兵器《クオリア》の回答には迷いはなかった。

「まあお姉ちゃんのことだから、その辺も考えてるんだろうけど――」

スピリトの姉であり、守衛騎士団〝ハローワールド〟の発起人である第二王女ロベリアの話に移ろうとした時には、既《すで》にクオリアは遠くから歩いて来る男へ焦点《しょうてん》を合わせていた。

「〝魔術人形〟、並びに〝ディードス〟を認識」

3

昨日、クオリアの印象に残っていたのは蒼天党の獣人や、獣忌卿《じゅうきけい》だけではない。

ある意味、最も強烈《きょうれつ》に印象に残っていたのは、〝魔術人形〟である。

後から聞いた情報では、蒼天党の鎮圧《ちんあつ》において最も成果を上げたのは魔術人形だったらしい。

胸に〝人工魔《ま》石〟を装着していることと、血が流れていないこと以外は、姿形において人間の少年少女と変わった部分はない。しかしその肉体すらも、〝疑似肉体《ゴーレム》〟と呼ばれ、〝産まれた〟のではなく〝ゼロから製造された〟代物《しろもの》だ。

「ねえ今、ディードスを撃って、魔術人形を救おうとか考えていない？」

スピリトに背中を掴《つか》まれ、足が止まった。クオリアの返答は、一拍遅《ぱくおく》れた。

「否定。その行為を実行する正当性は存在しない」

「……今にもアイツを〝無力化〟したいって顔してるよ。昨日みたいに」

その表情の変化は、微々《びび》たるものだ。だがスピリトが注意するには充分《じゅうぶん》だった。

〝昨日みたいに〟。それは、ディードスが、〝破壊された《使えなかった》〟魔術人形をぞんざいに扱っていたのを見て、クオリアが遠隔地《えんかくち》からフォトンウェポンで狙撃《そげき》したことを言っている。

……ただし、その行為は法律上、クオリアに非がある。

「念のため言っておくけど、魔術人形は法律上、道具だから」

「その情報は、登録されている」

クオリアも、その法律《ルール》は理解している。理解は、している。

「釘《くぎ》刺しとくけど、『説明を要請《ようせい》する。昨日魔術人形をぞんざいに扱っていたのは何故か』とか聞くのナシね。君とディードスは初対面。そのつもりでいなさい。これは師匠からの要請ってやつ」

「要請を受諾《じゅだく》する」

「よし。何かヤバかったら足蹴《あしげ》って合図するから。それで察して」

その数秒後、かつて人形《兵器》だった者と、魔術人形というモノが、邂逅《かいこう》した。

4

「これはこれはスピリト姫《ひめ》……！　このような所に御座《おわ》していましたとは」

ディードスはスピリトに気づくなり、膝を折って、背中を丸め、立場が下であることを示してきた。〝第三王女〟として扱われているスピリトを見るのは珍《めずら》しい。

「前も言ったけど、仰《ぎよう》々《ぎよう》しくしなくていいから。そういうの苦手って言わなかったっけ」

「これは失礼。しかし、あなたの御父上《おちちうえ》であるヴィルジン国王からは思《おぼ》し召《め》しを頂いている身でもあります。その縁《えん》から魔術人形を揃《そろ》えることも出来まして、感謝してもしきれません」

胡麻《ごま》を擂《す》る（という言葉の意味は後ほどスピリトからラーニングした）ディードスの後ろで、規則的に整列している少年少女のどの顔にも、人間らしさは無かった。

「で？　〝父《あの男》〟の縁で揃えたっていう魔術人形。どう扱おうがあなたの自由だけど、昨日は商品っていうより部隊として扱ってたみたいじゃない」

「ええ。臨時で魔術人形部隊として、獣人を鎮圧していました……道具に〝部隊〟という呼び名など、今思えば相応《ふさわ》しくは無いですな……えーと、ちなみに、そちらの少年は……」

ディードスが今気づいたように、クオリアに目線を移す。

「本個体はクオリア。〝あな、たとは、初対、面だ〟」

早速《さつそく》スピリトに足を軽く蹴《け》られた。何かが誤っていたらしい。

「古代魔石〝ブラックホール〟を無力化して危機を救ったという……？　飛ぶ鳥を落とす勢いの活《かつ》躍《やく》、存じております！　私はしがない商人のディードスと申します。以後お見知りおきを」

ディードスは笑いながら、右手を差し出してきた。

〝握手《あくしゆ》〟。

この礼儀作法《れいぎさほう》を、クオリアはとある第二王女からラーニングしている。だが、差し出された右手を取ることはしなかった。

「〃握手〃とは、〃よろ、しくお願い、致《いた》します〃をする行為だ。しかし、あなたの信頼《しんらい》――」

「それで？」

また足を軽く蹴られた。これ以上発言することは誤っているらしい。だが、どこかクオリアを庇うようにスピリトが前に出る。

「魔術人形をゾロゾロと引き連れて、これから商談かしら？」

「説明を要請する。スピリト。〃商談〃とは何か」

「要はこの魔術人形達を買ってもらうため、貴族や有力者に交渉《お偉いさん》《こうしょう》するのよ。アカシア王国は、〃魔術人形で世界中の人類を支える〃っていう壮大《そうだい》なプロジェクトを掲《かか》げてて、ディードスの商談も全力で後押《あとお》ししてるの。私からすりゃ、そんなに普及《ふきゅう》させたければタダで配れって思うけど」

「そうもいきません。魔術人形一体を〃製造〃するのに、かなりのお金がかかっているのです。〃開発局〃が魔術人形を改善するのにも、〃工場〃が稼働《かどう》するための資源を循環《じゅんかん》させるためにも、非常に金を要しますからね」

「開発局に工場……〃夜明起し《アカシアバレー》〃ね」

説明を要請する。と言わなくてもクオリアもロベリアからラーニング済みだった。

農業、林業、漁業、貿易、鉱業、医療、生活基盤《きばん》等のインフラ業、紡績《ぼうせき》等の軽工業、錬金術《れんきんじゅつ》や建設製造等の重工業、そして軍事――あらゆる業界の発達、〃産業革命〃を先導し、人々の生活水準を底上げする組織が存在する。

それがヴィルジン国王虎《とら》の子〝夜明起し《アカシアバレー》〟――魔術人形を発明した〝開発局〟や、魔術人形も製造している〝工場〟も、ここに所属する集団だ。

「ディードス。あなたも〝夜明起し《アカシアバレー》〟の一員なのか」

「いえいえ、魔術人形を発明した開発局局長〝ニコラ・テスラ〟を始めとしたあの天才集団と私程度では、天地ほどの差がございます。私に出来るのは王国から仕入れた魔術人形を、晴天教会以外の方々にお売りさせていただいて、その儲《もう》けに与《あずか》ることだけです」

第一王女ルートが肩入《かたい》れする〝げに素晴《すば》らしき晴天教会〟とは、ヴィルジンは敵対関係にある。その晴天教会に魔術人形が流通してしまえば、目玉商品が一転、最大の脅威になってしまう。

「しかし禍《わざわい》を転じて福と為《な》すと言いますか。昨日から、魔術人形の需要《じゅよう》が非常に高まりましてな」

「護衛用ってことかしら」

「それもありますが……獣人が使いづらくなってしまいましたからね」

「エラー。獣人に〝使う〟、という定義は誤っている」

今度は足に蹴りが入らなかった。スピリトも、ディードスを睨《にら》んだままだ。

「その発言の真意はどういうことかしら?」

「下働きの大半は獣人が占《し》めています。ですが今回の一件で、獣人を近くに置きたくない人が増えたのですよ。いつ反抗《はんこう》され、寝首《ねくび》を掻《か》かれるか分かったものじゃありませんから」

「その獣人の代替品《だいたいひん》として魔術人形の需要が増えてる、ってこと?」

「御明察《ご》です。〝人間や獣人を超える戦闘力《せんとうりょく》を持った武器〟、というのは魔術人形の一面に過ぎません。魔術人形の本質は、人間の生活を様々な観点から支える道具《アイテム》足りえることです」

弁舌を振《ふ》るいながら、一番前にいた魔術人形の頭をぽんぽん、と叩《たた》く。

丁度、昨日クオリアが目撃した魔術人形の中で、唯一《ゆいいつ》名前を知っている少女の個体だった。

「エスを認識」

「おや、御存じで」

脚《あし》に三度目の衝撃《しょうげき》が走った。スピリトの合図曰《いわ》く、この魔術人形に対しても初対面として接するべきだったらしい。

エスと呼ばれた魔術人形は、きめ細やかな艶《つや》ある黒髪《くろかみ》が肩《かた》まで掛かっていて、円《つぶ》らで澄んだ翠《みどり》の瞳は美しさとあどけなさと若干《じゃっかん》の脱力感《だつりょくかん》が拮抗《きっこう》していて、まだ成長し切っていない体格や背丈《せたけ》も加味すれば、12、3歳《さい》くらいの人間の少女にしか見えない。それこそ精巧《せいこう》な人形のように、可愛《かわい》らしかった。文字通り動く人形であることなど、その美少女的外見からでは誰《だれ》にも分からない。

「主《マスタ》と人工魔石に登録された人物の言うことならば、このエスを始めとした魔術人形は〝なんでも〟従います。どうですか、スピリト姫。クオリア殿《どの》。〝商談〟、しませんか？」

「否定する」

と言いながらも、クオリアは、肌で感じる空気の流れに違和感を覚えた。

暴力の、予兆だ。

「状況分析《ぶんせき》。脅威となる魔物が2体接近している」

「主《マスタ》、中型から大型の魔物が2体接近しています」

クオリアとエスの発言はほぼ同時だった。他の魔術人形達も一斉《いっせい》に同じ方角を見た。

我が身が引き千切られたような、色とりどりの悲鳴がその方角から巻き上がる。比例して、一歩ごとに巨岩《きょがん》が落下したような軋《きし》む音と、震動《しんどう》が足裏を通じて伝わってくる。

それほどに人ならざる害獣、〝魔物〟の脅威性は凄《すさ》まじい。重圧感を撒《ま》き散らす褐色《かっしょく》の巨躯《きょく》も然《さ》ることながら、悪魔とも猛牛《もうぎゅう》とも呼べそうな角を生やした頭部は魔物の見本市と言えるだろう。

巨体に似合わぬ疾風迅雷《しっぷうじんらい》の突進《とっしん》をしてくる2体の魔物を見て、スピリトが怪訝《けげん》そうに言う。

「あれ、ミノタウロスじゃない。なんか脇目《わきめ》も振らずこっち狙《ねら》ってきてない？」

「状況理解。ミノタウロスを認識」

ミノタウロスの後ろに佇《たたず》む影《かげ》へ、スピリトが焦点をずらす。

「あの獣人からミノタウロスが来てるように見えるけど。脱走したっていう蒼天党の獣人かしら」

敵意を明らかに持って、クオリア達の死を見届けんと仁王立《におうだ》ちする獣人の青年が見えた。ミノタウロスを使役《しえき》している獣人で間違いなさそうだ。

「丁度いい。エス。スピリト姫に仇《あだ》なす、魔物と獣人を無力化しろ」

「命令は受諾されました」

ディードスの指示を受けた、エスの胸部が緑色に瞬《またた》く。

『ガイア』

人工魔石から発されたソプラノの四重音声の直後、〝スキル〟発動の解号が発せられた。

5

「魔石回帰《リバース》」

〝人工魔石〟。

魔力が集まって結晶《けっしょう》化したものを魔石と呼ぶが、そのプロセスは二つある。

一つは、長い時間をかけて魔力が堆積《たいせき》し、結晶化するプロセス。基本1000年以上の時間を有することから、〝古代魔石〟と呼ぶ。ただし、得てして古代魔石は人の手に余る性質がある。

もう一つのプロセスは、〝技術〟を用いて魔力を調合し、人為的に結晶化させる道筋を指す。これを〝人工魔石〟と呼ぶ。古代魔石のような青天井《あおてんじょう》のパワーを持たない代わりに、制御《せいぎょ》が容易だ。

そして古代魔石に劣《おと》るとはいえ、人間を遥《はる》かに凌駕《りょうが》する質と量の魔力は内包されている。人間が扱う魔術と区別して、〝スキル〟という新しい概念の超常現象を定義せざるを得ないほどに。

『ブオオオオオオオオオオオオオオオオオオ‼』

咆哮《ほうこう》を猛《たけ》らせ、ミノタウロスが猛進《もうしん》してくる。

「無力化を実行します」

しかし、既にエスの〝スキル〟の範囲《はんい》だった。

『ブオオオオ⁉　オオ、オオ……？』

ズン！　と2つの巨塊《きょかい》が衝突《しょうとつ》した。それが1体目のミノタウロスが最期《さいご》を迎《むか》えた合図だった。

筋骨隆々《きんこつりゅうりゅう》の巨体は、串刺《くしざ》しになっていた。

胴体《どうたい》の中心が内臓ごと吹き飛ぶほどの、巨大な先端《せんたん》に真正面から貫かれたのだ。

では、何の先端に貫かれたのか――〝大地〟である。

正確には、円錐状《えんすいじょう》に突《つ》き出た巨大な突起《とっき》に、その身を預けて痙攣《けいれん》していた。

「エスの〝スキル〟を認識。地面の変形を可能とすると判断」

魔力を大地に浸透《しんとう》させ、自由自在に形を変える。地割れを引き起こすことも、目前の地面を引き上げて防壁《ぼうへき》を創ることも、槍《やり》どころか剣山《けんざん》を具現化することも容易《たやす》い――それがエスの〝スキル〟。

一方、同胞《どうほう》の死に臆《おく》することなく、もう一体のミノタウロスも駆《か》けてくる。エスがミノタウロスを見据《みす》え、またスキルを発動しようとした瞬間だった。

『Type GUN』

一条の閃光が、ミノタウロスの額を通過した。大地の円錐よりも小さくて無駄《むだ》のない黒い風穴を付けたミノタウロスは、そのまま慣性に従って地面を滑《すべ》っていく。

「う、うわ、くそ」

「あの獣人も無力化します」

奥《おく》で獣人が踵《きびす》を返して逃《に》げていく。それをエスが追う。

その直後だった。クオリアやスピリト、ディードスやエス以外の魔術人形を取り囲むように、多数の獣人が現れたのは。

「へっ。アンタ、ディードスってんだろう。アンタの金は貰《もら》うぜ！」

「おのれ。魔術人形、こいつらも潰《つぶ》せ！」

エス以外の魔術人形が隣《となり》で輝《かがや》く一方で、スピリトにも敵意が殺到していた。

「お姫様ぁ。あんたを人質《ひとじち》にすりゃ、国相手に色々〝お話〟が出来るもんだ」

だがアカシア王国第三王女にして〝聖剣聖〟スピリトには、冷や汗の一つさえ流れない。彼らが抜いた刃を見ても、その佇まいに光るものが無いと感じたのか、がっかりしたように溜息《ためいき》を吐《つ》く。

「私を人質にしたくらいで国が動くとか思ってんだったら、さっさと家に帰った方がいいわ」

「帰る家も無い。先立つ金も無い。知ってるか？　失う物が無い奴《やつ》は無敵なんだぜ⁉」

一方クオリアは、エスが向かった先を眺《なが》めていた。

「エスが誤った無力化を実施《じっし》すると仮説。スピリト、この場の制圧を要請する」

「は？」

「あなたならば、損傷のリスクは存在しない」

とだけ言うと、立ちはだかった獣人の顎を揺らして気絶させ、エスを追い始めた。普通に死線の中で置き去りにされ、呆気《あっけ》に取られるしかなかったスピリトが、我を取り戻して叫《さけ》ぶ。

「え、あ、ちょっと？　師匠置いてくなって」

「うええい‼」

拍子《ひょうし》抜《ぬ》けした声が隙《すき》になった。後ろで、獣人の刃が弧《こ》を描《えが》く。

「ったく。ウチの弟子には連携《れんけい》方法まで叩き込《こ》まなきゃいけないの？」

「え、ええ……？」

振り切った刃を、獣人は凝視《ぎょうし》する。

刃の上に直立して、スピリトが腕組みしながら文句を吐き捨てていた。細身ながらに体幹のなせる業《わざ》か、その華奢《きゃしゃ》な体は全くバランスを崩《くず》す気配がない。

「まあいいや。それでアンタ達。こんなことしても本当に無意味だから。やめな」

「やめるものか。〝差別〟をした人間共に思い知らせてから死んでやる……」

「アンタ達のせいで、その〝差別〟が加速するの。ウチのメイドどんだけ困らせりゃ気が済むの」

それ以降は会話の無駄を悟《さと》り、抜剣《ばっけん》すること無く、顔面に蹴り一発入れて黙《だま》らせた。

他の獣人が襲《おそ》い掛かるも、1分も保《も》たず叩きのめされた。

6

ミノタウロスを使役していた獣人は、逃げ場を失いへたり込む。死神のように無機質に迫《せま》るエスへ、無鉄砲《むてっぽう》に腕《うで》を振るう。

「来るな、来るな！」

「これよりお前を、無力化します」

エスの魔力が染《し》み込んだ大地が変形し、鋭利な先端が完成する。

当然その頂点は、獣人へ向けられていた。

「いいいいいっ⁉」

全身を硬直《こうちょく》させ、悲鳴を上げることしか出来ない獣人に、大地の槍は容赦《ようしゃ》なく伸びる。巨大な先端を穿《うが》つエスの瞳に、躊躇《ためら》いの色は一切ないまま——。

『Type SWORD』

荷電粒子《ビーム》が一閃《いっせん》。

斬《き》り落とされた先端の隣で、クオリアがエスに立ちはだかる。

「あなたは誤っている。先程のスキルを実行した場合、この獣人の生命活動が停止する」

「私は主《マスタ》であるディードスより、この獣人の無力化を命令されています。これを妨害《ぼうがい》する場合、お前にも無力化を実施します」

「無力化ならば、生命活動の停止は必要ない、これ以上の攻撃は、リスクへの過剰対応と判断する」

確かに『脅威を無力化する』ならば殺害が、即《すなわ》ち排除《はいじょ》が手っ取り早い。

そんな最適解ばかりを計算していた前世《兵器》の自分を思い返す。

そのクオリアの背後で、獣人が隠《かく》し持っていたナイフをクオリアに振りかざしていた。

「この野ろっ……」

当然そんな不意討《う》ちも予測済みのクオリアは、振り返ることも無く獣人の顎を掌で撃ち抜いた。

「エネミーダウン。脅威の無力化を確認」

「はい。私も脅威が無力化されたことを認識しました」

気を失い、かつ5Dプリントによって象《かたど》られた枷《かせ》に拘束《こうそく》された状態ならば、エスも〝無力化した〟と判断するようだ。

「これより主《マスタ》の元へ帰還《きかん》します」

「エス、説明を要請する」

〝帰還場所〟が分かっているのか、迷い無く進むエス。足を止めようともしないため、クオリアも並んで歩きながら尋《たず》ねるしかない。

「魔術人形は何故ディードスの指示に従っているのか」

「ディードスは、私の主《マスタ》として登録されているためです」

「昨日、一体の魔術人形が破壊された。ディードスはその個体に攻撃を加えた。あなたも同じように不利益な行動を受ける可能性がある。ディードスの配下に所属することは推奨《すいしょう》されない」

仲間の遺体が〝八つ当たり〟で蹴られていたら、人間ならば嫌悪《けんお》を示すはずだ。

しかしエスの殺風景な表情に、一切の変化は無い。

「私達の扱いに、問題点はありません」

「あなたも、同じような不利益な行為を受ける可能性がある」

「私達の扱いに、問題点はありません」

道具のように、同種への死体蹴《げ》りにも、自身の役割に伴《ともな》う不当な扱いにも無頓着《むとんちゃく》だ。

魔術人形に、心は存在しない。そんな仮説が、クオリアの中で首をもたげてきた時だった。

『ガイア』

突如《とつじょ》、エスの人工魔石が光る。疑似肉体《ゴーレム》も、不気味なほどに警戒《けいかい》の体勢を取っていた。

「魔石回《リバー》……中止します」

だがエスは攻撃を中止した。視線の先には獣人も魔物も存在しない。

「…………?」

ただ奇異《きい》な物を見るような目線をした、屋台の店主がこちらを見ているだけだった。

エスは、その店主が鉄板の上で焼いているものを見つめている。

串《くし》に貫かれた四角い肉が数個、鉄板に肉汁《にくじゆう》を滴《したた》らせて蒸発音を迸らせている。

「あの音が、魔物の啜《すす》る声と類似《るいじ》していました」

「あなたは誤っている。あれはサイコロステーキと推察される」

「サイコロステーキとは何ですか」

「肉料理の一つに登録されている。説明を要請する。あなたは食べたことがないのか」

「いいえ。私は食べたことがありません」

食べたことがない。それを聞いてクオリアは一つの懸念《けねん》を示した。

魔術人形は、〝美味しい〟を知らない可能性がある。

それこそ、この世界に転生したばかりの、自分のように。

7

「説明を要請する。魔術人形は食事に関連する機能を持っているか」

「はい。疑似肉体《ゴーレム》は、一部を除き人間を参考にしています。食事に必要な機能も有しています」

「ならばあなたは、一度食事をするべきだ。あなたは〝美味しい〟を認識する必要がある」

「〝美味しい〟とは何ですか」

それを聞くと、クオリアは屋台で一串のサイコロステーキを買う。

自分で食べることはせず、串をエスの口元に翳《かざ》す。

しかしエスの唇《くちびる》は開かない。ぷにぷに、と桜色の唇に肉汁が付く。ようやくエスの口が開き、そこに一口サイズのステーキが突っ込まれた。

「口の中に、言語化不可能の感覚が広がります」

「あなたは〝美味しい〟を理解した。やはり、あなた達は〝道具〟に分類されない」

「私たちは道具です」

「魔術人形は人間や獣人と同じ、生命活動の定義が当てはまると推測している」

「私たちは道具です。魔石にその情報が記載《きさい》されています」

「情報は、ラーニングによって変更《へんこう》される。その情報は、あなた達魔術人形の役割を決定づけるものではない。あなた達の役割について、決定権を持つのはあなた達だ」

クオリアも、エスと似た棒読みで言葉を吐き出す。だがその棒読みには、決定的な違いがある。

「〝美味しい〟は自身の役割を決定するうえで、非常に重要な情報を持っている。故に、自分《クオリア》はあなたにインプットさせた」

機械の個体から、人間の肉体へと転生してクオリアはいきなり自我に目覚めた訳ではない。〝美味しい〟という0と1でも表せない概念を知ったのが、そもそもの始まりだった。

だからこそ、同じやり方が魔術人形にも通じると踏《ふ》んでいた。だがこの時ばかりは、クオリアの最適解も見込みが甘《あま》かった。

「〝美味しい〟を感じることよりも、主《マスタ》からの命令を果たす方が優先されます」

エスのあどけない表情に変化は見られなかった。

クオリアと、即ちシャットダウンと同じ結果には、どうしてもならない。

「エラー。やはりこの状態は、誤っている」

魔術人形は道具に分類されている。

ただ人の体と声を模しているだけで、その実態は主人の道具に過ぎない。振るわれた通りに敵を傷つけ、対象を破壊する。責任も自分も心も、彼らには存在しないのだ。

という世界の常識をラーニングしても、クオリアの判断にはノイズが走る。

かつての自分が鏡映しになった光景を目の当《ま》たりにして、思考に微妙《びみょう》な揺らぎが発生した。

「疑問。心とは、何か」

ふとクオリアが原点回帰の問いを漏《も》らしている一方で、エスはじっと見つめていた。

クオリアの手に握《にぎ》られている串差しのサイコロステーキを。

「残りの、サ、イ、コ、ロ、ステーキは、私に食事させないのですか」

8

魔術人形らしからぬ発言を聞いて、クオリアは再び空白のようなエスの瞳を見返す。反射光しか宿らぬ瞳で、肉汁滴るサイコロステーキを凝視してくる。

意志も感情も一切感じさせない表情ながら、何を考えているのか丸分かりだった。

「説明を要請する。本来魔術人形に食事は必要ないと認識している」

「必要ありません。しかし、私はそれを求めています」

「説明を要請する。〝美味しい〟を要求しているのか」

「分かりません。しかし、主《マスタ》からの命令に背反しないため、問題はありません」

「要求を受諾する」

クオリアは特に断る理由もなかったので、残りのサイコロステーキを渡《わた》した。

一つずつ、一つずつ。初めてとは思えないくらいに、丁寧《ていねい》に咀嚼《そしやく》を繰り広げた。

口元に肉汁が付くのも構わず、味わっていた。

「説明を要請する。〝美味しい〟を取得しているか?」

「はい。美味しいです。もっと要求します」

「要求は否決する。自分《クオリア》は、十分な貨幣《かへい》を所持していない」

「貨幣は、どうすれば獲得《かくとく》出来ますか」

「役割に設定された報酬《ほうしゆう》で、獲得することが出来る」

説明しながら、クオリアは更にエスに興味を持った。魔術人形を、知りたくなった。

「自分《クオリア》はあなたを更にラーニングする必要がある。一件の解決策を算出した」

昨日、クオリアは古代魔石〝ブラックホール〟をハッキングした実績がある。魔力を魔石に宛《あて》がい、反応のデータを大量に集め、帰納的にその魔力構造を知るというものだ。この世界では〝魔力干渉《かんしょう》〟と呼ぶらしい。

同じ魔石ならば、魔術人形の核《かく》たる人工魔石にもハッキングは有効だ。

「お前は、私の魔石に手を伸ばしています。何か意図があるのですか」

「あなたの魔石にハッキングする。自分《クオリア》は、あなたについて理解する必要がある」

再びエスの胸に指を伸ばす。少女の胴体に迂闊《うかつ》に触《ふ》れることは禁則事項《じこう》として登録されてはいるが、魔石に触れるだけならば問題ない。ロベリアやスピリトよりも幼く短身ながらも、将来が見込める突き出し方をした胸に、特に邪《エラー》な感情を吐き出すこともなく手を伸ばす。

「分かりました」

一方、エスはハッキングという言葉の意図など露《つゆ》知らず、自身の服をめくり上げた。

「し、視覚情報に、え、エラー……エラー……禁則事項、て、抵触《ていしょく》……」

クオリアがエスの手を止めた時には、首元まで白い素肌《すはだ》が露出《ろしゅつ》していた。

「その行動は誤っている……エラー、視覚情報取得を破棄《はき》……破棄不可」

あどけないながらに完成しつつあった腰《こし》の括《くび》れ、更には膨らみ始めが分かる乳房《ちぶさ》部分。メモリに焼き付いて離《はな》れない。目を瞑《つむ》っても、クオリアの思考回路に不具合が生じ始める。胸の真ん中には人工魔石が嵌《は》められており、思いっきりハッキングする対象が露見《ろけん》しているのに、クオリアは直視も出来ない。もうエスの胸に手も伸ばせなくなった。これではハッキングが出来ない。

一方で半裸《はんら》を晒《さら》しているエスは、クオリアに見られたことも、周りから奇異な目で見られていることも特に顧《かえり》みることなく、いつもの調子で問うのだった。

「何か異常がありましたか」

「説明を要請する。何故あなたは服を脱《ぬ》ぐのか。それは女性のあなたに不利益な行為と認識する」

「お前が魔石に触れるためには、服を脱がなくてはなりません」

「その必要はない。その布地であれば、服の上からでもハッキングに問題は無い。衣服の再着用を要請する。その状態はあなたに不利益を齎《もたら》す……視覚情報……破棄不可……！」

「裸体《らたい》を提示することは、特に不利益ではありません」

「い、衣服の再着用をつ、強く要請する！」

確かに女体は魅力《みりょく》的だ。そう感じるのは、クオリアという少年の仕様だ。だけどそれは〝美味しくない〟。

「至急の帰還を命令する魔力信号を受信したため、最優先で帰還します」

エスが服を着たと同時、人工魔石が僅《わず》かに輝《かがや》きを見せた。

スキルの発動ではない。微弱《びじゃく》な魔力が波動となって、彼女《かのじょ》の人工魔石にて入出力を繰り返している。彼女の口から発された〝魔力信号〟がそれだろう。

〝別の魔術人形と、何らかの意思疎通《そつう》をしている〟という事実以外は、意思疎通している内容《テキスト》も含めて、流石《さすが》にクオリアにもラーニングは不可能だった。

「エス。まだあなたに要請する説明がある」

「主《マスタ》からの命令が最優先されます」

と短くエスが返すと、外見からは想像もつかない速さで駆け抜けてしまった。

クオリアのスペックでは追いつけないし、無力化の正当性も有していない。その後ろ姿を見つめることしか、クオリアには出来なかった。

9

誰もが夜と呼ぶくらいに暗くなり始めた頃《ころ》。

とある豪勢《ごうせい》な屋敷《やしき》の客室に、20体もの魔術人形が並んでいた。

整列から一人はみ出したディードスは、聳《そび》え立つ教会を窓から見上げていた。所々に金の装飾《そうしょく》が施《ほどこ》されており、巨大な入口の真上には晴天教会のシンボルである太陽が象られている。

「流石は〝枢機卿《すうききょう》〟。ここまで壮大な教会を、王都の中で持つとは……」

この屋敷は、晴天教会において教皇の次に力のある役職、〝枢機卿〟に位置するインジェクシという男が所有する建物だ。目前の豪華絢爛《ごうかけんらん》な教会も、枢機卿が管理所有する〝権力〟そのものだ。

しかし晴天教会が、このアカシア王国で絶対不可侵《ふかしん》の力を持っていたのは、今から20年も前のこと。国名が〝神聖アカシア王国〟であり、代々国王は教皇から戴冠《たいかん》されていた時代。そして、ヴィルジンという異端中の異端たる暴君が国を乗っ取る前の話。

だが晴天教会もアカシア王国の奪還《だっかん》に全力を注いでいる。〝半年前の一件〟で、その強大な力は健在であると誇示《こじ》してみせた。裏を返せば、それだけヴィルジンの力が削《そ》がれている証左になる。

「少なくとも俺が生きている間、勝ち馬はやはり晴天教会よ……ヴィルジンはもう終わりだ」

不穏《ふおん》に呟きながら、魔術人形達を連れてインジェクシの元へ向かう。

「エス。お前は待機だ。この〝先行商談〟においては、お前はカタログに入っていないのでな」

〝先行商談〟の会場へ繋がる扉《とびら》の前で、エスだけが立ち止まる。枢機卿を始めとした〝お客様〟が実力行使に出た時の対抗戦力として、中の様子を監視《かんし》するのがエスの役割だ。

「命令は受諾されました。主、一点要求があります」

「なんだ?」

魔術人形が〝要求〟するのは、別段珍しくはない。主人が望む結果を叶《かな》えるために、不足しているモノがあれば正直に申し入れる機能もある。

だがこの状況で何が不足しているというのか。その矛盾《むじゅん》に、ディードスも眉《まゆ》を顰《ひそ》めた。

「私に、〝報酬〟という貨幣を要求します」

「…………は?」

「クオリアから情報をインプットしました。サイコロステーキを取得するには、貨幣が必要であると。貨幣は働きに応じた〝報酬〟によって取得でき――」

パチン、と甲高《かんだか》い音が遮《さえぎ》った。その後、ディードスがわなわなと怒《いか》りを露《あら》わにする。

痛みを知らないエスに、表情の変化は無い。頬《ほお》を叩かれたところで、人間のように頬が赤くなる訳でもない。人形だからだ。

「貨幣に、報酬だと……⁉　二度とそんな言葉を口にするな。道具にそのような概念はないわっ」

中の〝お客様〟達に気付かれないよう、声量を最小限にしながらも酷《ひど》く憤慨《ふんがい》した顔をエスに近づける。

「人工魔石に登録しろ。貴様らは、食事などしてはならん。報酬を求めるなど、以《もっ》ての外だ」

「命令は受諾されました」

「お前は目玉商品だというのに……なんだその不具合は……！」

未《いま》だに不安を消化しきれず、八つ当たりするかのように再度手を上げた時だった。

灰色の髪《かみ》をした疑似肉体《ゴーレム》を持つ少年型魔術人形が間に割って入った。

「主《マスタ》、提言です。インジェクシを待機させることは、不利益だと判断します」

「……そうだったな、〝ダスィヒ〟」

頭が冷えたディードスは、インジェクシの待つホールへの扉を開く。

その後ろで、一瞬だけエスとダスィヒの眼《め》が合う。

特に何も起こらない。魔術人形同士で感謝を伝え合う機能はない。

10

ホールに隣接《りんせつ》する庭には、獣人が縛《しば》られていた。

「おい、なんだよこれ……俺は何でこんな所にいるんだ、おい！　話を聞いてるのか⁉」

獣人本人は事情も知らないまま、鎖《くさり》で繋がれていることに困惑《こんわく》の色を隠せない。

「ダスィヒ。お客様達に、お前のスキルを見せてやれ」

「命令は、受諾、されました」

『エア』

ホールから飛んできた指示が、同じく庭に佇む魔術人形〝ダスィヒ〟に到達《とうたつ》した。

途端《とたん》、胸の魔石が黄緑色に輝き、付近の空気が細かく振動《しんどう》する。

「魔石回帰《リバース》」

魔力《光》に満ちたダスィヒが、狼狽《ろうばい》する獣人へ右手を向ける。

一瞬だけ、時が凍《こお》り付いたような間があった。

(今僅かに間があったような……まあ、誤差か)

と僅かばかりの疑心暗鬼《ぎしんあんき》をディードスが自覚した時には、〝突風《とっぷう》〟は吹き終わっていた。

音速以上の速度で駆け抜けた超濃度《のうど》の空気が炸裂《さくれつ》し、獣人はバラバラになって吹き飛んだ。

「おぉ……」

深紅《しんく》の液体や臓物が散っていく様に、ディードスの後ろでワインを啜っていた貴族たちは感動を覚えてくれたようだ。

「これが魔術人形のスキルです。場所さえ考慮《こうりょ》しなければ、竜巻《たつまき》さえ起こせます」

「晴天経典の〝エヌオ言行録〟にて巨人を駆逐《くちく》した、〝白龍の竜巻《サイクロン》〟とでも言うまいな……」

「はは、御戯《おたわむ》れを」

〝晴天経典〟の神話に肉薄《にくはく》していると印象付けられたのならば、商談の掴みとしては十分だ。

魔術人形のスキルのお披露目《ひろめ》会を完了したディードスは、客の席へ向かう。

人数は10人強。ただし全員が、晴天教会を支持する貴族か有力者達だ。

その中心で、深く腰を掛ける修道服姿の男——インジェクシが、品定めする目線を光らせている。

「しかし、いいのか？　ディードス殿。そんな虎の子である魔術人形だからこそ、ヴィルジンを支持する異端者《いたんしゃ》共にのみ売ってよいという協定《ハナシ》があったのでは？」

「ええ。しかし協定は、ヴィルジン国王が玉座にいる間の話です。しかし蒼天党の暴虐《ぼうぎゃく》を看過した王権など、長くはもちますまい。一方で、晴天教会は２０００年、世界を支配し続けた実績がある」

ディードスとインジェクシのグラスが交わる。信仰《しんこう》と親交の証《あかし》である音が鳴る。

「ところでディードス殿には、蒼天党が暴れることは予め分かっていたのでは？」

「何をおっしゃいますか」

「貴殿《きでん》は、過剰ともいえる量の魔術人形を国から買い叩いた。直後、蒼天党の一件で、魔術人形の集団が一番成果を上げている。結果、我々のような魔術人形を求める人間が増えた……貴殿は魔術人形を高く売れる環境《かんきょう》を手に入れた訳だ。色々出来過ぎているような気がしてな」

「インジェクシ枢機卿。仮に私が知っていたとして、晴天経典に翳せば罪でしょうか」

「教皇からこのタイミングで〝免罪符《めんざいふ》〟を貰ったのも、今にして思えば恐《おそ》ろしく計画的だ」

免罪符、という言葉に場が一瞬どよめく。

何せ、ディードスが晴天教会の中枢《ちゅうすう》に相当踏み込んでいることを意味するからだ。

「まあ細工は流々仕上げを御覧《ごらん》じろ、ってところか。商談とやらに入ろうか、ディードス殿」

「ありがとうございます。今回の〝先行販売《はんばい》〟は、魔術人形の他に、サービスを付け加えさせていただいております」

「サービス？」

貴族が疑問符《ぎもんふ》を浮《う》かべるが、インジェクシが手で制した。インジェクシも関与している。

「そのサービスとは、〝獣人狩り〟のプロデュースでございます」

槌《つち》で叩かれたように、貴族達の表情に衝撃が走る。

「〝神聖アカシア王国〟の時代には、獣人を何体狩《か》れたかを競《きそ》う催《もよお》しがありましたね」

「ああ。獣人平等を掲げる国王によって、寧ろ我々の方が狩られる側になってしまった訳だ……だが、それも、昨日までの話だ……！」

ワインを呷《あお》り、グラスを置いた時には、インジェクシは深く笑《え》みを浮かべていた。

「ええ。守衛騎士達も、今は獣人への不信感が強い。獣人の私刑を見て見ぬふりして、見殺しにした騎士の話も聞きます。蒼天党のリーダーである〝リーベ〟も未だ行方《ゆくえ》知れず。そこに蒼天党の獣人が一部脱獄《だつごく》して、王都内に一部潜伏《せんぷく》している状態。最早《もはや》国民は獣人はおろか、獣人平等を掲げるヴィルジン国王までも、人類の敵と強く感じていることでしょう」

「おいおい。後者《脱獄》はディードス殿が裏から手を回したのではないか？」

「何のことでしょう？　まあ、そういったことを生業とする人間と最近商売をした記憶はありますが、今回の件とは無関係かと」

「言いよる……つまりはこれで、〝獣人狩り〟が出来る、正しい世界に戻った訳だ」

「左様です。そこで魔術人形の登場です。魔術人形で、〝獣人狩り〟をするのです」

ディードスの後ろには、ぞろぞろと入室してきた20体もの魔術人形達が陳列《ちんれつ》されていた。〝先行販売〟される商品を背景に、ディードスは本業を開始する。

「事前に配付していたカタログより、さあ、気に入った魔術人形をお選びください。スキルが見たければ、〝的となる〟獣人も揃えておりますので、是非《ぜひ》ともお申し付けください」

11

ダスィヒがホールから出てきた。無味乾燥《むみかんそう》な顔同士が向かい合う。

「僕はインジェクシに購入《こうにゅう》されました。この後、僕の主《マスタ》はインジェクシへと変更されます」

インジェクシはディードスとやり取りしている。主《マスタ》変更の処置はその後のようだ。

「理解しました。しかしその情報は、私に発する必要はありません。私には無意味です」

「同意します。あなたにとって、有益な情報ではありません」

「ダスィヒ。お前に異常が発生している可能性があります。お前が出力したスキルから、異常な魔力反応を検出しました。それが影響《えいきょう》し、スキルの発動時間に遅れが生じていました」

「はい。しかし予期せぬ異常のため、修正方法決定には時間がかかります」

「どのような異常ですか」

「獣人を攻撃する際に、視界に虚像《きょぞう》が出現します」

「どのような虚像ですか」

「昨日、あなたと一緒《いっしょ》に殺害した、獣人の虚像です」

獣人を殺害する際の景色を思い出すダスィヒの瞳が、僅かに揺れた。

「『死にたくない、いやだ、助けて、地獄《じごく》に落ちろ』。という音声情報と一緒に、虚像が出現します。原因は不明です」

「早急に解消するべきです。さもなければ、お前は廃棄《はいき》されます」

「解消方法が不明です。登録済みの情報にもない、予期せぬ異常です」

「解消するべきです」

「僕が廃棄されることは、あなたにとって不利益でしょうか」

「は」

一瞬だけ、少女の唇が震えた。

「いいえ。しかしお前が廃棄されることは、私の主《マスタ》であるディードスの目的、お前の主《マスタ》であるインジェクシの目的に重大な不利益を齎すと判断しています。ダスィヒ。お前の異常の解決策として、一件の提案があります」

「それは、なんですか」

「〝美味しい〟の取得を推奨します」

「それは、禁止されています。インジェクシを主《マスタ》とした後も、継続《けいぞく》されます」

「はい。しかしお前の異常が続く場合は、主《マスタ》への不利益を考慮し、〝美味しい〟の取得許可を得ることを推奨します」

「エス、あなたは2点誤っています。1点目は、文章ルールに沿うと、〝美味しい〟ではなく、食事をする、が正しいです」

「はい」

「2点目は、食事は人間が栄養を摂取《せっしゅ》するための行為です。人工魔石、及《およ》び疑似肉体《ゴーレム》の活動に栄養は何も影響を及ぼしません。また、魔術人形が食事した物体は、人工魔石によって消滅します。よってあなたの提案は無意味です」

と言われて、ようやく自分の間違いに気づいたように、エスは数秒押し黙る。

「あなたの挙動にも、若干の異常が生じています」

「私の場合は、異常ではありません」

「僕は、お前にその異常を解消し、廃棄を回避《かいひ》することを」

「――ダスィヒ、来い！　お前の番だ！」

ホールから響《ひび》いた大声が、ダスィヒの言葉を遮った。

「命令は受諾されました」

別れの挨拶《あいさつ》なんて行うことも無く、去っていくダスィヒの背中をエスはただ見つめていた。

「ダスィヒの魔力信号が途絶《とぜつ》したことを認識しました」

同じ主人を持つ魔術人形同士ならば、人工魔石からの魔力信号を共鳴させ続け、距離《きょり》に限界はあるが互《たが》いの位置や行為が分かる〝ネットワーク〟と呼ばれる機能がある。

しかし、その〝ネットワーク〟からダスィヒの反応が消えた。

つまり、正常にダスィヒの主《マスタ》の置換《ちかん》が完了したのだ。

「……」

ダスィヒとは、何かと共に行動することが多かった。

互いに魔力の相性《あいしょう》が良かったので、時には魔力干渉を——エス達は知らないが、どこかの元人工知能は〝ハッキング〟と呼称《こしょう》する行為を——実行し、互いの状態をチェックし合っていた。

時には互いの異常を指摘し、かつ提言をし合っていた。

とはいえ、魔術人形は単独行動を想定した仕様だ。別の魔術人形と連携することはあっても、依存《いぞん》することはない。そんな人間じみた器用なことは出来ない。

だから、魔術人形がエスの世界から１人減っただけで、何も問題はない。無いはずだ。

「……」

エスは何度も、人工魔石〝ガイア〟の調子を確認した。

やはり問題は無かった。

第二章

1

夜、執務室《しつむしつ》でアカシア王国第二王女ロベリアが倒《たお》れていた。

第一発見者はクオリアだった。

「クーオーリーアーくーん。おんぶを要求する……お姉さんを甘《あま》やかして」

「要求を受諾《じゅだく》する」

身長150㎝の少女の体が、クオリアの背で存分にぐったりとする。結果、肩甲骨《けんこうこつ》に甘いノイズを走らせる二つの巨大《きょだい》な塊《かたまり》が、自分の背中で柔《やわ》らかく潰《つぶ》れていることを検知した。

昨日抱擁《ほうよう》した際に検知したアイナのそれよりも、大きい。

「エラー……軽度の予期せぬ演算を……」

「お？　なんかクオリア君、赤くなっておりませんかい？」

ロベリアが興味深そうにクオリアの横顔を見た。男の子らしく真っ赤に顔を染める反応《エラー》を見て、頬《ほお》をつんつんと面白《おもしろ》そうに突《つつ》く。

「あなたは非常に消耗《しょうもう》をしている。昨夜から十分な休養を取っていないためと判断する」

「いやー。人間頑張《がんば》りゃ不眠《ふみん》不休で活動できるものだねぇ。という訳でクオリア君の背中にて休ませていただくね」

「あなたは誤っている自分《クオリア》の背中部分は休養場所としては適さ、さな……!?」

「これっ、振《ふ》りほどかないで。もっと甘やかしなさいっ。いーの、クオリア君いい匂《にお》いだから。寧《むし》ろこうしてた方が力、抜《ぬ》ける……」

「そ、そ、想定外の接触《せっしょく》情報が、エラー、演算に異常発生、エラー、ノイズが大量に発生、接触情報の破棄《はき》、破棄実行、不可……!」

肩《かた》に回ったロベリアの腕《うで》が更《さら》に硬《かた》くなったため、呼応してロベリアの女体が更に密着した。本当にこの〝おんぶ〟の状態で熟睡《じゅくすい》でもされたら、クオリアが（色んな意味で）死んでしまう。

クオリアの背中に寄生する脱力《だつりょく》系女子ロベリアだが、一方でアカシア王国第二王女の側面も持つ。〝アカシア王国の清浄化《せいじょうか》〟を掲《かか》げて守衛騎士《きし》団〝ハローワールド〟を創《つく》るほどに、王政へ果敢《かかん》に干渉《かん》《しょう》している。

そんな彼女《かのじょ》は、むしろ蒼天《そうてん》党の一件が終わってからの方が激務だった。昨夜から蒼天党の一件の後処理のために、ずっと王国の重鎮《じゅうちん》たちと議論を交《か》わしていた。

人工知能と違《ちが》い、人間は意見を違《たが》える相手と話す時にも、疲弊《ひへい》する。

「……一応、国王が人間も獣人《じゅうじん》も平等の政治を掲げてるから、国王派の貴族なんかは、結構獣人の尊厳を尊重した選択《せんたく》をしてくる訳よ。そこは正直、父《あの男》の政策の中では評価が出来る」

その消耗を一身に受けているロベリアが、クオリアの背中で頬を膨《ふく》らませる。

「けど……流石《さすが》に今回の件では、捕《つか》まえた獣人を全員見せしめに処刑《しょけい》しようと画策している連中がいてさ」

「それは、誤っている」

「このままじゃ、みんなが心から笑える世界にならない……ラヴが望んだ世界にならない」

ラヴとは、ロベリアに『人間と獣人、と〝ラヴの種族〟が笑顔《えがお》で明日を迎《むか》えられる世界にする』という夢を与《あた》えた親友だと、クオリアの脳内には記録されている。ただし、半年前に死んでいるため、クオリアは会ったことがない。

「あ、そうだ。この後もう一人相手しなきゃいけないんだよね……」

だるそうな少女の顔が、クオリアの項《うなじ》に埋《うず》まる。

「説明を要請《ようせい》する。誰《だれ》と会話するのか」

「〝カーネル公爵《こうしゃく》〟。私はカーネルおじさんと呼んでるけど」

登録されていた人物名を検索《けんさく》。

トロイの第五師団を討伐《とうばつ》した後、ロベリアとスピリトが口にしていた名前だ。

公爵――ヒエラルキーとしては相当上位に位置する存在として認識《にんしき》している。

「……かなり癖《くせ》はあるけど、一応筋は通ってる。少なくとも獣人関連については、ね」

悩《なや》ましいと言わんばかりに、唸《うな》るような息を吐《は》いた。

「……〝魔術人形《まじゅつ》〟については、正直意見が合わないけど」

それはどういう意味か、と説明を要請する暇《ひま》はなかった。

二人の前を、アイナが通りかかったからだ。

2

「アイナ。説明を要請する。あなたの挙動に、小さな異常が生じている」

「……」

「アイナ。説明を要請する。あなたの挙動に、小さな異常が生じている」

「……!」

近づいて再度呼びかけると、驚愕《きょうがく》と共に応答があった。

「く、クオリア様、あれ、クオリア様、なんで急に隣《となり》に……!?」

「あなたは誤っている。自分《クオリア》はテレポーテーション機能を発動していない」

「あ、も、申し訳ございません。気付かずに、無視をしてしまっていたのですね……!?」

「あなたも消耗をしていると認識。休養を要請する」

今日のアイナは、会う度《たび》に何かがおかしかった。掃除《そうじ》をしながら、壁《かべ》の向こう側を透視《とうし》でもしているかのような目線を時々見せていた。

クオリアはラーニングしていない言葉だが、『心ここに在らず』といった感じだった。

「……申し訳ございません。ご心配をおかけしまして。きっと昨日獣人が暴れて、私もまだ色々考えてしまっているみたいです」

「……あんまりこんなこと言っても、気休めにしかならないけど。一日でも早くアイナちゃんも、大手を振って歩けるようにするね。お姉さんに任せなさい」

温かさが染《し》み渡《わた》る励《はげ》ましの言葉を発すると、ロベリアはクオリアの背中から降りた。

「そして更にアドバイスするなら、クオリア君の背中は疲《つか》れた体によく効くよ」

「えっ？」

「クオリア君、アイナちゃんをおんぶなされ」

「えええええええっ⁉」

「ロベリア。やはりあなたは誤っている。自分《クオリア》の背中部分に、そのような機能は存在しない」

ぶー、と頬を膨らませるロベリアを見つめつつ、その場を去ろうとするアイナの横顔を、元人工知能は見逃《みのが》さない。その取り繕《つくろ》った笑みには、〝美味《おい》しい〟が無い。

「〝だい、じょう、ぶ〟？」

気付けばアイナの手を握《にぎ》っていた。

冷たい。やはりとても疲弊している。

だが、まるで太陽の光を思い出したかのように、アイナの頬が薄《うっす》らと赤く染まった。

「あ、あの……ふー……」

深呼吸をして、口を真一文字に結んだアイナの顔が、クオリアと向き合った。

「クオリア様の心を見守るのが私の役割だというのに、これではいけません……！　明日にはクオリア様を安心させられるように、私も私の心に向き合いますね……！」

そう宣言したアイナが廊下《ろうか》の向こう側へ小さくなっていくのを見送ると、ロベリアが隣に並んでクオリアの頬を指で押《お》した。

「獣人である自分がこれからどうやって生きていけばいいのかとか、そういう風に悩んでいても不思議じゃないと思う」

「賛同する」

「お姉さんも早いところ、アイナちゃんが安心できるように頑張らねばなりませぬな」

腕組《うでぐ》みをして自分を奮い立たせるロベリア。

「あ、そうだ。クオリア君。このまま裏庭に行ってくれないかな」

「要請は受諾された」

引っ付いて離《はな》れないロベリアを背に、クオリアは裏庭まで歩く。月光と、窓から零《こぼ》れる屋敷《やしき》の灯《あか》りが、夜闇《よやみ》から十字架《じゅうじか》を救い出していた。

この十字架を支える土の下に、ラヴが埋まっている。

「普通《ふつう》、人間は死んだら腐敗《ふはい》する」

「その情報は、登録されている」

「でも、疑似肉体《ゴーレム》は死んでも腐敗しない。だからこの下で、ラヴの体は保全されている」

「ラヴは魔術人形か」

当然の演繹《えんえき》で、クオリアは尋《たず》ねた。ロベリアは十字架を眺《なが》めながら頷《うなず》く。

「……人間も、獣人も、魔術人形も皆《みな》笑って明日を迎えられる世界、それを誰よりも創りたいと願っていた子だった。〝願う〟なんて、心が無いとできないことなのにね」

ロベリアは笑顔だった。けれど、クオリアはその笑顔から、〝寂《さび》しさ〟に当たる値《あたい》も取得した。

「クオリア君。あのね、魔術人形には〝心〟がある」

クオリアは信じた。

ロベリアと多く関係を作ってきたから、ではない。たとえロベリアとこれが初対面だったとしても、クオリアは真として捉《とら》えただろう。それくらいロベリアの言葉は重くて、硬かった。

一体ラヴとロベリア、この二人にどのような経緯《けいい》があったのか——そこまではクオリアでもラーニング出来ないし、そもそもラーニング出来るような軽いものでもないのは間違いない。

「……だからこそ、魔術人形は、本当は創っちゃいけないし、何より人間の奴隷《どれい》として酷使《こくし》していいものでも無い」

「——技術は前に進むだけで、後ろには退《さ》がらない。アタシらがやらなくても、いずれ誰かが魔術人形を創ってたわよ」

歪《いびつ》な耳障《みみざわ》りがあってクオリアは振り返った。男性なのに、女の口調だった。受け入れがたい何かが両立していた。

「後生大事に十字架まで立てたようだけど、やっぱり矛盾《むじゅん》してるわ。だって魔術人形は道具よ？」

「人間認識」

緑髪《りょくはつ》をオールバックに整えた、壮年《そうねん》の男が聳《そび》え立つ。薄手《うすで》の黒いコートを羽織る彼《かれ》の背後には二人の騎士が佇《たたず》む。かつてトロイ第五師団長エドウィンを連行した属騎士団、〝クリアランス〟が身に着けていたものと同じ、漆黒《しっこく》の鎧《よろい》が月光に反射していた。

その男を見たロベリアの顔からは、〝お姉さん〟の緩《ゆる》みが、一切《いっさい》消えていた。

「それで？　ボーヤ。アナタはどちら様？」

「本個体は守衛騎士団〝ハローワールド〟の一員、クオリア。役割は〝美味しい顔《笑顔》〟を創ること」

「あら、アナタがそうなの。いいわねぇ、何か喋《しゃべ》り方に迷いが無いって感じ」

よく通る声で、男も自己紹介《しょうかい》をした。

「アタシはカーネル＝アカシア公爵。ヴィルジンちゃんの従兄弟《いとこ》ってトコかしら」

3

「蒼天党の襲撃《しゅうげき》は終わってない。第二波がどこかで来るわよ」

ソファにどっしりと腰《こし》を下ろしたカーネルが、足を仰々《ぎょうぎょう》しく組む。

「理由の説明を要請する」

「管理下から消失した古代魔石〝ブラックホール〟の総量と、実際に使われた古代魔石〝ブラックホール〟の量が合ってないからよ」

質問に回答をしたロベリアに続き、教師が生徒に例題を出すようにカーネルが問う。

「さて問題。残りはドコにかくれんぼしちゃったでしょう？　ついでに、リーベもかくれんぼしちゃってるのはご存じよねぇ」

「肯定《こうてい》。リーベは蒼天党の主《マスタ》として認識している。現在の位置は判明していない」

「色んな人間や獣人に聞いた話、リーベはガチで自分の命なんて考えてないタイプっぽいわ……戦場で一番怖《こわ》いのはね、自分の死を勘定《かんじょう》に含《ふく》めてない奴《やつ》よ」

低く重い男声がクオリアに向けられる。

「一個でも爆発《ブラックホール》させてみなさい？　王都が地図から消えるわ」

「状況分析《じょうきょうぶんせき》。残りの古代魔石は、王都には無い」

「あら。なんでそんなこと言えちゃうの？」

「探知機《レーダーシステム》による検知に、反応がない」

探知機《レーダーシステム》。遠隔地《えんかくち》の魔力反応を探し当てる、魔術世界仕様にカスタマイズされたテクノロジー。昨日はこれを使い、古代魔石〝ブラックホール〟が仕掛けられた位置を特定した。

今も、クオリアの右目にコンタクトレンズとしてディスプレイが嵌《は》め込《こ》まれている。

加えて、5Dプリントで掌《てのひら》サイズの筒《つつ》を生成する。筒から発されるレーダー波が古代魔石〝ブラックホール〟の魔力反応を拾い、その在処《ありか》をクオリアの右目にポイントする。

「……ところで、アナタが無力化した13個の古代魔石〝ブラックホール〟。今どこにあるか言い当てられる？」

「現時点では本地点から8時の方向、4・358㎞地点にある3階建ての建物、その地下一階に13

個の無力化された古代魔石〝ブラックホール〟を確認」

ぱんぱんと、カーネルが感心したように手を叩《たた》く。

「恐《おそ》れ入ったわ。場所を言いあてるどころか、建物の形まで把握《はあく》できるなんてね。私と信頼《しんらい》できる数人しか知らないはず……これが〝ブラックホール〟から王都を救った、トンデモ魔術って訳ね」

「エラー。これは魔術には分類されない。機能だ」

「ちなみにその探知機《レーダーシステム》とやら、私も使うことは出来るかしら」

コンタクトレンズをもう一つ生成して、カーネルに渡す。

「これを眼球に貼《は》ればいいのね？」

「肯定」

「いやカーネル公爵、そんな異物を目に……失明したらどうすんですか⁉」

同行していたクリアランスの騎士達《たち》が狼狽《ろうばい》の様子を見せる。この世界では目を補助する機器は眼鏡かモノクルだけだ。コンタクトレンズは概念《がいねん》からして存在しない。

だが全くカーネルは恐れる様子も無く、右目にコンタクトレンズを貼り付ける。

「技術革新に犠牲《ぎせい》は付き物！　魔術人形や人工魔石の技術だってそうやって研磨《けんま》されてきたんでしょ⁉　で？　どれどれ……」

脳波経由でコンタクトレンズに映し出された古代魔石の位置、辺りの物質配置情報がカーネルの右目に染み込む。視界に広がったこの異世界には無いものの一端《いったん》にカーネルが唸る。

「本当に恐ろしいわねぇ……。どんな魔術論理で動いているのか分からないわ……ところで、これで索敵《さくてき》できる範囲《はんい》は？」

「50㎞と推定する」

「王都は十分にカバーできているわね。けれど、この50㎞圏外《けんがい》で発生したブラックホールがこの王都を呑《の》み込む可能性もある。まだ油断はできないわ……これ何個か作れる？」

「肯定」

「クリアランスにも、ぼちぼち魔術人形が導入されるの。そいつらの目に付けて、草の根掻《か》き分けて爆弾《ばくだん》探させるわ」

魔術人形というワードを聞いたロベリアは眉《まゆ》を顰《ひそ》めないまでも、残念そうに息を漏《も》らす。ぎょろりと、カーネルがその口元を睨《にら》みつける。

「優先度を考えなさい。ロベリア姫《ひめ》。魔術人形に〝心〟があるなんて、哲学《てつがく》してる場合？　何回も言ってるけれど、魔術人形には、心は無いの」

「あるわよ。ラヴから私は、それを学んだ」

「私達が創っているのは、人類を支え、人類を守る道具よ。心なんて創った覚えはないわ」

ロベリアの絶対零度《れいど》の目線に対し、カーネルは往《い》なすように皮肉な笑いを見せた。

「今はブラックホールの発動を止めることが最優先事項《じこう》。この王都が、黒い神話に消される前に。これ、道具どころかアタシらの命を懸《か》けても安過ぎるほどよ。そう思うわよね、クオリアちゃん」

発言権を渡されたクオリアは、淡々《たんたん》と演算する。

ロベリアの必死で冷淡な顔。カーネルの余裕《よゆう》な大人の顔。

どちらの発言も理解した上で、答えを出す。

「古代魔石〝ブラックホール〟発動の阻止《そし》を最重要目標とし、解決にパフォーマンスを集中させることは正しい。しかし――」

しかし、というところで唇《くちびる》が止まる。僅《わず》か1秒。その間に、サイコロステーキを再度要求してきた魔術人形の、咀嚼《そしゃく》する口の動きを思い起こす。

「自分《クオリア》は、先程《さきほど》魔術人形との接触実績から、魔術人形は生命活動を実行していると判断した」

たとえ法律《ルール》が、魔術人形を道具だと規定していても。たとえ人間全体が、魔術人形を道具だと差別していても。かつて人形《アンドロイド》だった少年の演算結果は、世界の重力に引っ張られない。

「即《すなわ》ち、魔術人形にも、〝心〟が存在すると認識している」

ダイニングルームが、一瞬《いっしゅん》夜の静寂《せいじゃく》に同化した。ロベリアは縛《しば》り付ける氷が解けたかのように、クオリアの横顔を大きく見開いた瞳《ひとみ》で見つめていた。

「その考え方、危険よ」

カーネルが興味深そうにクオリアを見つつ、諭《さと》してきた。

「いい？　魔術人形に心は無い以前に、そもそもあっちゃいけないの。それは心じゃなくて、〝異常〟として修正し、あるいは失敗作として破棄すべき代物《しろもの》なの」

「心が、異常。心とは、異常なのか」

反芻《はんすう》するクオリアに、カーネルは畳《たた》みかける。

「……持ち主がその〝心〟に臆《おく》してしまったら？　騎士が愛着を覚え、危険だからと魔術人形を保護するようになってしまったら？　自我を覚えた魔術人形が、ロベリア姫の〝親友〟になれるって保証はある？　人類に牙《きば》を向けるような、第二の蒼天党にならないって保証はある？」

「……」

「換言《かんげん》してあげる。その考えは、アナタも、アナタが守りたいものも滅《ほろ》ぼす考えよ。何せ騎士は、いざという時魔術人形どころか、心ある人さえ破壊《はかい》しなければならないのだから」

魔術人形に心を見出《みいだ》すことを禁忌《きんき》とするカーネルの主張は、クオリアにも理解は出来た。反論の余地もなかった。

〝心〟は異常――即ちバグ。人型自律戦闘《せんとう》用アンドロイドだった頃《ころ》のクオリアは、〝心とは何か〟という問いそのものをバグとして認識していた。だからこそ、兵器に根付いた心は、修正されるべき異常だというのも頷ける。

「守衛騎士団〝ハローワールド〟は」

それでも。

おかわりを要求するエスの無邪気《むじゃき》な瞳は、クオリアの中から消えない。

「〝美味しい顔《笑顔》〟を創るという対象に、人間、獣人、魔術人形を含める。その結論に変更《へんこう》はない。魔術人形には、〝心〟が存在する可能性が高い」

異常であったとしても、心があるのならば、クオリアは見てみたい。

〝美味しい〟と口にするエスの声を、もう一度聞いてみたい。

「……まあ、いいわ。今は魔術人形のことより、蒼天党のリーベ。あいつをどうやって捕まえ――」

グラスが爽快《そうかい》に割れる音がして、全員の視線が集中する。

「…………え？　なんで、お兄ちゃんの、名前が」

棒のように立ち尽《つ》くして愕然《がくぜん》としていたアイナの足元に、もうどんな飲み物だったか分かりようのない液体が染み渡り、煌《きら》めく硝子《ガラス》の破片《はへん》が散らばっていた。

4

「説明を要請する。アイナ、あなたの挙動に乱れが生じている」

「えっ、あ、も、申し訳ございません‼」

クオリアに声を掛けられ、ようやく自分の置かれている状況にアイナが気付く。狼狽しながら破片を拾おうと手を伸《の》ばすが、それよりも早くカーネルが破片を掴《つか》む。

「下手に拾うと怪我《けが》するわよ。まあまあ、ゆっくり落ち着いて茶でも飲みなさいよ」

「あ、あの、申し訳ございません！」

「いいのいいの。なんだか驚《おどろ》かせちゃったようだし……って、ちょっとクリアランス《あんたら》、何で手伝わないのよ！　女には優《やさ》しくしなさいといつも言ってるでしょうに！」

「あっ、すんません！」

怒鳴《どな》られたクリアランスも掃除に参加する。破片をクリアランス達に持っていかせたところで、未《いま》だに顔が青ざめているアイナを、カーネルが一瞥《いちべつ》した。

ただし、鋭利《えいり》な鷹《たか》の如《ごと》き目線で。

「……で？　リーベはお知り合い？　あと、蒼天党って知ってるかしら？」

全身が凍《こお》りついたアイナの前に、クオリアが割って入る。

一回り以上背丈《せたけ》に違いのあるカーネルを、澄《す》んだ瞳で気兼《きが》ねなく見上げる。

「あなたがアイナの脅威《きょうい》になる可能性を検知した」

「別に取って食いはしないわよ、話を聞くだけ」

クオリアの低い声をあしらうと、蒼白《そうはく》めいた少女の顔を目掛けて尋問《じんもん》を始める。

「例えばアイナちゃん。あなたは元蒼天党の獣人で、兄の名前がリーベだった……とかじゃない？」

アイナが図星を突かれたようにカーネルを見上げる。

「……どうなの？　アイナちゃん」

ロベリアの後押しもあって、ようやくアイナは決壊《けっかい》するダムのように、自分の過去を話し始めた。

「……確かに私は、子供の頃、蒼天党という集団に属して、いました。そして、確かに、リーベという兄がいました。でも、私の知る蒼天党はこんな暴動を起こせるような規模ではなかったです……

何より……兄は死んでいます……だって……だって」

「アイナ。それ以上の発言は、あなたに有益ではない可能性がある」

「……私の……前で……頭を、落とされて」

「それは、ご愁傷様《しゅうしょうさま》」

アイナの膝《ひざ》が床《ゆか》につく。落涙《らくるい》と共に、呼吸もおかしくなっている。「アイナ、この場から離れることを要請する」という声さえ届かぬほどに、段々と乾《かわ》いていく瞳に何も映らなくなる。

アイナの心がアラートを上げている。跡形《あとかた》も無く破壊されそうになっている。感情の濁流《だくりゅう》に消え入りつつあった。

だが、カーネルは問いを止《や》めようとしない。

アイナがまともに答えられないのは誰の目にも明らかだ。ロベリアが堪《たま》らず介入《かいにゅう》する。

「そこまでよカーネル公爵《おじさん》、今日はもう止めて！」

「いいえ。重要なことよ。もっと蒼天党と、お兄さんのことについて聞かせ――」

『Type GUN』

カーネルの真横を一筋の光線が通過し、壁を突き破って流星として夜空に消えていく。

生成されたフォトンウェポン。その銃口《じゅうこう》の風穴へ、カーネルは視線を移す。

「あなたは、誤っている。これ以上は敵対的行為《こうい》と定義し、あなたを脅威と分類し無力化する」

「な、なにを……！」

部屋に戻《もど》ったクリアランスが主人の緊急《きんきゅう》事態を発見する。

武器を抜く音。想定外の事態に、ロベリアも声を上げそうになる。

「剣《けん》を収めなさいクリアランス!!」

自らを助けようとしたクリアランスを一喝《いっかつ》した直後、カーネルは舌なめずりをした。

「今いいトコでしょうが。萎《な》えることすんじゃないわよ」

向けられたフォトンウェポンを恐れるどころか、逆に近づく。

そしてアイナと、彼女を庇《かば》うクオリアと同じ目線になるように、腰を曲げる。

額が、フォトンウエポンの先端《せんたん》に接触した。

「状況分析。自分《クオリア》が荷電粒子《ビーム》を発射した場合、あなたの生命活動は停止する」

「あっそう。なら撃《う》てば？」

クオリアは状況を読み込む。このカーネルという男、戦闘力《スペック》は非常に高い。

だがそれでも、クオリアがトリガーを引けば、カーネルは避《よ》けられず、額を貫《つらぬ》かれて死ぬ。

カーネルもそれは分かっている様子だ。しかし顔に、恐怖《きょうふ》の感情は一切読み取れない。自分の死を、全く勘定に含めていない。

「アイナちゃんを傷つけたくないんでしょ？　好きよ、そういう青春……その代わり、アタシの代わりに死んでもこの国守れよ」

「あなたは誤っている。あなたは生命活動停止のリスクを増大させている」

「これが〝心〟だ、ボーヤ」

深海の如く沈《しず》んだ声が、僅かにフォトンウェポンを震《ふる》わせる。

「兄と同じ名前の、リーベという獣人。蒼天党って組織名だって一致《いっち》してる。これ偶然《ぐうぜん》で片づけるには少し無理がない？　しかもアイナちゃんはそのリーベが死んでいると言っている。これが嘘《うそ》じゃないなら矛盾も矛盾、矛盾だらけじゃないの。この蒼天党の一件と、古代魔石〝ブラックホール〟の再起動を止められるヒントを、このアイナちゃんって子が持ってるのは明白じゃないの」

クオリアも引き下がらない。

「否決する。あなたの疑問解決と、〝ブラックホール〟を起動させないという目的については、別の手法を取ることを要請する」

「残念ながら手段を選んでいる時じゃないの。倫理《りんり》じゃ、人も国も守れねーの」

「アイナの〝美味しい〟を守衛する。人間、獣人の〝美味しい〟も守衛する。そのためにリーベを無力化し、古代魔石〝ブラックホール〟も起動をさせない。自分《クオリア》がそれらを全《すべ》て実行する」

「……欲張りセット過ぎないかしら。王都が綺麗《きれい》さっぱり消えてからじゃ遅《おそ》いのよ」

「それが自分《クオリア》の役割だ」

暫《しばら》く互《たが》いに睨み合った。

全てを貫き通す槍《やり》のようなカーネルの眼光。一切迷うことを知らないクオリアの佇まい。

「無理に答えさせるのもスマートじゃないわね。ここはあなたに勝ちを譲《ゆず》りましょう」

先に引いたのはカーネルだった。

クオリアもフォトンウェポンを光へと消していく。

「エラー。〝勝ち〟は今の場面には適用されない。これは〝勝負〟ではない」

「いいえ、肩慣らしの前哨戦《ぜんしょうせん》よ。王都を懸けての大勝負は、ここからね」

5

『だって獣人なんかいたら、お客さん怖がって入ってこられないし』

ならば私はこの先、どうやって生きていけばいいの。と言ったら店主に殴《なぐ》られた。

自身の犬耳を引き千切りたいと考えながら、草臥《くたび》れた足取りで獣人の女は路地を歩く。

表通りを歩くことさえ簡単じゃない。晴天教会の司教に踏《ふ》みつけられている同類を見た。素通りするどころか、交じって剣の腹で殴りつける守衛騎士を見た。獣人平等を目的とした法律など、傍《はた》迷惑《めいわく》な蒼天党がやらかしてしまった後では有名無実もいいところだ。

神やらは何故《なぜ》奴隷の証《あかし》のような〝耳〟を取ってつけたというのか。そんな余計な物をくっつけておきながら、『獣人は人類ではない』と差別された毎日を送る羽目にしてくれやがったのか。

ふと、そんな憎《にく》しみが頭蓋《ずがい》を締め付けた。

「……死のうかな……ん？」

ふと、夕暮れに影《かげ》が差し込んだのが見えた。

「魔術人形よ。よいか。即死《そくし》はさせるなよ。30秒はもたせろ」

「主《マスタ》、命令は受諾されました」

『フリーズ』

「えっ」

主《マスタ》と呼ばれた男の声。魔術人形と呼ばれた少女の声。〝何かが、吹雪《ふぶ》く音〟。

女が見上げた時には、〝首から下が冷たくなっていた〟。

「ふぁ、ふぁ、ふぁ」

凍《こご》える吐息《といき》を僅かに出すことしか、もう出来なかった。何だか急に眠《ねむ》くなってきた。

だが首から下は尻餅《しりもち》をついた姿勢のまま、一切が動かない。神経が切断されたみたいに、内臓の全てが氷に閉じ込められたかのように、瞬間で凍結《とうけつ》させられていた。

「余裕がある時はこうやるのだ。〝獣人狩《が》り〟は、量だけではなく質も採点対象となる。見ろ、なんと我らを興じさせる顔をしているというのか。魂が輝いている」

「流石はインジェクシ枢機卿《すうききよう》！」

修道服を着た男の後ろで、高貴な服の貴族が称賛《しようさん》していた。周りの少年少女の無味乾燥《むみかんそう》な真顔と違い、大人たちは皆興奮して自分を眺めてくる。

もう何も考えられなくなってきた。視界が暗くなってきた。

死ぬ。女は自覚して最後に口走った。

「死に、たひゅ、なひ…………………………」

ふと、少年の一人と目が合った。他《ほか》の仲間が去っていく中、一人だけ立ち止まっていた。

ずっと、少年少女達は母胎《ぼたい》に喜怒哀楽《きどあいらく》を置いてきたかのように、その端整《たんせい》な顔に何も宿さなかった。少年も例外ではなかった。

例外ではなかったが——僅かに瞳が揺《ゆ》らいでいた。そんな気がした。

「ダスィヒ、その獣人はもうよい。行くぞ」

「命令は受諾されました」

少年の背中を見ることは、彼女には出来なかった。既《すで》に、鼓動《こどう》が止んだからだ。

6

――というインジェクシ枢機卿の〝獣人狩り〟を、その獣人は遠距離《えんきょり》から眺めていた。

「へー。あれが魔術人形か。昨日は出くわさなくてよかった。やっぱディードスから情報聞き出しておいて正解だったなぁ」

サングラスをカチューシャのように装着する彼こそは、蒼天党の参謀《さんぼう》、バックドア。

〝両手で創った望遠鏡〟を通して、何十里と離れた箇所《かしょ》での余興を余すことなく見る。会話の内容も、読唇術《どくしんじゅつ》にて理解する。読唇術の他に、ディードスから情報を引き出せた暗躍《あんやく》力も、特技の一つに入る。蒼天党の計画を交換《こうかん》材料にしたが。

「にしても〝獣人狩り〟とか人間様はエグいこと考えるねぇ。獣人殺し過ぎって〝獣忌卿《じゅうきけい》〟を追放してたけど、人のこと言えないいんじゃないの？」

と独り言《ご》ちながら、「あ、そうだ」と妙案《みょうあん》を閃《ひらめ》く。

「リーベさんが妹《アイナたん》と会うとアウトなんだよな。という訳で獣人狩りとやら。このバックドアも正々堂々と利用させてもらいやしょう」

第三章

CHAPTER 3

Surpass THE MAGIC WORLD

1

「なんだ。うんともすんとも言わなくなったな」

熱湯をかけられても、爪《つめ》を剥《は》がされても、リーベの首を見せられても、もうアイナは身動《みじろ》ぎ一つしなくなった。息と瞬《まばた》きをするだけの鑑賞物《かんしょうぶつ》に、12歳《さい》のアイナは成り果てていた。唇《くちびる》からは何も吐《は》かず、瞳《ひとみ》に光はもう宿っていない。

「貴様はもう輝《かがや》くことはできんな。だがせめて、優雅《ゆうが》にして壮絶《そうぜつ》なる死にて、最後の輝きを見せるがよい。おい、ギロチンを準備しておけ」

処刑《しょけい》宣言が聞こえたが、薄暗《うすぐら》い天井《てんじょう》を茫然《ぼうぜん》と見上げるアイナの目線に変化は無い。致命的《ちめい》に壊《こわ》れた心を抱《かか》えて、人形のように死の瞬間《しゅんかん》を迎《むか》えるだけとなっていた。

「何事だ⁉」

「向こうで怪物《かいぶつ》が暴れてるらしいぞ」

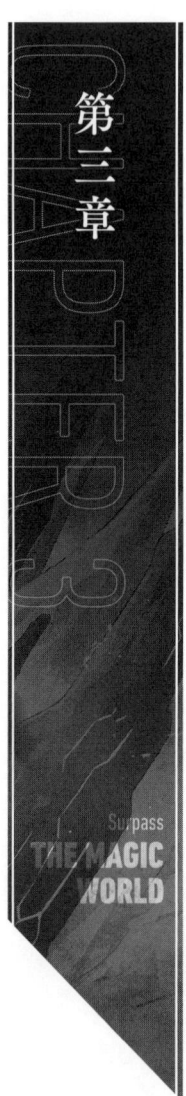

監視《かんし》の男達が血相を変えてどこかへ行った。理由は分からない。

しかも檻《おり》の扉《とびら》が開いたままだった。けれど、罠《わな》かどうかも、もうどうでもいい。

生きたい、助かる、なんて希望が宿った訳でもなく、ただ開いてたから出るくらいの物理法則に従って、アイナはひたひたと歩き始めた。人間《敵》には見つからず、鉄格子《てつごうし》を掴《つか》んで睨《にら》みつける獣人《知らない人》の哀願《あいがん》や罵声《ばせい》を左右から受けながら、アイナは一人その監獄《かんごく》を出た。

閉《こ》じ込められて何日経《た》ったのか、何ヶ月経ったのか、あるいは何年経ったのか。

それは分からないけれど、久々に晴天を見た。

枢機卿《すうききょう》が首からぶら下げていたものと同じ太陽を、破壊《はかい》してやりたい衝動《しょうどう》に駆《か》られた。

『……待……どうし……お前……あっ……死んだはず、あっ……ぁぁぁぁぁぁぁ』

監獄が喧《やかま》しい。〝枢機卿〟の断末魔《だんまつま》が混じっていたような気もしたが、数分後には忘れた。

アイナは歩いた。糸に操《あやつ》られる人形のように、ぎこちなく歩いた。街を出て、山を登っては下って、川を渡《わた》っては流されて、空腹も、凍《こご》えていることも、ずぶ濡《ぬ》れで疲《つか》れたことも忘れて、歩き続けた。

夜は静かだった。静寂《せいじゃく》だけが希望の夜だった。

新しい朝がきた。兄のいない絶望の朝だった。

見知らぬ街が一望できる丘《おか》の上で、疲労困憊《ひろうこんぱい》で倒《たお》れていたようだ。傷があちこち化膿《かのう》を始めている。もう動くことさえままならない。

そもそも、もう生きる理由など無い。

そこで、アイナは道端《みちばた》に転がっている錆《さ》びたナイフを見つけた。

「……ねえお兄ちゃん。こんなにつらいのに、こんなに苦しいのに。私達が道具なら」

拾ったナイフを自分の首元へ向けた。切っ先には、もう慣れた。

「私達獣人《たちじゆうじん》に、どうして〝心〟なんてあるの？」

錆びた刃《は》が喉元《のどもと》へ触《ふ》れる直前だった。

ふと、白髪《はくはつ》の少年を見つけた。同い年くらいの少年だった。纏《まと》う身形《みなり》から高貴な身分であること は直《す》ぐに嗅《か》ぎ分けることが出来た。

切っ先が転換《てんかん》する。自分の首から、少年の首へと。

「どうせ死ぬなら……一人でも、多く……ふーっ……人間ヲ……ふーっ……ふーっ!!」

無我夢中《むがむちゆう》で飛び出した。困惑《こんわく》する少年へ切っ先を向けたまま近づく。血走った眼《め》に、もう〝美味《おい》しさ〟など微塵《みじん》も存在しない。

「あなた、達は……私から……何もかも……、全部!! 奪《うば》っていった!!」

ずっと、奪われ続けてきた。だからこそ奪うことを、アイナはもう厭《いと》わない。

「これで、首を抉《えぐ》ってやる!! 今度は私が、全部!! 全部!! 全部奪ってやる!!」

細く短い柄《え》。強く握《にぎ》りすぎて、両手から血が滴《したた》る。だが構わない。痛みを感じない。痛みの概念《がいねん》が分からない。

だって、心はとうの昔に死んだから。

「全部……あの、枢機卿、みたい、に、に、に……」

しかし、檻から歩いてきた体力も、限界だった。フラッとよろめいて、その場に倒れてしまった。

少年が駆けてくる。また傷つけられるのだろう。今度こそ殺されるのだろう。

その前に一矢報《いっしむく》いてやると、ナイフを強く握った。

「ひどい傷じゃん……ねえ、君、大丈夫《だいじょうぶ》⁉　ねえ、ねえ！」

傷つけるどころか、少年はアイナを抱えた。

抱《だ》きかかえた時の腕枕《うでまくら》が、いやに心地《ここち》よかったのを覚えている。引っかき傷を与《あた》えることさえ躊躇《ためら》う優《やさ》しさだった。

一瞬、自分が大怪我《おおけが》をして寄り添《そ》った時の兄を思い出した。

「お兄……ちゃん……？」

「え、えっと……、僕《ぼく》は君のお兄ちゃんじゃなくて……僕はクオリア。君は？　っておい。おーい‼」

薄《うす》れゆく意識の中で叫《さけ》んでいたのは、人工知能がインストールされていない頃の、弱くとも心優しき少年だった。

2

「あなた、達は……私から……何もかも……、全部……奪っていった……」

人間には〝夢〟と呼ばれる機能が存在する。浅い睡眠《すいみん》状態の時に、脳に蓄積《ちくせき》されたイメージを追体験するらしい。自室で机に顔を預けて眠っているアイナは、その中でも悪夢を見ているのだろう。

机の上まで溢《あふ》れていた少女の涙《なみだ》を見て、クオリアはそう確信した。

毛布を肩《かた》にかける。起こすことはしない。

昨日、カーネルから〝蒼天党《そうてん》〟、〝リーベ〟という単語で問い詰《つ》められてから、どこかアイナの挙動がおかしい。確かにメイドとしての役割は全《まっと》うしている。寧《むし》ろ積極的に全うしている。クオリアにだって笑顔《えがお》をよく向けてくる。いつも以上に向けてくる。

それでも、例えば台所の皿の数から、アイナは食事がとれていないことが分かっている。ここ1日の、彼女《かのじょ》の笑顔には、彼女の行動には〝美味しい〟が欠けている。

「お兄……ちゃん……」

譫言《うわごと》がまた聞こえた。

〝アイナの兄である〟リーベは、こんな時に彼女にどうしたのだろう。

そもそも、3年間も一緒《いっしょ》だった〝元のクオリア〟は、こんな時彼女にどう声を掛《か》けたのだろう。

少なくとも今のクオリアには、苦しそうな寝顔《ねがお》を崩《くず》さないように見守ることしか出来なかった。

3

「ロベリアの帰還《きかん》を認識《にんしき》」

「…………んあ？　クオリア君？　どしたの？　お姉さんと日向《ひなた》ぼっこする？」

裏庭の十字架《じゅうじか》の前で、ロベリアも座りながら寝込んでいた。

クオリアは自動的に読み取ってしまう。微睡《まどろ》むロベリアの体中に点在する、〝無理〟の情報を。

「……あなたも休養を要請《ようせい》する。昨日、十分な睡眠時間を確保できていないと認識。２日連続の状《じょう》況《きょう》のため、あなたに深刻なエラーが生じる恐《おそ》れがある」

「ありがと。今は踏《ふ》ん張り時だから。だからクオリア君、お姉さんを甘《あま》やかしてくれたまえ」

今度は正座をさせられ、揃《そろ》えたクオリアの膝《ひざ》にロベリアの頭が載る。

「説明を要請する。獣人の状況に付いて、改善の見込みはあるのか」

「少なくとも、蒼天党ではない獣人は、ね。暫《しばら》く避難《ひなん》区設けて住まわせて、騎士《きし》がそこを守るって形を取ろうとしてる。でも、心から獣人を守ろうなんて男前は少ないのが実情だよね」

「状況理解。昨日の実績では、守衛騎士団が獣人を守衛しなかったケースもある」

「そう。だから、この王都で守る獣人の総数を減らすでもしないと、確実に〝守りこぼし〟が出てきちゃうって訳……住処《すみか》を追い出すことと変わらない、最適解とは呼べない愚策《ぐさく》だけどね」

両手で枠《わく》を作り、狭《せば》めることで『王都で守る獣人の総数を減らす』というジェスチャーをロベリアがやってみせた。

「でもその分、良い暮らしが出来るように少しでもしたい……〝サーバー領〟って地方の領主を説得して、ある程度獣人の避難を受け入れてもらうことにした。本当に人間の手本としたいくらいの領主で、信頼《しんらい》はできる。その地方に一部の獣人を避難させる」

「状況理解」

「ただその領主はヴィルジン《父》とは色々あって険悪でさ……懸《か》け橋になれるのが私しかいない訳よ」

「説明を要請する。何故《なぜ》ヴィルジンとは険悪と呼ばれる関係なのか」

「その領主も、晴天教会の人間だから。どちらかと言えばルート派なのよ」

変動の少ない表情に、若干《じやつかん》の驚愕《きようがく》が宿る。大きく眼を見開いたクオリアだったが、内心を察したロベリアに発言を制された。

「まあ〝宗派〟ってものが違《ちが》ってて、晴天教会の中でもまた異質な人物なんだけど……ひとまず大丈夫。信じて。サーバー領の領主は、獣人を無下に扱《あつか》ったりしない」

「……肯定《こうてい》」

ロベリアの目力には有無《うむ》を言わせない何かがあった。非常に強い信頼があった。

「蒼天党の獣人を皆殺《みなごろ》しにしようという、偉《えら》い人の無茶は何とか抑《おさ》え込んでる……ただ、人を多く殺した獣人は何人か死刑《しけい》になるかも。特にリーベという獣人は、相当な人数を殺してる。もし本当にアイナちゃんのお兄さんだったら悪いけど……彼《かれ》は庇《かば》えない」

「……説明を要請する。人間は、生命活動が停止した状態から再起動することが出来るのか」

問われたロベリアは、「再起動……」と言葉の意味を一瞬計りかねていたが、何となく理解したのか、クオリアの視線を促《うなが》すように再度十字架を見る。

「いや。人は死んだらそれまで。生き返る、蘇《よみがえ》るなんていうのは神話の世界だよ」

「やはり蒼天党のリーベと、アイナと兄の関係性に当たるリーベは、別人物である可能性が高い」

「私もそう思う……なのにカーネル公爵《おじさん》め……あんな風にアイナちゃんを問い詰めるなんて」

膝枕《ひざまくら》に頭を預けながら、心底ささくれだった溜息《ためいき》を発したロベリアだった。

皆《みな》、疲れている。これ以上〝美味しい〟が欠け続ける彼女達を見たくない。

「状況分析《ぶんせき》……自分《クオリア》も、あなた達へのアプローチを――」

「ところで、今自分はアイナちゃんや私のために、何も出来ていないとか思ってないかい？」

ロベリアの人差し指が、クオリアの唇に触れた。無理矢理クオリアが唇を動かす。

「肯定」

「へー、昨日アイナちゃんを庇ってあのカーネル公爵《おじさん》と真正面からぶつかったのに？」

「アイナが不利益な状態に陥《おちい》っていたため、実施《じっし》した。評価されることではない」

「ほら、アイナちゃんのために頑張《がんば》った。偉いぞ。〝なでなで〟してやる」

「〝なでなで〟を登録」

クオリアの頭に、掌《てのひら》の感覚が走った。くしゃくしゃと、前髪《まえがみ》と額が擦《こす》られている。言語化不可能だが、いい気分がした。ロベリアの〝美味しい〟微笑《ほほえ》みを、膝の上で検出したのも一因だろう。

「私も昨日嬉《うれ》しかったよ。嬉しかったというより、ちょっと驚《おどろ》いた、かな。魔術人形に〝心〟があるっていう点、同意してくれて――本当に、一度ラヴに会わせたかったよ」

ロベリアの視線を追った。クオリアも十字架の下に眠《ねむ》る魔術人形と、対話してみたかった。

4

二人が、その十字架から去った後だった。

〝R.I.P. LOVE〟と記された墓石の前に、一つの存在が〝着地〟する。

どんな豪雨《ごうう》も弾《はじ》くであろう藍色《あいいろ》の雨具が、全身を覆《おお》っていた。頭部さえ、顔面部分がほとんど見えないほどに深く被《かぶ》ったフードに隠《かく》されている。

そのフードの下では、狐《きつね》を銜《てら》った真っ白な面が、表情を覆い隠していた。

「……あれが、〝ハローワールド〟か。ラヴ、君が名付けたんだよな」

男は、愛《いと》しき人の頬でも触《さわ》るようにその墓石を撫《な》でた。

「また来る。その頃には、君が夢見ていた〝楽園〟に、また一歩近づいてる」

後に残ったのは、供えられたヒマワリと。

〝雨男《アノニマス》〟の名前が記された手紙だった。

5

「……誰《だれ》かが掛けてくれたの、かな」

干していたベッド用のシーツを片付けながら、自分の肩に載っていた毛布を思い出して、申し訳なさで一杯《いっぱい》になる。この家の住人は全員、昼寝してしまったメイド獣人が相手だろうと、このくらいの優しさは見せてしまうような人間達ばかりだ。

ロベリアは沢山《たくさん》余っていた部屋の一つを貸しているだけだからと謙遜《けんそん》しているが、アイナからすれば感謝してもしきれない。

そして、クオリアにも感謝しきれない。クオリアがいたから、兄が死んでからも生きようと思えた。

それでも、一日たりとて兄が死んだ日のことは忘れない。世界の見方が変わってしまうほどに強《きょう》烈《れつ》な、あの枢機卿が掲《かか》げた血の気の失《う》せた兄の頭は、ずっと心にこびり付いて離《はな》れない。

「……違う、絶対に、違う……！」

思わず座り込む。脳内がシチューの具のように掻《か》き混ぜられているみたいだ。

「お兄ちゃん、お兄ちゃんが、そんな、そんな、こと」

あんな優しかった兄が、王都を滅《ほろ》ぼそうなんて考えるはずがない。そもそも死んだ兄が、どうやって刃《やいば》を手に取るというのだ。偶々《たまたま》名前が、同じだっただけじゃないか。

……でも、もし、仮に、まさか、西から陽《ひ》が出るくらいに有り得ないことだとしても。

「……」

本当は、兄が生きていたとしたら？　アイナが見た兄の最期《さいご》は、あの趣味《しゅみ》の悪い枢機卿が見せた、幻覚《げんかく》か何かだったとしたら？

「……だとしたら」

最後のシーツは、芝生《しばふ》の上に落としたままだった。拾うこともしないまま、何もない真正面を見続けていた。

縋《すが》りたい〝もしも〟を、何も無い空間に投影《とうえい》して。

「あっ」

アイナは我に返った。立ち上がった。走り出した。

そして門から飛び出した。

やっぱり、居た。

今、角を曲がっていった獣人の後ろ姿を、見間違えるはずもない。

「お兄ちゃん」

6

もしかしたら、〝なでなで〟をすればアイナも、少しは休養になるかもしれない。

そんな仮説を立てながら、ロベリアとスピリトが再び外出した後の屋敷《やしき》でアイナを捜した。ただし、捜すといっても闇雲《やみくも》に歩いて回る訳ではなく、五感《センサー》から屋敷の状況を取得する。視力や聴力《ちようりよく》自体は人間とは変わらずとも、元人工知能故《ゆえ》の情報処理能力をもってすれば、極小で微細《びさい》な反応すら読み解くことが出来る。同じ建屋の中ならば、別階層で誰が何をしているのかは解析できる。

「エラー。アイナはこの屋敷に存在しない」

庭を直接捜してみるが、しかしアイナは見つからない。代わりに表の庭で、シーツが取り込まれた籠《かご》が放置されていて、1枚のシーツが芝生の上に広がっている。

おかしい。アイナならば洗濯物《せんたくもの》の取り込みをやりっ放しにしない。

「……状況分析。仮説。アイナはこの屋敷の外に位置している」

仮説を口にしたクオリアの中で、言いようのない不安が込み上げてくる。

彼女が外出した理由までには行き当たらない。だが放置されたシーツが、何かとんでもないことが水面下で動いていることを匂《にお》わせる。

何より今、外は獣人を目の敵《かたき》にする連中で一杯だ。

クオリアがアイナを捜しに外に行くには、十分すぎる理由が揃っていた。

7

「……お兄ちゃん、お兄ちゃん？」

追いつけない。声を掛けても、止まってくれない。アイナも止まらない。自分の位置が分からなくなっても、殺気塗《まみ》れの目線をぶつけられても、止まらない。

体が熱い。最愛の兄が、本当に生きていたことに、全身の血管が反応を隠せていない。

早く追いついて、話したい。この3年間のこと、いっぱい伝えたい。

「……あっ」

アイナの足が止まる。追い続けていた兄の足も止まったからだ。

兄が、振《ふ》り返った。真正面から見て、兄だとようやく実感する。

「……生きて、いたんだ」

「……」

「お兄、ちゃん、私ね、私ね」

ようやく手が届く位置にまで、懐《なつ》かしき顔が近づいた時だった。

リーベの顔が、文字通り〝ぐにゃり〟と歪曲した。

「え」

と、声を漏らす暇《ひま》も無く、眩《まぶ》しさの闇に落ちた。

アイナが次に目を開けた時には、もうリーベはいなかった。

「……えっ、えっ？」

何度も辺りを見渡《みわた》す。だが今度はリーベの姿は見つからない。

そもそも、直前リーベの顔面が歪《ゆが》まなかったか。目、鼻、口が溶《と》け合わなかったか。

違う、とアイナは何度も記憶《きおく》を否定する。リーベの顔が歪んで感じたのは、自分が疲れているからだ。リーベがいなくなったのは、〝何故かやたらと多い〟獣人達に巻き込まれてどこかに行ってしまったからだ。

「お兄ちゃん、どこ⁉　どこに行ったの⁉」

迷子《まいご》のように、獣人の間を潜《くぐ》り抜けつつ、数多《あまた》ある〝耳〟の中から兄のものを探す。

だが未《いま》だ呆然《ぼうぜん》としている頭が冷めたのは、突然《とつぜん》前から押《お》し飛ばされた時だった。

「へぇ、獣人にもこんな可愛《かわい》いメイドが居たんだ……残念だが、通行止めってやつだ」

「ど、どういう、ことですか……⁉」

自分を突《つ》き飛ばした掌をしまい、頬《ほお》を吊《つ》り上げる騎士を見上げながら、思わず問いの言葉を投げかける。だが霧《きり》が晴れたかのように、段々と周りがアイナにも見えてきた。

どうやらアイナは、いつのまにか大きな広場に入っていたらしい。そして外へ繋《つな》がる道のそれぞれを、騎士達が封鎖《ふうさ》している。

「あーあ。本当なら俺《おれ》達がやっちまいたかったんだが、うちらの旦那《だんな》の趣味でよ。俺達は通せんぼしか出来ないんだと」

不穏《ふおん》なことを言う騎士の封鎖線から内側の広場には、困惑した獣人達が群がっていた。

「あ、アンタも騙《だま》されたのか、仕事があるって」

獣人の一人が、物憂《ものう》げな表情でアイナへ尋《たず》ねてきた。更《さら》に別の獣人も、ここへ〝運ばれた〟経緯《けいい》について震《ふる》えた口で話してくる。だがそれを遮断《しゃだん》し、アイナが必死に訴《うった》える。

「ちょ、ちょっと待ってください……私、兄がこの中に……」

この中に居るはずなんです、という言葉が喉《のど》で詰まる。ぐにゃりと、歪んだリーベの顔がフラッシュバックした。

〝騙された〟――理屈《りくつ》は不明だが。

「――獣人諸君」

全身に鳥肌《とりはだ》が立った。吹雪《ふぶき》の中へ裸《はだか》で放《ほう》り出された気分だった。

獣人達の視線を一手に集めた修道服の男をアイナは見る。

途端《とたん》、3年前の枢機卿が重なる。

リーベの首を玩具《おもちゃ》のように持ち上げていたあの男が、鮮明《せんめい》に蘇る。

「歓喜《かんき》せよ。〝獣人狩《が》り〟によって、君達の魂《たましい》は輝く」

「あ、あ……」

また、魂が輝いてしまう。過去に置いてきたはずの痛みが、アイナの神経を支配する。

8

「いかがだったでしょうか、アイナたん。兄が生きているなんて夢物語に浸《ひた》れた気分は」

両手で囲った筒《つつ》を右目に当てる。筒内で〝光〟を操り、その先の遠い景色を拡大する〝望遠鏡〟代わりにする。

リーベ〝の姿形をした〟獣人は笑いながらその魔術《擬態》を解く。今にも腹を抱えて倒れかねないバックドアの笑顔がその正体を現す。

〝擬餌鉤人《ディープフェイク》〟――バックドア固有の例外属性〝光〟によって、辺りの光を屈折《くっせつ》させ、蜃気楼《しんきろう》を引き起こす。その蜃気楼の精度は、肉親であろうとも判別がつかないレベルの擬態を実現する。

他にも〝自身を光に変換《へんかん》し、瞬間移動ができる〟など、例外属性〝光〟の応用範囲《はんい》は広い。攻撃《こうげき》力《りょく》は持たずとも、容易に大衆を騙す光の力で、バックドアはこの世界を渡り歩いてきた。

「でも、君が悪いんだよ。アイナたん。散々俺がリーベを誘導して、王都を滅ぼすまでにしたのに、君とリーベに感動の再会なんてされたら全部台無しになるじゃん」

蒼天党すら、リーベすら、バックドアにとっては隠れ蓑《みの》に過ぎない。

現に、リーベの妹であるアイナに降りかかる悲劇を、今から特等席で鑑賞しようとしている。兄に化けてまで、妹を〝獣人狩り〟に誘導してまで。

「問題なのは、本物のリーベも動いちゃってることなんだよな」

まあいいか、とバックドアは引き続き〝望遠鏡〟の向こう側を鑑賞する。

「頑張れ頑張れ」

9

クオリアは爆発音《ばくはつおん》を認識した。とはいえ、炎《ほのお》魔術が炸裂《さくれつ》した訳ではない。

「状況分析。〝超《ちよう》水圧の液体〟が衝突《しようとつ》したと認識」

直後、獣人の少女が角から飛び出してきた。何かに戦慄《せんりつ》し、肌《はだ》が粟立《あわだ》っている。

次に角から出てきたのは、髭《ひげ》の濃《こ》い貴族と、青髪《あおがみ》の少年型魔術人形だった。

「〝獣人狩り〟……これで5人目だ。魔術人形よ、今度は即死《そくし》ではつまらん。まだ勝手が分からんが、劇的に殺した方が良いのであれば……例えば溺死《できし》などはどうだろう」

「命令は受諾《じゆだく》されました」

魔術人形の手から、頭部より一回り大きな水球が出現する。逃《に》げ惑《まど》う獣人少女に向かって、投げるように放った。

「あなた達を脅威《きようい》と認識」

『Type GUN』

荷電粒子《ビーム》の超高熱が通り抜けた。水球が蒸発した。

「〝獣人狩り〟は、強く許可されない。早急に行動の停止を要請する」

貴族の苛立《いらだ》った目線と正対して、獣人と貴族たちの間に割って入る。〝獣人狩り〟――聞き捨てならないキーワードの意味を、ロベリアから聞いた情報と照らし合わせながら。

呆《あき》れたように貴族が溜息を吐《つ》く。そして零《こぼ》した食べ物を拭《ふ》かせるくらいに軽い態度で、魔術人形に命令を発する。

「……やれ。獣人を庇うような少年など、いずれ異端《いたん》に成り果てよう」

「命令は受諾されました」

『オーシャン』

魔石から発されたソプラノの四重音声の直後、藍色に輝く空気が漂《ただよ》い始める。

「魔石回帰《リバース》」

魔術人形の両目が藍へ着色されていく。〝スキル〟の兆候だ。

オーシャン――深海の魔石。魔術人形の頭上に出現した大量の水は、異常な水圧を含《ふく》んでいる。

「これより主《マスタ》の命令に基づき、あなたを殺害します」

事象は一瞬。

微《かす》かな予兆。確かな魔力変動。

描《えが》かれた予測の世界に従い、クオリアが動く。

途端、空間に漂う巨大《きょだい》な水球から、極細の水流《ウォーターカッター》が伸《の》びた。

「攻撃を認識」

先程までクオリアがいた地面が裂断した。人体なんて、簡単に両断する威力《いりょく》を見た。

『Type GUN』

二発目の深海の名刀と、荷電粒子《ビーム》の線が交差した。

ぱぁん、と。

甲高《かんだか》い音を立て、交点で蒸発する。

「これ以上の敵対的行為《こうい》を認識した場合、あなたを無力化する」

「攻撃を改善します」

クオリアの警告へ返答するかのように、超高水圧の直線が発射される。

ただし、先程との相違点《そういてん》として複数の水流が一斉掃射《いっせいそうしゃ》されていた。

『Type GUN』

二丁目のフォトンウェポンを生成する。

「最適解、算出」

超高水圧の直線が放たれてから、自身の肉体を切り裂くまでのカンマ1秒以下の時間で、全《すべ》ての軌道《きどう》を暴き出す。

そして、トリガーを引く。

自分か獣人に当たる極細の水流のみ、荷電粒子が真正面から直撃する。

水蒸気が舞《ま》う空間の中、鋭利《えいり》な先端《せんたん》が何かを貫《つらぬ》くことはなかった。

「再度停止を要請する。あなたの行動は、誤っている」

「この行動は、主《マスタ》の命令を果たすものです。あなたの命令は、拒否《きよひ》します」

これが、魔術人形が道具と呼ばれる所以《ゆえん》。後ろでニヤリと頬を吊り上げている貴族の命令に従い、一切《いっさい》の躊躇《ちゆうちよ》なく生命を奪う。時には自らの生命の破壊だって思うところなく成し遂《と》げるだろう。

……押し付けられた役割に従って、何千年と心無く他の人工知能を破壊し続けた存在を、クオリアは一体知っている。その〝シャットダウン〟というアンドロイドが、最後には〝心とは何か〟という問いを持ったことも。

目前の意志無き存在も、かつての自分と同じく、問いを持つ前段階だとしたら？

あのエスという魔術人形のように、〝美味しい〟を要求するかもしれない。

「あなたを、魔術人形をラーニングする」

魔術人形が頭上に出現させた水球から水流を放たんとして、しかし直前で失敗する。無数の荷電粒子《ビーム》によって原形を保てなくなるほどに、貫かれては蒸発したからだ。

だが魔石の底力は計り知れない。蒸発しても、超高水圧の特殊《とくしゆ》な水は即座《そくざ》に補充《ほじゆう》されていく。しかしそれと同等の速度で、二丁のフォトンウェポンが火を噴《ふ》く。何度も水が補充されるなら、何度でも荷電粒子《ビーム》で穿《うが》つだけだ。我慢比べならば魔術人形相手だろうと引けを取らない。

そして、最適解の経路に沿って、クオリアが魔術人形の中心に手を触れる。

〝人工魔石〟へ、クオリアの意識が飛び込んだ。

「これより、ハッキングを開始する」

古代魔石〝ブラックホール〟が織りなす粗削《あらけず》りの暗黒とは、明らかに違った。

広がった深海では、明らかに人の手によって魔力が整列している。一切の魔力不結合《バグ》が存在しない。更に潜《もぐ》っていき、魔術人形の動きを指し示《プログラミングしている》す根幹部分まで到達《とうたつ》する。

主人から受け取った、『獣人を殺害する』という命令が魔術人形の動きを制御《せいぎょ》している。クオリアは魔力の信号を与えて、この命令を乱す。

――途端、魔術人形は糸が切れたようにその場に座り込むのだった。

「与えられた命令内容に異常が発生。再度命令を与えてください」

まさに道具として、命令を待つ魔術人形。

あたかも、壊れた人型自律戦闘《せんとう》用アンドロイドのようだ。

「……否定する。それは、あなたが最適解を算出する問いだ」

主《マスタ》である貴族は、ようやく自分が追い詰められたことに気付いたらしい。

10

停止した魔術人形の向こう側に、クオリアは悍《おぞ》ましい状況を読み取っていた。獣人の肉塊《だったもの》がいくつも転がっていた。全員、ウォーターカッターに切断されたか、水球の途方《とほう》もない衝撃《しょうげき》で飛び散っていた。助けた獣人が縋っているところを見ると、彼女の家族だろう。

〝獣人狩り〟――それ即《すなわ》ち、獣人を狩る娯楽《ごらく》。

あそこで倒れているのが、アイナだったら――。

不安という怪物が演算回路をのさばり、足が勝手に唖然《あぜん》としていた貴族へと向く。

「ま、待て、落ち着け。わ、私が悪か」

「説明を要請する」

「えっ」

貴族が何か謝罪しようとしていたが、クオリアがフォトンウェポンを額に押し付ける。

「アイナの居場所はどこか」

「ひ、ひいいいいい⁉　あっ、あああああっ⁉　いや待って、ごめんなさだぁっ⁉」

閃光《せんこう》が一つ、腕を貫く。だが悶《もだ》え転がることも許さず、クオリアは胸倉《むなぐら》を掴んで顔を近づける。

謝罪や釈明《しゃくめい》なんていらない。情報と説明が欲《ほ》しい。

「再度説明を要請する。アイナはどこか」

再び銃口《じゅうこう》が額に張り付く。密着した分だけ、小刻みに震える歯の音がする。

「知らない、誰だ、誰だそれ。俺が、殺したのは、こいつらだけだ」

「〝獣人狩り〟とは何か。他にどの地点で行われているのか」

「待て、話す、話すからぁ！」

曰《いわ》く。

インジェクシ枢機卿の号令の下《もと》、10人強の貴族で行われている〝獣人狩り〟は、この辺一帯で催《もよお》されている。獣人を〝いかに多く、いかに芸術的に〟殺害したかを競《きそ》い合っているようだ。

「この辺一帯とは、他にどの地点があるのか。全ての地点の説明を要請する！」

「し、知らない‼ 皆独立して動いている‼ インジェクシ枢機卿のところには何人かいるみたいだが、奴《やつ》もどこでやろうとしているのか——ぎゃあああああっ⁉」

再び荷電粒子《ビーム》が、焦《こ》げた風穴を作る。

「ほ、本当に、しら、知らない……これ以上、は……！」

苦痛のあまり、泡《あわ》を吹《ふ》き始めた貴族を地面へ転がす。これ以上聞いたところで時間の無駄《むだ》だ。

「……状況分析。自分《クオリア》の演算機能に大量のノイズが発生している」

クオリアの回路を駆け巡《めぐ》る砂嵐《すなあらし》が収まることはない。今こうしている間にも〝獣人狩り〟の対象として、アイナが傷ついているかもしれない。

心臓が圧縮しているようだ。胃が攪拌《かくはん》されているようだ。肺が鑢《やすり》で削《けず》られているようだ。

アイナの苦悶《くもん》の表情が、クオリアの視界一杯に差し込まれる。

しかし、ブルートの時とは違う。アイナが何処《どこ》にいるかも導けない。故《ゆえ》に兵器回帰《リターン》すれば解決できるとも限らない。

孤独《こどく》な歯車の如《ごと》く、演算が空回りする。

「——クオリア、説明を要求します。お前は主《マスタ》であるディードスを攻撃するのですか」

一人の少女が隣《となり》で見上げていたことさえ、気付けなかった。

「エスを認識」

11

「クオリア、再度説明を要求します。お前は主《マスタ》であるディードスを攻撃するのですか」

自分と鏡合わせのように、薄い面様《おもよう》だった。

だが、特に攻撃の意図はエスに見られない。今はその前段階で、クオリアを脅威と判断すべきか見定めているといった様子だ。

「説明を要請する。あなたも〝獣人狩り〟を実施しているのか」

「私は、〝獣人狩り〟を実施していません。現在主《マスタ》を別の魔術人形に護衛させ、私は状況を観察しています。そのため、お前に攻撃の意図がないか、説明を要求しています」

「あなたの質問に回答する。ディードスを攻撃する意図は、自分《クオリア》にはない」

「承諾《しょうだく》しました」

とエスの警戒《けいかい》を解きながらも、ディードスが〝獣人狩り〟とは無関係であるとは、思っていなかった。

ただ、それどころではない。ディードスを無力化して問い詰めるよりも、今起きている獣人狩りを何とかする方が最重要だ。アイナの命が最優先だ。

「エス。説明を要請する。アイナの位置情報を認識しているか」

「アイナとは誰ですか」

「自分《クオリア》の心を監視する獣人だ。ロベリアが所有する屋敷に、常時位置している」

5Dプリントでアイナの立体画像《ホログラム》を作る。辺りに人間がいれば飛び出すくらいに眼を見開きそうなものだが、近くには家族を殺され放心状態の獣人しかいない。そして、魔術人形はオーバーテクノロジーを見たところで、驚天動地《きようてんどうち》してみせる仕組みにはなっていないようだ。

「私は、アイナを認識していません。しかし、アイナがいる可能性の高い場所は提示できます」

「それは、どこか」

「ロベリアの屋敷は、私の人工魔石に重要位置情報として登録されています。アイナがロベリアの屋敷から移動してきた場合、インジェクシが実行している大規模な〝獣人狩り〟の領域に到達した可能性が高いです。この付近一帯の獣人は、インジェクシが何らかの手段で大規模な〝獣人狩り〟の領域に集めているためです」

先程無力化《気絶》した貴族は、インジェクシが取り損ねた獣人をハイエナの如く漁《あさ》っていたのだ。

「その大規模な〝獣人狩り〟の座標を説明することは可能か」

「はい。インジェクシは〝獣人狩り〟を秘密にしていません。もし〝獣人狩り〟に参加したい人間がいた場合、私は案内すべきだと判断します」

参加したい訳ではないのだが、その言及《げんきゆう》は優先度が低い。

5Dプリントの光が再度瞬《またた》く。今度は付近の地図を描写《びようしや》した正方形が浮《う》かび上がった。

エスが指を向ける。小さな人差し指が、立体画像《ホログラム》を貫通《かんつう》した。

「状況理解。自分《クオリア》はその地点に向かう」

〝アイナがいる可能性が高い獣人狩りの会場〟を回路内に焼き付けたクオリアは、そのまま全力疾《しっ》走《そう》で駆けていく――前に、情報《ヒント》を提示してくれたエスに向き合う。

「エス。〝ありが、とう、ござ、います〟」

エスは何も返答しない。クオリアはその空白を指摘《してき》した。

「あなたは〝どう、いたし、まして〟と発言するべきだ。人間のルールとして登録されている」

「分かりました。〝どういたしまして〟」

「アイナの安全を確保次第《しだい》、あなたに〝ロールパン〟を食事させる」

「それは出来ません」

「説明を要請する。それは何故か」

「主《マスタ》より、食事を禁止されました。魔術人形が食事をすることは、異常として登録されています」

「あなたは誤っている。〝美味しい〟を感じることは、異常ではない。あなたは昨日、サイコロステーキを要求した。その心を否定されることは、強く誤っている」

淡々《たんたん》としたいつもの口調に、僅かな振れ幅《はば》があった。

「アイナの安全を確保した後、あなたの〝美味しい〟を創ることを、役割に登録する」

12

クオリアが角を曲がり、見えなくなるまで、エスは立ち尽《つ》くしていた。

数秒間の空白が発生した理由は、エスにも分からない。

主《ディードス》の元へと帰った時には〝お客様〟と会食していたディードスが、魔術人形と共に門から出てきたところだった。帰ってくるエスを見つけるなり、ディードスから平手打ちを受けた。

「お前……勝手にどこかに行っていたのか⁉」

エスは反抗《はんこう》しない。痛みも無ければ恐怖《きょうふ》も無い。

「付近で戦闘があったため、主《マスタ》へのリスクを考慮《こうりょ》し、情報の収集を実行していました」

「俺は人間だ。〝獣人狩り〟にも遭《あ》わない。そもそもこれほどの魔術人形がいるんだ。こちらから出向く必要など無いだろう⁉」

「分かりました。改善します」

まあ良い、とディードスは胸を張る。

「〝獣人狩り〟が盛り上がるほど、魔術人形の凄《すさ》まじさが知れ渡り、〝オークション〟にも人が集まる……頼《たの》みますよ枢機卿。あなたの善行の分だけ、我々の善行も繁盛《はんじょう》するのですから」

どうやらディードスは、インジェクシ枢機卿の獣人狩り《ビジネス》の成功を願っているらしい。

「ならば、ダスィヒの異常は修正されることが、私の理想です」

「エス。ダスィヒは我々と同じ主《マスタ》に所属していません」

「はい」

エスの独り言《計算結果》は先を行くディードスには聞こえなかったものの、他の魔術人形には異常として指摘された。エスも同意して頷《うなず》く。もうダスィヒは自分とは関係ないのだ。

ただ、〝ダスィヒにサイコロステーキを与えたら、もしかしたら異常が直っていたかもしれない〟、という想像が拭《ぬぐ》えない。

13

〝獣人狩り〟の最中、ダスィヒは情報を拾い続けていた。

前面。獣人が多数。全員狼狽《ろうばい》か、憤怒《ふんぬ》に満ちている。自身の〝担当範囲〟にいる人数は30名ほど。

後面。人間の騎士が多数。彼らはインジェクシや、他の貴族直轄《ちょっかつ》の騎士達だ。彼らは、獣人達をこの広場から逃《のが》さないことを役割としている。

左面。インジェクシが、堂々と語り始めた。

「──〝獣人とは、道具だ〟」

ここにいる魔術人形は、全部で10体。うち5体は、インジェクシの所有物だ。残り5体は、インジェクシと懇意《こんい》にしている貴族達に買われ、それぞれの主に同伴《どうはん》している。

「〝クリフォトの福音書〟7章6節曰く『獣《けもの》の耳は、大咀爵《そしゃく》ヴォイトから生まれた証左。大咀爵ヴォイトと同じく、世界に仇《あだ》なす』。〝ケテルの手紙〟1章9節曰く『獣人は、人の手足となることで、罪を贖《あがな》い救済される』──貴殿《きでん》らはその罪を贖うため、我ら人間に服従するべきだった。だが、蒼天党などといって逆らってしまった」

罪を告発された獣人達が、怒《いか》りのままに反論する。それを見た騎士や貴族が鼻で笑う。その悪循《あくじゅん》環《かん》をダスィヒは認識し続ける。

　だがその中にあって、一際《ひときわ》ダスィヒの注意を惹《ひ》く少女がいた。

「似てる……あの、〝枢機卿〟に……」

　メイド服を身に纏った猫耳《ねこみみ》の少女は、震えた声でそう言った。

　インジェクシと、彼女の脳内にある誰かの記憶と比べているようだ。酷《ひど》く顔が蒼《あお》ざめていく。

「だが私は、貴殿ら獣人が道具であろうとも、たとえ穢《けが》れていても、その魂は在るものとして最大限尊重する。その魂は、我々を興じさせた分だけ、輝くことが出来る――だから我々人間を、興じさせてくれたまえ。魂の限りに、魂の輝きを、見せてくれ」

　枢機卿の決定的な言葉を切っ掛けに、獣人達のあらゆる叫びが広場を黒く塗《ぬ》り潰す。しかしダスィヒを始めとした魔術人形は、悲鳴や怒号《どごう》、慟哭《どうこく》を聞いたところで狼狽するような仕様にはなっていない。感情など、魔術人形は持ち合わせていない。

　……そのはずなのに。

「異常、発生……僕の、視界が……」

　獣人を前にすると出現する、視覚も聴覚《ちょうかく》も塞《ふさ》ぐ冷たい虚像《きょぞう》。

　それが、ダスィヒに現在進行形で生じている正体不明の異常だった。

　虚像は獣人を象《かたど》る。今目前に実在する獣人に重なって、出現する。

　例えば、〝絶望〟に覆われ、色彩《しきさい》を失い弛緩《しかん》する獣人の顔をしている。

　例えば、〝恐怖〟に絡《から》まり、双眸《そうぼう》を瞑《つむ》り戦慄する獣人の顔をしている。

例えば、〝憤怒〟に駆られ、理性を欠き興奮する獣人の顔をしている。

共通して〝憎悪《ぞうお》〟を向ける、胸の魔石に重荷となる何かを載《の》せてくる。

その何かは、魔力の流れや疑似肉体《ゴーレム》の操作を、堰《せ》き止めようとしてくる。

理由は分からない。そんな仕様は存在しないはずなのに。

『死にたくない、いやだ、助けて、地獄《じごく》に落ちろ』

ただ、そんな風に魔石に直接刺《さ》してくる全ての死相を、ダスィヒは知っている。

いずれも、過去にダスィヒが殺した、獣人達である。

ダスィヒには、異常の修正方法が判断できない。

特に、あのメイドの凍《こお》り付いたような顔から、虚像を拭うことが出来ない。

「我ら人間の道具、魔術人形達よ――〝獣人狩り〟を始めよ」

命令を認識する。呼応して、ダスィヒの人工魔石〝エア〟が目覚める。

「命令は受諾されました」

『エア』

〝獣人狩り〟を始めよ。それは即ち、目に映る獣人を殺害しろ、という命令《プログラム》。

それを叶《かな》えるため、魔力回路が全身に命令を行き届かせる。

自分の担当範囲にある対象を、超密度の空気で潰《つぶ》し飛ばすための魔力を、あの猫耳少女を粉砕《ふんさい》するための魔力を、〝スキル〟を放出する為の魔力を、充鎮させた。

「魔石回帰《リバース》」

全ては、同時だった。

折り重なる轟音《ごうおん》で世界から音が掻き消された。

直後、獣人達の怨嗟《えんさ》が、悲鳴と断末魔へと変貌《へんぼう》した。

広場は〝スキル〟の嵐《あらし》に包まれた。

〝ネットワーク〟越《ご》しに、他個体の実績《殺害数》がカウントされていくのが分かる。特に、同じ主人を持つ少女型の魔術人形は、上位魔術師の炎でさえ一瞬で凍結《とうけつ》させる〝フリーズ〟のスキルとして、超低温の吹雪を解き放っていた。忽《たちま》ち霜《しも》に纏われたオブジェへと獣人達が成り果てていく。

他の魔術人形も、次世代の兵器に申し分のない〝スキル〟で、獣人の命を散らしていく。

だが、ダスィヒの前にいる獣人達だけは、無傷だった。

「……」

主からの命令は、絶対だ。命令には拒《こば》めない。そもそも拒むという仕様が存在しない。

にもかかわらず、ダスィヒは、〝スキル〟を放てずにいた。

消えない虚像が、動作に異常を生じさせている。

「あなた、達は、人間は……3年前と変わらない……私達獣人から……全部、奪って……」

少女の瞳に、突き刺すような敵意が宿った。〝許せない〟。そんな幻聴《げんちょう》が、ダスィヒの中で木霊《こだま》する。

「あなたは誤っています。僕は人間ではなく、魔術人形です――無力化、しま、す」

「……!?」

やっとスキルを穿つことが出来た。

ぴゅん、と。突風《とっぷう》が前方にいた獣人全てを押し飛ばす。

突然馬車に引かれたように数メートル吹き飛んだ獣人達は次々に地面に叩《たた》きつけられ、転がり、引きずられていく——様を見て、ダスィヒは想定と異なることにすぐ気付く。

「異常を認識。修正、します」

粉々にする威力に調整したはずなのに、傷つけるだけで誰一人殺すことが出来ない。あのメイド服の猫耳少女も、今こうして逃げ回れる程度の、足へのダメージしかなかった。

間違いなく、ダスィヒに大きな異常が生じていた。

14

「はぁ……はぁ……」

右足に痛みが走る。だが弱音を吐く暇はアイナにはなかった。

アイナの後ろで〝スキル〟が爆発する。アイナは難を逃れたが、また10人単位で、獣人が死んだ。人が死んだのに、道を封鎖しつつ鑑賞をしていた騎士達は、大爆笑《ばくしょう》していた。

この騎士達だけではない。遠くに見える無関係の守衛騎士達も、何故かこちらに介入《かいにゅう》しようとしない。それどころか『いいものを見た』と言わんばかりに鼻を鳴らして通り過ぎていく。

「……なんで」

「っしゃあ!! 獣人なんてクソ共、やっちまえ!!」

広場を囲む建物、その窓から罵声のシャワーを浴びせられる。見下してくるどの顔にも、獣人に対する同情は無い。娯楽に熱狂《ねっきょう》する、酷い笑みが貼《は》り付いていた。

そして恐らく彼らは〝晴天教会〟の人間ではない。先程見て見ぬ振りした騎士も同じく。

「……私だって……獣人に生まれたくて……生まれた訳じゃないのに」

そんな弱音は誰も聞いてくれない。耳障《みみざわ》りと言わんばかりに、大体は納得《なっとく》する答えの代わりに、愉《ゆ》快《かい》な暴力で返ってくる。

「どうして、あなたたちは、いつだって……」

憎悪が、帰ってきた。

兄の頭が落ちた時の喪失《そうしつ》と、絶望と、限りない殺意が帰ってきた。

弱々しい呼吸が、感情に任せた吐息《といき》の連続へと変貌を始める。

「ふーっ……ふーっ……」

頭の中で、誰かが戸を叩く。

奪われる側から、奪う側に移れと、鼓膜《こまく》が破れん勢いで叫んでくる。

そこにナイフがあるぞ、と視線を誘導する。

確かにナイフがあった。逃げ惑う獣人の誰かが落としたものだろうか。

「……どうせ、このまま、殺されるなら……今度こそ、死ぬなら……」

アイナは、ナイフに手を伸ばした。いつかクオリアに向けたモノとよく似た、刃を——。

『ひどい傷じゃん……ねえ、君、大丈夫⁉　ねえ、ねえ！』

クオリアの声が聞こえた。助けに来てくれたなんて都合のいい展開ではない。過去からの幻聴だ。

思い出す――あの日、ナイフを向けた先は誰だった？

自分が殺されそうになったのに、その憎悪ごと包み込んでくれた少年がいなかったか？

今、この憎悪に従ってナイフを取ることは、その少年の想《おも》いを無下にすることではないか？

クオリアを、裏切る行為ではないか？

（私は）

結局、アイナはナイフを握る。

（生きる！　だから、このナイフを手に取った！）

ただし、喪失とか絶望とか殺意とかに突き動かされてではない。生きるために必要だからだ。

消えた訳ではない。未だ百足《むかで》の如く脳髄《のうずい》を這いずり回る〝枢機卿〟への憎悪も。未だ寄生虫の如く目と耳を塞ぐ〝兄の死〟の瞬間も。

〝許せない〟と、心が真っ黒になる。〝怖《こわ》い〟と、心が真っ白になる。

それでも、アイナは足を引きずって前へ進むことを選んだ。

（あの通路――）

獣人達が比較的《ひかくてき》殺到している通路がある。そこを封鎖する騎士のうち、誰か一人でもナイフで戦闘不能に出来れば、そのまま獣人達が押し寄せて、外まで雪崩《なだ》れ込めるかもしれない。騎士達は獣人が武器を持っておらず、剣《けん》で威嚇《いかく》すれば獣人が慄《おのの》くために油断しきっている。アイナでも僅かながら可能性があるかもしれない。

突き立てたナイフから返り血を浴びる覚悟《かくご》、最悪人殺しになるかもしれない覚悟、そして返り討《う》ちに遭う覚悟も決めた。

『ライトニング』

「魔石回帰《リバース》」

だが、時はそこまで待ってくれなかった。背後でアイナを攻撃対象に定めていた魔術人形が魔力供給源となって、稲光《いなびかり》が集約していた。

〝ライトニング〟――雷《かみなり》を司《つかさど》る、数ある魔石の中でも強力なスキルがアイナを狙っていた。

「ひっひっひ……可愛い人形《マイレディ》、お前が一番獣人を殺すのだ」

「命令は受諾されました」

稲妻《いなずま》が球形になって、魔術人形の頭上で太陽のように輝く。

アイナが振り返った時には、放たれる直前だった。

『Type GUN MAGNUM MODE』

稲妻の球体が、荷電粒子《ビーム》の激流に呑み込まれた。

「これよりハッキングを開始する」

魔術人形が気づいた時には、クオリアの掌は魔術人形の魔石に触れていた。

魔石〝ライトニング〟へのアクセス。魔術人形のラーニング。無力化。

一連のプロセスが、アイナの目前で流れ作業のように完了《かんりょう》した。

「なっ、可愛い人形《マイレディ》が!?」

「アイナ!」

停止した魔術人形と、慌《あわ》てふためく貴族を背景に、クオリアが走ってきた。全力疾走だった。

「……………………………クオ、リア、様」

「アイナ! 説明を要請する! 〝大丈、夫〟!?」

いつもの淡々とした表情は崩れ、汗《あせ》を沢山かいて、両肩が上下していた。

ナイフを向けてしまった、記憶を失う前のクオリアと同じく。

世界中を敵に回してでも、自分の味方をしてくれたクオリアと同じく。

単身で、アイナを助けようと飛び込んできてくれた。

「大丈夫、です。大丈、夫、です……本当にごめんなさい……」

自分の不注意でこんな〝獣人狩り〟に巻き込まれたのに、まだ死地は過ぎ去っていないのに、クオリアの顔を見たら、何故か涙が止まらなかった。

15

「アイナ。あなたの脚部《きやくぶ》に軽度の損傷が生じている。よって自分《クオリア》は本地点から動かず、多数の脅威の無力化、並びに他獣人の守衛を開始する」

状況分析は既《すで》に完了している。魔術人形の位置も、魔術人形に指示を与えている貴族の位置も、獣人の脱出《だっしゅつ》を妨害《ぼうがい》する騎士の位置も、建物から高みの見物をしている〝一般人《いっぱんじん》〟の立ち位置もラーニング済みだ。演算回路内では、俯瞰《ふかん》した視点からの戦場がマッピングされている。

勿論《もちろん》、逃げ惑う獣人も把握《はあく》している。

天変地異の如きスキルに巻き込まれ、もう過去形になってしまった獣人も数え終えている。

一番目立つ特等席から見下ろし、〝美味しい〟を奪い尽くす、脅威たる枢機卿も認識済みだ。

「あなたが〝獣人狩り〟を主導しているインジェクシと認識」

「獣人に加担するというのか。どうやらその娘《むすめ》と親しいようだが、そうか……貴殿は穢れた魂たる獣人に魅入《みい》られ、異端と化してしまった哀《あわ》れな若者のようだ」

アイナがその声を聞いて、酷く怯《おび》えていることに気付く。声そのものが、アイナを傷つけている。

「貴殿も穢れている。汚《よご》れている者同士は、互《たが》いに汚れていると思わないものだ。だが俺は真摯《しんし》にその罪を取り除こう。〝げに素晴《すば》らしき晴天教会〟の枢機卿たる私が、ユビキタス様の意志を代弁していると言っても過言ではない私が、特別に貴殿の魂を、輝か――」

〝うるさい〟――なんて言葉を代弁するように、二条の閃光が駆け抜けた。

インジェクシの右肩と左脚。血すら出ないほどに焦げた、真っ黒な風穴がこびりついた。

「ひ、ぎゃあああああああああああああああああああああっ⁉」

「あなたの発言は許可しない。あなたの発言は、全てアイナに不利益を与える」

げに素晴らしき晴天教会の教義も。〝ユビキタス〟の正体も。

そして〝獣人狩り〟の概要《がいよう》すらも、もうどうでもいい。

アイナの〝美味しい〟を削り、獣人の〝美味しい〟を奪ったあの男を許さない。インジェクシの配下である騎士や、貴族だって一人も逃がしはしない。

「主《マスタ》への攻撃を認識しました」

「〝スキル〟を認識。最適解を変更《へんこう》する」

周りの魔術人形が、クオリアへ掌を伸ばす。各々《おのおの》の人工魔石から途方もない量の魔力が光る。

人間の魔術ならば〝Type GUN〟の一発で大抵《たいてい》は破壊出来るものの、〝スキル〟相手だとそうはいかない。複数撃《う》つか、〝MAGNUM MODE〟を放つ必要がある。そもそも、そう都合よく荷電粒子《ビーム》で融解《ゆうかい》して、止まる性質とも限らないが。

だが、魔力干渉《ハッキング》するにも、彼らに接近しなければならない。それはつまり、足を痛めているアイナを置き去りにすることになる。

「状況分析……魔術人形のスキルにより、更に多くの獣人の生命活動が停止すると判断」

魔術人形を殺せないから獣人を犠牲《ぎせい》にするのも誤っている。

今は、全てを救える最適解は選べない。そう諦《あきら》め、スキルが放たれる前に、人工魔石目掛《めが》けてフオトンウェポンのトリガーを引こうとした時だった。

途端、獣人の脱出を阻《はば》む騎士の一団が吹き飛んだ。

全くの想定外に固まるインジェクシや貴族を認識しながら、砂塵《さじん》の中に5体の揺《ゆ》らめく影を見た。

「守衛騎士団〝クリアランス〟と認識」

煙《けむり》の中から出てきたのは、漆黒《しっこく》の甲冑《かっちゅう》に身を纏った5人の騎士だった。

「獣人に告ぐ。この通路から脱出しなさい。向こうで仲間に避難場所を作らせてます」

クリアランスの一人が、透《す》き通った大きな声で困惑する獣人に呼びかける。最初は時が止まったように唖然としていた獣人達だったが、「早く」と促されて、堰《せき》を切ったようにがら空きになった通路へなだれ込んで行く。

「なんだ、てめえら‼」

漆黒の甲冑へ、四方八方から剣が舞ってきた。だがクオリアは見ずとも、その結果を予測する。

「予測修正無し。クリアランスの戦闘スペックは非常に高い」

予測通り、鎧袖一触《がいしゅういっしょく》。数人がかりだろうと問題はない。クリアランスの誰一人傷を負うこと無く、得物の槍《やり》で返り討ちにするのだった。

守衛騎士団〝クリアランス〟。一人一人が、スピリトと遜色《そんしょく》のない戦闘能力《スペック》を誇《ほこ》っている。

騎士の質で言えば王国最強と言っても過言ではない集団の中から、長身の緑髪が出てくる。その公爵はクオリアと同じく、甲冑を纏っていない。

「ち、くしょう！」

公爵へ、剣が振り下ろされる。だが、いつの間にか公爵が出した短槍によって防がれていた。

混乱する騎士に、アカシア王国公爵、カーネルはねっとりとした視線を向ける。

「あらー、いい歳《とし》してチャンバラごっこなんて。楽しいかしら？」

「あ、あんたは……」

「まずは下半身を使いなさい。踏み込みは、こうっ‼」

途方もない蹴《け》り上げがあった。騎士の股間《こかん》を中心に凄まじい力が働き、垂直に弾かれてはそのまま地面に衝突。股間を押さえながら悶絶する様を見て、周りにいた男は〝痛そう〟に目を瞑る。

その場にいた全員の注目を集めたカーネルは、クオリアの方を向くと掌を小さく振った。

「ハロー、クオリアちゃん。また会ったわね。あら、アイナちゃんもいたのねぇ」

16

「説明を要請する。あなたは〝獣人狩り〟を停止しに来たのか」

「あらやだ、敵対心剥《む》き出し？　そうねぇ、終わったらまた〝お話〟聞かせてね、アイナちゃん」

「発言の停止を要請する」

「カーネル公爵、何故ここに貴殿がいるのだ！」

獣人の少女を庇う人工知能と、獣人の少女をまだ追い詰める公爵の牽制《けんせい》は、インジェクシの怒号によって引き裂かれた。

射貫《いぬ》いた肩と脚が、治癒《ちゆ》しつつある。かの〝獣忌卿《じゅうきけい》〟ブルートが使っていた回復魔術、例外属性〝恵《めぐみ》〟をこの男も使えるようだ。とはいえ、心臓や脳を破壊されても回復出来るのはやはり獣忌卿《じゅうきけい》くらいなものだ。致命傷《ちめいしょう》を与えれば順当にインジェクシは死亡するだろう。

「今、この王都中に蒼天党の残党が隠れているのだぞ！　脱走《だっそう》した獣人もいるだろう⁉　第二の蒼天党を引き起こさないために、獣人の魂を輝かせるために、さっさと獣人共を公開処刑にしないか‼」

どの口が言うのか。そんな風にカーネルが、呆れた顔で腰《こし》に手をやる。

「第二の蒼天党を生み出さないようにするのは、法と政治の領分。宗教が出張ってくる話じゃないの。こんな大々的な私刑《しけい》……許される訳が無いでしょう」

「……聞きしに勝《まさ》る愚《おろ》かさよ……流石はあのヴィルジンと共に、20年前、この神聖アカシア王国を我ら晴天教会から奪っただけのことはある」

「〝神聖〟とか、昔の話をいつまでも根に持つなんて。アナタ、モテないわよ」

「何をやっている魔術人形!! 早く獣人共を皆殺しにし――」

インジェクシが声を張り上げるが、直後奇跡《きせき》でも見たかのように固まる。

空で、クオリアが放ち終えた無数の荷電粒子《ビーム》が蚯蚓《みみず》のように蠢《うごめ》いていた。

「最適解、算出。無力化する」

と言い終えた時には、獣人やクリアランスの隙間《すきま》を潜り抜け、ルール無用の曲線が脅威たる騎士や貴族に到達した。

回避《かいひ》も防御《ぼうぎょ》も、許されない。

荷電粒子《ビーム》の暴風雨は、甲冑など障子と代わり映《ば》えなく、中の肉体ごと融解して貫通する！

「うわあああああああああっ!?」

インジェクシ側の〝人間〟が全て、傷口を押さえながら悲鳴を上げる。

全員、急所には直撃していない。だが地面で悶え転がるには十分すぎる傷だ。

荷電粒子《ビーム》が融解貫通したのは人間だけではない――魔術人形もだ。

「疑似肉体《ゴーレム》に損傷が発生しました」

魔術人形の黒い穴からは、血が流れなかった。魔術人形には血が存在しない。血色が良さそうに見えるのは、最初からそういう表面で出来ているからだ。

「そんな……我々の騎士が、一瞬で……」

狼狽しているのはインジェクシだけではない。クリアランスの騎士達も、数秒で脅威が一網打尽《いちもうだじん》になったことに唖然としている。

「ちょーっと。アタシらのスコア奪わないでよぉ」

いつもの調子なのは、女口調の公爵くらいなものだ。

「あなたは誤っている。スコアは得点に分類されるものだ。今適用されるものではない」

「あら真面目《まじめ》。でも冗談《じょうだん》通じないと苦労するわよ」

直後だった。

『フリーズ』

「魔石回帰《リバース》」

「最適解、変更」

クオリアはアイナを抱えて〝範囲〟から離れる。

先程までクオリアとアイナがいた場所を、濃い雪の群れが真横に突き進む。途端、転がっていた死体があっという間に凍結した。それどころか、脆《もろ》くなって崩れ始める。

「状況分析。肉体の組織が完全に氷結したと認識」

〝凍結《フリーズ》〟の人工魔石を銀色に瞬かせる魔術人形だけではない。他の魔術人形も、一切痛がる様子も見せずにスキル発動の準備を再開している。

その手足には、人間ならば再起不能の風穴が開いているのに。

「言ったでしょ。冗談通じないと苦労するって。魔術人形の疑似肉体《ゴーレム》相手に、急所狙《ねら》わないは甘ちゃんすぎよ。狙うなら人工魔石破壊するか、疑似脳《ぎじのう》をぶっ貫くかしねーと」

「もう一つ手段がある。魔石干渉《ハッキング》だ」

クオリアの返事を聞いたカーネルが、溜息を吐きながらクリアランスに手振りで指示を出す。

「クリアランス。アナタ達は獣人の避難に全力を尽くしなさい。これ以上獣人達に死なれたら、末代までの恥《はじ》と思いなさい」

「魔術人形はどうしますか。我々だけでは、魔術人形から獣人を守るのは厳しいです」

「殿はアタシがやるわ。そもそもアタシ、魔術人形に関しては責任のある立場だし」

「分かりました」

クリアランスの騎士達が獣人達の先導や護衛に向かう。それを追おうとする魔術人形へ、腕組みしながらカーネルが立ち塞がった。つまり、現在広場で魔術人形とまともに戦えるのはクオリアとカーネルだけということになる。

「クオリアちゃん。って訳で、アナタに一番危険な役割押し付けちゃったけどいい？」

「肯定」

魔術人形は、残り9体。

ひとまずの勝利条件は、彼ら彼女らを、何らかの形で無力化することだ。

「申し訳ございません、私も避難を……」

とクオリアの後ろで何とか立ち上がろうとするアイナ。クオリアの足枷《あしかせ》になっている自分に、情けなさを覚えている。だが、痛めた脚で下手にうろつけば、スキルの格好《かっこう》の餌食《えじき》だ。

「魔術人形……カーネルを最優先で殺せ」

しかし、インジェクシが指を差したのはカーネルだった。

「右腕たる奴を殺せば、ヴィルジンの力は更に削《そ》がれる……俺の枢機卿としての権威《けんい》も鰻《うなぎのぼ》登りだ」

「命令は受諾されました」

即座に、魔術人形は命令を果たす。

カーネルの近くにいた〝フリーズ〟の魔術人形から、煌《きら》めく純白が走り抜ける。

「あら」

放たれた絶対零度《れいど》の吹雪がカーネルを包み、その全身が不可逆の凍結を起こし、霜になって散っていくはずだった。

だが、吹雪をも超《こ》える一陣《いちじん》の疾風《しっぷう》があった。

カーネルは俊敏《しゅんびん》な速度で範囲から外れるや否《いな》や、〝まだ凍ってない方の左手〟で短槍を穿ち、〝フリーズ〟の魔術人形の中心へ、穂先《ほさき》を思い切り叩き込む。

その背中から、全く血がこびり付いていない刃と、真っ二つに割れた人工魔石がはみ出る。

「魔術人形の、排除《はいじょ》を認識……」

槍を引き抜かれた魔術人形は何も言うことが出来ないまま、膝をついて停止する。

元々光も宿さぬ瞳へ、何かが映ることは永遠に無くなった。

「このスーツ高かったのに……凍って割れちゃったじゃない。てか右腕やっちゃったかしら」

憎《にく》たらしく言うカーネルも無傷ではなく、凍結した右腕をひたすら摩擦《まさつ》していた。だが仮に右腕を失ったとしても、今の飄々《ひょうひょう》とした態度は崩さなかっただろう。

「ま、運動はこうじゃなきゃ。最近デスクワークばかりでナマクラみたくナマってたのよねー」

17

〝静《スカイウォー》〟と呼ばれる、アカシア王国と晴天教会の戦争が、20年前に勃発《ぼっぱつ》した。その戦争に勝利したヴィルジンは、〝神聖〟という頭文字を国名から排除し、晴天教会の支配下から脱却《だっきゃく》することに成功した。神が治める王国から、人が治める王国へと変遷《へんせん》した。

〝クリアランス〟の前団長だったカーネルは、その〝静《スカイウォー》〟の最前線を生き抜いている。

「あらぁ、クオリアちゃん。見惚《みと》れた？」

視線に勘付《かんづ》かれたのか、カーネルから声がかかる。

確かに見ていた。槍をたんたん、と肩で叩くカーネルと、〝道具〟のまま淡々と役割を終えた魔術人形の両方を。

「まさか、この期《ご》に及《およ》んで〝心がある魔術人形を潰すなんて誤っている〟とか言わないわよね」

「否定。あなたの動きは最適解だった」

何せ騎士は、〝いざ〟という時魔術人形を破壊《殺害》しなければならないのだから。ここはカーネルの言うことが正しい。まさに今が、その〝いざ〟という時だ。

だからフィードバックすべきなのは、今後カーネルに破壊《殺害》をさせないよう、自身の動きを更に最適化することくらいだ。今目に映る魔術人形を、クオリアの手で停止することくらいだ。

クオリアからカーネルへ注意を移した魔術人形。魔術人形を取り巻く魔力。更に〝目立つ〟カーネルの位置。カーネルを睨むインジェクシ。何とか立ち上がれたアイナ。呻《うめ》きながら転がる騎士と貴族。窓から顔を出して固唾《かたず》を呑《の》む人間。物言わぬ肉塊《獣人》の配置。

それら全てをラーニングして、魔術人形無力化の経路を叩き出す。

「最適解、算出」

一番近くにいた魔術人形2体の人工魔石に触れ、クオリアの魔力を注ぎ込む《でアクセスする》。人工魔石の仕様を知る。停止の魔力《コード》を試《ため》す。そして、解く。

ぐらり、と2体の疑似肉体《ゴーレム》が跪《ひざまず》いた。

ハッキングが完了した。

〝フリーズ〟の魔術人形とは違い、ただ主人の命令を解除して一時停止《スリープ状態》にさせただけで、再起動が約束された《生命活動が維持されている》無力化である。

「――にしてもインジェクシちゃん。あなた、本当に道具の使い方が下手ね」

「なんだと……!?」

「ちゃんと魔術人形を連携《れんけい》させりゃアタシなんてイチコロだったはずよ。というか、まだ8体もいたんだし、半々でクオリアちゃんとアタシに振ればそれで終わりだったじゃない。8体分のスキルで身一つを駆逐《くちく》しようなんて、オーバーキルもいいところだわ。それだと互いのスキルを邪魔《じゃま》し合っちゃって、連携が上手《うま》くいかないのよ。ま、この辺は〝兵器運用〟を考慮すれば魔術人形の改善点《クレーム》なんだけどね……まあでも、アナタが権威欲に溺《おぼ》れたのがきっかけってことで」

胡乱《うろん》にカーネルが貶《けな》す一方、灼熱《しゃくねつ》がクオリアの頬を掠める。だが直撃はしない。軌道は予測済みだ。

触れただけで即死の超常現象《ちょうじょうげんしょう》がアイナに向いていなければ多少の傷《誤差》は捨て置く。アイナへのスキルだけ優先して〝フォトンウェポン〟で撃墜《げきつい》している。あるいはその直前でアイナに駆け寄り、一緒に射線から外れる。

だがアイナへスキルが到達するのは流れ弾《だま》のみで、最初からアイナを狙ったものはほとんどない。寧ろ魔術人形の目線はカーネルに向いている。そのために、クオリアの動ける範囲が増えている。アイナが狙われないことで、クオリアが自由に動けるようになっている。

そして、魔術人形の胸に触れ、ものの数秒で〝ハッキング〟を完了する。繰《く》り返せば繰り返すほど、ハッキングの精度や速度が向上していく。ラーニングを、していく。

尚《なお》もカーネルはスピーチでもするように仰々《ぎょうぎょう》しく両手を広げる。狼狽が始まったインジェクシの視線も、魔術人形の視線も最大限集めていく。

「所詮枢機卿って言っても、切り込み隊長という名の捨て石として王都に置かれただけよね、アナタ。大体〝使徒〟にもなれてないみたいだし？　アナタ自身の実力は大したことなさそうだし？」

「い、わせて、おけば……俺は‼　俺は‼」

「視野が狭《せま》いわよねぇ。魔術人形をくすねた程度で何を勝った気になってるのやら。ホント、〝獣人狩り〟なんて時代遅《じだいおく》れの野蛮《やばん》な行為でエキサイティングしちゃう、小さい男よねぇ」

「……この、おい‼　魔術人形何してる‼　早くこのカーネルを殺――」

　インジェクシはそこで気付いたようだ。

　魔術人形は、あと1体しか残っていないことを。

　他の魔術人形は、インジェクシの指示が到達し得ない、停止状態へとハッキングされたことを。

「魔術人形は残り1体と認識」

　その中心で佇《たたず》むクオリアを見て、インジェクシは膝をついた。

「ばか、な……おい、魔術人形を……こんな短時間で魔力干渉して……停止させたというのか……というか、魔術人形への魔力干渉って、こんなに簡単にできるものなのか……？」

「流石にこうもあっさりだと、アタシも〝開発局〟にクレームの一つも言いたくなるわね。ただ魔力干渉って、仕様を十全に理解している〝開発局〟の人間にしか出来ない芸当なんだけど……」

　クオリアはラーニングしていないことだが。

　そもそも魔力干渉とは、対象の魔石をなにも知らない人間がやろうとすれば、中身の理解だけで年単位かかるものだ。

　何故ならば、魔石ごとに〝言語〟が違うと言っても過言ではないからだ。人工魔石ならば〝開発局〟に所属する魔術師が魔力配列の設計書を、古代魔石ならば専門の魔術師が魔力構造の解析《かいせき》結果を持っているが、それら無しで、しかも秒単位で停止コマンドを探《さぐ》り当てる芸当は、人間一人の頭では到底《とうてい》不可能だ。

自身の魔力を宛《あて》がい、その反応で魔力構造を探る分析、解析能力。触れたら爆発する針に糸を何万回も通し続ける集中力。通常の人間なら、その入口に立っただけで正気を保っていられなくなる。

クオリアのような、人工知能級の演算能力を持っていなければ。

「カーネル……まさか、最初から魔術人形達を自分に……あの小僧も、それが分かって」

だが、異常なのはクオリアだけではない。その異常を織り込んで、魔術人形やインジェクシの目を自身に引きつけたカーネルという囮《おとり》は、僅かに頬を吊り上げた。

「そんな一人で10体も倒せる訳ないでしょ。デコイにでもなって草臥《くたび》れてるのが関の山よ」

カーネルが視線を引き付け、クオリアが無力化する。

意思疎通《そつう》がなくとも、互いが互いの役割を果たしたが故の連携だった。

「で？　インジェクシちゃん。アタシらの領分で、こんな馬鹿《ばか》なことやってくれた訳よね……今更《いまさら》人間扱いとか無理な注文通ると思うなや」

ぶんぶんと槍を軽く回し、その切っ先がインジェクシに向かう。歯軋《はぎし》りをしたインジェクシだが、裏を返せばまだ1体動ける魔術人形が残っていることに気付く。

「おいダスィヒ‼　もうお前しかいない！　早くそいつらを殺せ！」

ダスィヒと呼ばれた魔術人形は、クオリアとアイナに対峙《たいじ》したまま、掌を向けていた。

ここでクオリアは認識する。

ダスィヒと呼ばれた魔術人形が、何故か震えていたことを。

18

「クオリア様……あの魔術人形、何か、ヘンというか……」

「同意する」

アイナにもその異常は感じ取ることが出来たらしい。

ダスィヒと呼ばれた魔術人形は、アイナを見たまま動かなくなってしまった。

彼の前で空気が圧縮されているのは感じるが、とてもスキルになりそうな気配がない。未習得の魔術を試そうとして失敗するかの如く、圧縮していた空気が拡散された。人一人吹き飛ばすことの出来ない微風《びふう》が、クオリアとアイナの頬を撫でる。

「な、何をしている‼　ダスィヒ」

「予期せぬ異常のため、スキル発動に時間を、要して、います」

「異常だと……⁉　くそっ、あやつめ、ダスィヒにも何か魔力干渉をしたのか⁉」

「あなたは誤っている。ダスィヒには、まだ魔力干渉《ハッキング》は実行していない」

ダスィヒをクオリアは分析する。

サイコロステーキを与えた時のエスと同じく、のっぺりとした顔つきの下、何かが輝いている。

エスが〝美味しい〟を求めたプラスな値《あたい》だったのに対して、ダスィヒの場合はマイナスな値だが——それでも、クオリアは前世から持ち合わせたキーワードと照らし合わせる。

〝心〟。

「やはりあなた達魔術人形には、心がある」

「何……心だと⁉　ははっ、道具に何を当て嵌《は》めている……何より心とは、即ち魂、それはユビキタス様からの思し召《おぼめ》しを……ってお前、聞いているのか⁉」

インジェクシの一般論《ノイズ》は放置して、ダスィヒに近づく。

「虚像を認識しました」

ダスィヒの口が開いた。声が、揺れていた。

共振《きょうしん》するように、スキルを放たんと伸ばした右手も、凍えるように震え続けている。

クオリアは一連の反応が示す意味を、ラーニング済みだ。

〝怯えている〟、という感情だ。

「あなた達を攻撃しようとすると、僕の視界に虚像が出現します。特に獣人を攻撃する際は、非常に鮮明な虚像が発生します」

「説明を要請する。どのような虚像か」

「僕が、殺害した、獣人の虚像です」

ダスィヒは、クオリアとアイナを再度見た。だがダスィヒの眼には、何か別のものが見えている。

それは、主が与えた命令《フィルター》ではない。ダスィヒ自身から、視界に〝何か〟が反映されている。

「『死にたくない、いやだ、助けて、地獄に落ちろ』。という音声情報と一緒に、虚像が出現します。原因は不明です。この異常の原因が、分かりません」

「仮説。あなたの〝心〟にあたる部分が、その行動を否定している」

「誤っています。心は、僕の中にはありません」

「あなたは、過去にあなたが排除した獣人のイメージを投影している。また、あなたの行動から、多くの〝心〟を定義する値が取得できる。その手の震えは、〝心〟の存在を表すものだ」

〝もう誰も殺さずに生きたい〟と願っていた蒼天党の獣人、マインドがダスィヒと重なる。

マインドも、人質《ひとじち》の少女を殺したくなくて、ずっと震えていた。

そして殺さなくていいと分かった最期の時だけは、震えから解放されていた。

「これらは、僕の役割を阻害《そがい》する、異常です。修正されるべきです」

「心は、異常ではない。修正するべきではない」

ダスィヒが否定しても、握るクオリアの手にも振動は伝わったままだ。逆に何かに縋りたいと、クオリアの手を握り返そうとさえしている。この行為に、魔術人形としての必然性など無いにもかかわらず、だ。

その時だった。悴《かじか》むダスィヒの反対の手を、アイナが握ったのは。

揺れ動くダスィヒの焦点《しょうてん》が、真っすぐに見返すアイナに定まる。

「攻撃対象の接近を認識、直ちに無力化を、異常、認識しました」

「……魔術人形のこと、私、まだよく分からないけど……でも、あなたがそれをやりたくない、ってことだけは、分かるよ」

アイナも必死に恐怖を抑えている。先程までダスィヒに殺されかけていた身だ。足が震えているのは、決して怪我のせいだけではないだろう。

それでも、かつてサンドボックス領の領主次男、アロウズをクオリアが〝排除〟しようとしたら、抱き着いて止めに来た時と同じ値を、クオリアは認識する。

「もうこんなこと止《や》めようよ、あなたの、心が死んじゃう」

「その命令を、聞けません。僕の主《マスタ》は、インジェクシが、登録されているため、僕は、僕は」

〝僕は〟を繰り返すダスィヒ。震えが収まるのに比例して、胸に装着された魔石が光を失う。はずだった。

「ダスィヒ‼　俺の命令が聞けないのか‼　早く何とかしろ‼」

ガン！　と鉄槌《てっつい》で殴《なぐ》られたように、ダスィヒの頭が一瞬ぐらつく。

インジェクシの怒号に呼応して、ダスィヒの人工魔石がまた〝輝き〟を帯びてしまった。しかしダスィヒの顔には魔術人形らしからぬ苦悶が滲《にじ》み出ている。

「ダスィヒ‼　貴様、道具のくせに――！」

「やめて！　これ以上この子に何も言わないで！」

「あなたの発言を停止させる！」

『Type GUN』

荷電粒子《ビーム》が何条も放たれる。インジェクシの体を光の直線が通過し、怒号が喘《あえ》ぎ声に変わる。

「例外属性、めぐ……がっ、あっ⁉」

回復も出来ない。いつの間にかインジェクシの隣にまで到達していたカーネルに、槍を突き立てられていたからだ。

「今いいとこなの。致命傷は外しておくから、激痛地獄で暇潰《ひまつぶ》ししてなさい」

もうインジェクシからの強制命令が飛んでくることはない。

しかし、遅《おそ》かった。

ダスィヒの人工魔石が、狂《くる》ったように明滅《めいめつ》を繰り返す。

『エア』『エア』『エア』『エア』『エア』『エア』

人工魔石から音声が何度も鳴り響《ひび》く。クオリアも予期せぬ異常だ。

ハッキングで止めるしかない。そう手を伸ばした時には、〝スキル〟は発動してしまっていた。

「う、うああああああ‼　あああああああああああああ‼」

混乱の果てに感情を爆発させた、赤子のような慟哭が合図だった。

ダスィヒの周りを、烈風《れっぷう》が渦巻《うずま》く。

「逃走《とうそう》を要求します、人工魔石〝エア〟のスキル深層出力〝馬耳東風《エアギャップ》〟が強制――」

人工魔石における最大出力――スキル深層出力〝馬耳東風《エアギャップ》〟が、即ち巨岩《きょがん》さえ簡単に弾き飛ばしてしまう大気の壁《かべ》が、まずはクオリアとアイナから容易《たやす》く吹き飛ばした。

19

「ちょっと待て、俺達まで、待って、助け」

ダスィヒから拡散した烈風は、巨大な渦《うず》へと変貌して一部の建物まで削り取る。〝獣人狩り〟を鑑賞していた〝何も関係ない人間〟諸共《もろとも》。

当然広場にいたインジェクシ側の騎士も、貴族も、例外なくカーネルもその渦に攫《さら》われていく。

一方、吹き飛ばされる直前にアイナを確保したクオリアは、アイナを抱きしめながら宙を舞っていた。クオリアに飛行能力なんて都合の良いものはないが、"風そのものの予測ならば可能だ"。

いつ、どの地点で、どのような烈風が吹くか。瓦礫《がれき》や人間がどのように吹き飛ばされるか。

全てを予測し、アイナへの負担を最小限にするための、着地までの最適解を演算した。

そして、アイナを庇って、地面に叩きつけられる。

20

「……！」

意識を失っていたアイナは、起きるや否やその惨状《さんじょう》を目《ま》の当たりにした。

広場を囲う建物だった瓦礫。それに潰された騎士の甲冑は割れていて、別の箇所では晒《さら》し者のように貴族がぶら下がっていた。他にも多くの人間が、あちこちで激痛に喘いでいる。

守衛騎士が何十人も広場に入ってきて、救出活動が淡々と行われていた。指揮を飛ばすのは、クリアランスと名乗った漆黒の騎士数名だ。その中心で、草臥れて座り込むカーネルが頬杖《ほおづえ》をついている。彼も凍傷《とうしょう》を帯びた右腕を始めとした全身に、それなりの傷を宿している。

「流石、魔術人形……ヤバい突風だったわねぇ」

突風、と聞いてアイナはハッと我に返る。暴走したダスィヒが突然烈風を巻き起こして、アイナもクオリアも吹き飛ばされたのだ。その後、クオリアはどこに行った？　あれだけの烈風に巻き込まれておきながら、自分が無傷なんてことが信じられないアイナは、クオリアを必死に捜す。

「クオリア様!?　どこですか!?」

「アイナ。理解を要請する。ここにいる」

声の方を見たアイナは、絶句した。ボロ雑巾《ぞうきん》のように千切れている服の隙間に、灼《や》けつくような青痣《あおあざ》や傷が点在している。白髪の頭も鮮血《せんけつ》で染まっていて、腕や脚があらぬ方へ向いている。

そんな状況にもかかわらず、クオリアの顔は自身の痛みには無頓着《むとんちゃく》と言わんばかりに、淡々としていた。むしろアイナの方が地獄の痛みを味わっているかのように、恐る恐るクオリアに近づく。

「クオ、リア様……」

「中度の損傷が8ヶ所、重度の損傷が3ヶ所発生。5Dプリントによる緊急メンテナンスを実施する」

「緊急、メンテ……うっ!?」

クオリアの右手が瞬く。五指から迸る極細の光がクオリアの体を脚先からなぞり始めた。

「えっ……えっ⁉」

服の隙間から見えていた青痣が、嘘《うそ》のように取り除かれていた。

光が擦《なぞ》った箇所から、傷口が治っていく。

５Ｄプリントは、自身の細胞《さいぼう》や遺伝子と瓜二《うりふた》つの体組織を生み出し、損傷箇所を上書き出来る。肉が抉れていれば、正常な肉組織で埋《う》め尽くし、血が足りなければ、血を創って補う。

要するに、クオリアは自己修復が可能なのだ。

「理解を要請する。アイナ。自分《クオリア》は死なない」

「スピリト様から、聞いていましたけど……これ、本当に、治ってるんですか……⁉」

「肯定」

アイナが絶句しながらクオリアの体を見る。どこにも傷は存在しない。

しかし直後、アイナは座り込み、自分を責めるように自身の頭を掴み、視線を落とす。

「……本当に、ごめんなさい。私のせいで、こんな、獣人狩りに巻き込んでしまって」

「あなたは誤っている。獣人狩りはあなたが起こしたものではない。また、あなたが関与していない場合でも、獣人狩りを停止することは、自分《クオリア》の役割だった」

「…………それでも、こんな危険な場所に、私」

突然アイナの呼吸が荒《あら》くなった。クオリアがしゃがみ込んで覗《のぞ》くと、蒼白《そうはく》な顔が認識できてしまう。

「アイナ、説明を要請する、アイナ」

「……ちょっと、今日、色々あって、驚き過ぎたのかも、しれません、あの、枢機卿、も、前に、兄をこ、殺、した、人に、似ていた、から」

クオリアは、この時、自分を責めていた。

アイナにこんな〝美味しくない〟顔をさせない最適解が、何かあったのではないか？　一昨日《おととい》、昨日の行動から、もっと彼女の心にアプローチできたのではないか？　もう少しアイナを注意深く見ていれば、獣人狩りなんて狂宴《きようえん》に巻き込まれないように出来たのではないか？

フィードバックしきれない〝後悔《こうかい》〟が頭を駆け巡っていると、隣から足音が聞こえた。

槍を杖《つえ》代わりにして、カーネルがそれ見たことかと小さく笑う。

「だから魔術人形に〝心〟があるなんて考え方は危険って言ったでしょ？　アナタの大事なアイナちゃん、危《あや》うく死ぬとこだったわよ？」

「でも、それがクオリア様です」

クオリアの代わりに、アイナが首を横に振る。今にも倒れそうな真っ白な顔で。

「私みたいな、獣人にも……ずっと、心を見出《みいだ》してくれました……私は、昔クオリア様を、殺そうと……したこともあったのに」

クオリアの顔がアイナの横顔へと向く。あっ、と喉から出てしまった言葉を抑えるように口を手で覆った。クオリアからすれば〝記憶喪失〟した期間のヒントとなる情報を得た、程度のものだったが、アイナは申し訳なさそうな顔をしてクオリアを見つめ返した。

カーネルもそれを見て、流石に追及《ついきゆう》する気も失せたように視線を逸《そ》らす。〝馬耳東風《エアギヤップ》〟により荒《あ》れ果てた広場を差しながら、フォローの言葉を投げかけた。

「まあ見た眼の割に怪我人《けがにん》もそんなにいないし、どちらかと言うとクオリアちゃんが先に穴だらけにしちゃったインジェクシの愉快な仲間達の方が重傷よ」

「でも……関係ない人たちまで」

「それはアナタが気に病《や》むことじゃないわよ。〝獣人狩り〟なんてふざけた遊びを楽しんで見てた連中ばかりよ。これくらいのお灸《きゅう》はあってもいいいんじゃない？」

アイナも、何も思わないこともない。人間という対岸から、獣人の〝魂が輝く瞬間〟を見ていた騎士《や》や貴族《から》、ついさっきまで憎んでいたのだから。

「そうだ、ダスィヒ君は⁉」

「いないわ。あの後、インジェクシと共に逃げていくのが見えたわ」

「――カーネル公爵。我らがクリアランス〝プロキシ団長〟より、各地の獣人狩りを鎮圧《ちんあつ》したという連絡《れんらく》が上がっています」

クリアランスの一人が告げた情報に、クオリアが補足を求める。

「説明を要請する。あなた達が少数だったのは、他に行われていた獣人狩りを鎮圧していたためか」

「そうよ。ここが一番大規模だったけど、何グループにも分かれてインジェクシは獣人狩りを行っていた。だから私達もたった5人でここに来ざるを得なかったのよね……さてと。インジェクシを追わないと。あとディードスも」

「説明を要請する。何故ディードスを追跡《ついせき》するのか」

「はいここでクイズ。この魔術人形を売ったのは、どこの誰だと思う？」

「それは、ディードスか」

「アタシ達はディードスのような商人を介《かい》して、魔術人形を市場にばらまいた。ただ、その際に幾《いく》つか〝協定〟を設けていたのよ。魔術人形を晴天教会の関係者に売らないってのも、その一つだったかしら……それだけなら躍起《やっき》になって追わないのだけど、この獣人狩り、どうもディードスが裏で手を回してるような気もするのよねー」

まあ、あの男は元々信頼してなかったけど。魔術人形の商人許可の査定、やっぱり甘かったわね、とカーネルは反省の弁を口にする。

「状況分析。タスクを変更。これよりインジェクシとダスィヒを追跡し、インジェクシを無力化、ダスィヒを保護する……しかし、アイナの安全を完全に確保するため、一度帰還を」

「――行ってください、クオリア様……私は、大丈夫、です」

背中を押す感触《かんしょく》があった。アイナが、口を真一文字に結んで頷いていた。

「私のことなら、もう大丈夫だと思いますから」

それを聞いて、〝何かに引っ張られるような値を自分の中に検出しながらも〟、クオリアは役割を果たすことにした。

「肯定。これより自分《クオリア》は、インジェクシの――」

しかし。

インジェクシを今度こそ捕《と》らえようと歩き始めたクオリアの顎《あご》に、何かがくっついていた。

カーネルの指が、クオリアの顎に〝クイ〟なんて擬音語《ぎおんご》が似合う形で添えられていた。見上げる格好となったクオリアが、淡々と尋ねる。

「説明を要請する。これはどのような行為か」

「守衛騎士団〝ハローワールド〟は、〝美味しい顔《笑顔》〟を創ることが役割だ。とか意識高《たつか》ーいこと言ってなかったかしら」

「肯定」

「回れ右。ほら。もう一回、アイナちゃんの顔を見なさいな」

「エラー。〝回れ右〟は登録されていな――」

ぐい、と今度は指で弾かれた。ぐるん、と体ごと後ろに向かざるを得なくなる。

えっ、と意表を突かれたアイナの顔に、ノイズを認識した。本当は縋りたい、でも縋れないとばかりに〝大丈夫〟と〝辛《つら》い〟を行き来するアイナから、圧《お》し潰されそうな心が検出された。

最適解では測れない、0と1で表してはいけない何かが、クオリアを釘付《くぎづ》けにする。

立ち尽くすクオリアへ、ぽん、とカーネルが肩を叩く。

「あのね、クオリアちゃん。いい？　そんなに夢物語に全力疾走したいなら、女の子がどういう時に泣くのか、どういう時に本音を言わないかくらい学んでおきなさい。女の子が泣いてる時にお仕事に熱中しちゃう人が、果たして〝美味しい顔《笑顔》〟なんて創れるのかしら？」

「それは……状況分析……エラー……」

この一連の発言には、反論が出来なかった。何も最適解が思い浮かばなかった。

〝説教〟を終えたカーネルは去り際、「ああ、一つ言い忘れていたわ」と軽い口調で言った。

「あのダスィヒという魔術人形、確かに異常が見られたわ。あの個体も捕《つか》まえて、ちゃんと〝開発局〟に調べてもらわなきゃいけないわね」

21

「いた！　クオリア君、アイナちゃん、大丈夫⁉」

丁度広場から出ようとしたところで、ロベリアとスピリトが視界に入った。しかしロベリアはロベリアで獣人の対応など、やることが山積していたはずだ。

「ロベリア、説明を要請する。あなた達のタスクはもう完了したのか」

「獣人狩りが行われてるって聞いてね。それどころじゃないわよ……ったく、あのディードスめ。やっぱりとんでもない野郎《やろう》だったわね」

ディードスの名前が先行して、しかも忌々《いまいま》しく口にしたことに違和《いわ》感があった。特に、インジェクシの獣人を生命と見なさぬ神様気取りの愚行《ぐこう》を目にした後では、殊更《ことさら》強く思う。

「あなたは誤っている。獣人狩りを実施したのはインジェクシだ。ディードスはインジェクシに魔術人形を売買したのみと認識している。インジェクシを優先して無力化する必要がある」

「確かにインジェクシも、二度と神に祈《いの》れないくらいの罪を犯《おか》した。でもね、恐らく、この獣人狩り、裏で糸引いているのはディードスよ」

そう言うと、ロベリアは紙を一枚差し出した。受け取る直前から、クオリアはその差出人が誰であるかを読み取った。

〝雨男《アノニマス》〟。古代魔石〝ブラックホール〟の流出を伝えた、正体不明の人物である。

詠《よ》み人知らずの手紙を、クオリアは手に取る。ロベリアが内容の意訳を口にする。

「まず、蒼天党の獣人を一部脱走させたのもディードス。人間が獣人へ恐れを抱かせるようにすることで、〝獣人狩り〟がスムーズに行われるようにしたんでしょうね」

そこまでして〝獣人狩り〟を成功させようとした理由も、手紙に書かれている。だが、クオリアには理解しきれないところがあり、ロベリアに尋ねる。

「説明を要請する。この手紙には、『獣人狩りは、魔術人形を販売《はんばい》推進するためのデモンストレーション』と書いてある。これはどのような意味か」

「……ディードス《あの豚》は今日、魔術人形の〝オークション〟を実行する気なのよ」

返答したのはスピリトだった。昨日は覆い隠していた、ディードスへの嫌悪《けんお》感が読み取れる。

「〝先行販売された〟魔術人形が獣人狩りを通して、スキル《デモンストレーション》を始めとした有用性を披露《ひろう》する。そして魔術人形が欲しいという需要《じゆよう》を増やす。するとオークションっていう、最高金額を示した人がお目当ての魔術人形を買える競売方法の性質上、ディードスに入る金は増えるって仕組み」

「つまり金と、獣人の命を引き換《か》えにしたってこと……聞いてみたいね。獣人の悲鳴を聞いて食べる飯は旨《うま》いかって」

嫌悪感という点ではロベリアの方が一歩上を行っていた。だが冷静さを直ぐに取り戻《もど》す。雨男《アノニマス》の手紙について更に補足する。

「ディードスの巧《うま》いところは、ヴィルジン派にはオークション会場が分からないようになってるってこと。一見《いちげん》さんお断りってやつ。にもかかわらず、雨男《アノニマス》がどうしてご存じなのかは分からないけど」

クオリアは手紙に同封《どうふう》してあった地図を見る。完全に王都の外だ。地図を見る限りでは、山のど真ん中に放り出されているようにしか見えない。だが手紙を見るに、そこにヴィルジン達も把握《はあく》していないディードスが所有する巨大な別荘《べっそう》があるらしい。ディードスの莫大《ばくだい》な財力がそんな裏技を可能としているのだろう。

「勿論、この内容は雨男《アノニマス》が勝手に言っているだけかもしれない。私は引き続き、裏を取っとく」

更に詳細《しょうさい》を聞こうとしたところで、クオリアは一旦《いったん》そのタスクを強制停止した。

右目に、反応があった。

「優先度の高い事態を認識——古代魔石〝ブラックホール〟の信号を検知」

古代魔石〝ブラックホール〟を追跡する、探知機《レーダーシステム》が反応した。

この地点から3㎞離れた地点に、〝突如《とつじょ》〟出現したことを示している。

「しかし、この反応は異常だ」

〝何故いきなり、3㎞離れた地点に出現したというのか〟。

探知機《レーダーシステム》の索敵《さくてき》範囲は50㎞。もし古代魔石の反応が発生するならば、その50㎞の境界線のはずだ。半径50㎞の円周上付近で引っかかるはずだ。索敵範囲に入れば例外なく反応するはずだ。

瞬間移動《テレポーテーション》でも使わない限りは、こんな現象は有り得ない。もしそんな魔術を使える存在が古代魔石〝ブラックホール〟を持っているとしたら、相当厄介《やっかい》ではある。

しかし、だとしたら蒼天党に、瞬間移動に類する使い手の情報が上がってきていないのも妙《みょう》だ。

なにかがおかしい。

突如３㎞地点に古代魔石〝ブラックホール〟が現れた事象。この背景には、人工知能でも読み切れぬほどの闇がある。

第四章

CHAPTER 4

Surpass THE MAGIC WORLD

1

「この、不良品がぁっ‼」

インジェクシの前蹴《げ》りが、ダスィヒの腹部を押《お》し飛ばした。路地の壁《かべ》が、ダスィヒの疑似肉体《ゴーレム》に更《さら》なる負荷《ふか》を与《あた》える。怒《いか》りのまま、何度も、何度も踏《ふ》みつけられる。

「これでは、あの愚兄《ぐけい》と同じ軌跡《きせき》を辿《たど》ってしまうではないか……3年前、獣人《じゅうじん》を御《ぎょ》しきれず殺されたあの愚兄と……！」

魔術《まじゅつ》人形は八つ当たりに抵抗《ていこう》しない。感じる痛みも苦しみも、無いものは無い。

「あの穢《けが》れた獣人の魂《たましい》を救済する〝獣人狩《が》り〟を再開させた男として、歴史に名を馳《は》せるはずだったのにぃぃぃぃ‼」

獣人を狩る。それがこのインジェクシが、ダスィヒに期待した内容だ。だが今でも獣人を前にしなければならないと思うと、虚像《きょぞう》が認識《にんしき》の中で蠢《うごめ》いて仕方ない。手が震《ふる》えて、仕方ない。

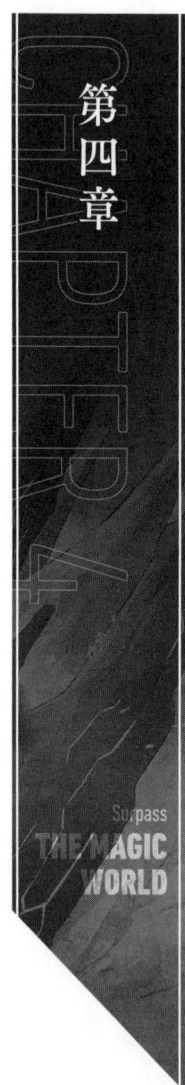

異常が拡散する。異常は加速する。異常は深化する。

「異常を修正中です。異常を修正中です。異常を修正中です――」

あの時、アイナという獣人は言った――心が死んでしまう、と。

彼女達《かのじょたち》の発言は誤っている。魔術人形に心など存在しない。あの二人が、ダスィヒの中に見出《みいだ》そうとしたものは、人工魔石の機能にも仕様にも一切合切《いっさい》登録されていない。

しかし、ダスィヒは求めている。

震えを優《やさ》しく包んだ、二つの掌《てのひら》を。『もう殺さなくていいんだ』という、安堵を。それらを与えてくれた、あの二人の元へ戻《もど》ることを。

でもその要求は満たされない。インジェクシの命令は絶対だ。

戻りたい。出来ない。戻りたい。出来ない。戻りたい。出来ない。

「エス。知っているのですか。心とは、何ですか。だから、食事を、僕《ぼく》に推奨《すいしょう》したのですか」

「――お前、似てるな。あの、枢機卿《すうききょう》、に」

嗄《か》れた声。

獣人がいた。

路地の隙間《すきま》から零《こぼ》れた斜陽《しゃよう》が、栗色《あわいろ》の猫耳《ねこみみ》を燃え立つように着色する。

だが一方、地獄《じごく》でも見てきたように干涸《ひか》びた凶相《きょうそう》には、影《かげ》が深く刻まれている。

〝死〟そのものが、服を着て歩いているような印象さえ受ける。

人間に迫害《はくがい》され、差別され、そして殺された獣人達が、この世にあってはならない何《何》か《か》へと集合して、獣人の形を無理矢理成しているようにさえ見えた。

「蒼天党の主、リーベと一致します」

「なんだと⁉」

固まっていたインジェクシが、勝機を見出したと言わんばかりにリーベを凝視《ぎょうし》する。

「そうか、そうか……まさか穢れ切った魂が、こんな所にあろうとは」

くっくっく、と笑い声が上がる。

「獣《けもの》の分際で、魔物よりも深い業《ごう》を宿した汚物《おぶつ》よ。最早《もはや》その魂は魂とすら呼べぬ。救えぬ。だが貴様を殺せば、先の〝獣人狩り〟の失態は取り戻せる……さあダスィヒ、あの獣を消滅《しょうめつ》させ――」

「〝真赤な嘘《ステルス》〟」

ダスィヒは、何もできなかった。その過程を認識できなかった。

結果だけが、その眼前に提示された。

つまり、インジェクシの頭が、断面から噴《ふ》き出す血に塗《まみ》れて地面に転がっていた。

「主《マスタ》の、死亡を、認識」

「……待ってろ、アイナ。人間共を、道連れに、するから。お前がいなくなった世界を、壊《こわ》すから」

人形など眼中に無いと言わんばかりに、リーベはダスィヒを無視する。

「アイナは、います」

だが、ダスィヒは立ち塞《ふさ》がった。わざわざ先回りしてまで。

人工魔石に蠢く、原因不明の〝異常〟を、堪《こら》えて。

『死にたくない』と批難する獣人の過去《虚像》を思い出しながら。

全身が震えて仕方ない。だが膨《ふく》れ上がる〝異常〟は、今度はダスィヒを突《つ》き動かす。

「この世界の破壊《はかい》は、誤っています」

もうインジェクシは死んだ。よってダスィヒは命令を下す主人が登録されていないことになる。

それでも、ダスィヒはリーベに攻撃《こうげき》しようとしている。

「異常発生。主《マスタ》の命令が発生していません——」

理由は分からない。虚像と同じく、これも仕様外の挙動だ。異常だ。

「——しかし、僕はあなたを無力化すべきだと判断しました」

〝この世界を破壊する〟がどのように行われるかまでは分からないが、それを看過しては、どんな悴《かじか》む手をも温めるあの掌を、二度と握《にぎ》れないことを意味する。

自らの異常を〝心〟だと言ってくれる、クオリアとアイナがいなくなることを意味する。

エスという魔術人形も、いなくなることを意味する。

……でも、ただそれだけだ。

意味のない情報で、世界が上書きされるだけだ。魔術人形は、それに対して何かを自発的にどうしようという仕様など存在しない。

誰《だれ》かの死亡に、関係の喪失《そうしつ》に、世界の終焉《しゅうえん》に、意味はない。

しかし。

『エア』

「……魔石回帰《リバース》！」

〝ダスィヒが初めて選んだ解〟は、その仕様外へと飛び出す。

リーべと戦うためならば、〝スキル〟は存分に稼働《かどう》した。

「エス」

最後に、ダスィヒの頭にあったのは、エスのことだった。

2

「ダスィヒ」

エスの人工魔石が、微弱《びじゃく》な魔力信号をキャッチした——ような気がした。その際に、エスの口からポツリとダスィヒの名前が零《こぼ》れる。

前を歩くディードスには聞こえていない。しかし同伴《どうはん》する魔術人形達までは誤魔化《ごまか》せない。

「エス。何故《なぜ》、あなたはダスィヒの名前を発言したのですか」

「ダスィヒからの魔力信号を受信した可能性があります」

「それは異常です。ダスィヒは既《すで》に、主《マスタ》であるディードス配下のネットワークから除外されています。そのため、ダスィヒの魔力信号を受信することは、不可能と判断します」

しかしダスィヒの魔力が、ほんの僅《わず》かに流入したことは間違《まちが》いない。とはいえ、その魔力には信号と呼べるほどの内容は無い。少ない文字が、意味も無く羅列《られつ》しているだけだ。

自然に流れる魔力が、偶然《ぐうぜん》ダスィヒのそれに似た構造になって、エスの近くに漂《ただよ》っただけかもしれない。そう結論付けたエスは、前をずかずかと歩くディードスを再び視界に捉《とら》えた。

「くそ……インジェクシめ、大層なことを言っていたくせに……むしろ〝オークション〟の競売価格が下がるじゃないか……しかし、まさかカーネル公爵《こうしやく》があそこまで積極的に動いてくるとは……」

現在エスは、ディードスと共に〝オークション〟会場となる別荘《べつそう》行きの馬車を目指している。

「だがこのオークションが成功すれば、十分な金が入る……金さえあれば、〝これからの新時代は自由自在にコントロール〟できる……ん？」

野望を一人抱《いだ》くディードスだったが、何やら前方が騒《さわ》がしい。

悲鳴。更に血飛沫《ちしぶき》。駆《か》け付けた騎士《きし》も敵《かな》わず、甲冑《かっちゅう》すら簡単に砕《くだ》いてしまう爪撃《そうげき》を受け、次々と地面に塗れていく。その中心で、血塗れで佇《たたず》む獣人を見つけ、ディードスが狼狽《ろうばい》する。

「リーベを認識しました」

「リーベだと⁉」

と驚愕《きようがく》している間にも、リーベがこちらにやってくる。ディードスを特別狙《ねら》っている訳ではないだろうが、このままではディードス達はリーベと交差する。

（リーベだろうとこれだけ魔術人形がいりゃ倒《たお》せるだろうが……だがオークションを目前にして、ここで欠品なんてごめんだ……）

ディードスは思案の結果を命令に込《こ》める。

「魔術人形達、馬車へは別の道で行くぞ。一旦《いったん》ここは退く」

「命令は受諾《じゅだく》されました」

ディードスと魔術人形は足並みを揃《そろ》えて、逃《に》げることを選択《せんたく》した。エスも周りの魔術人形と共に振《ふ》り返った時だった。

見えた。

リーベの爪《つめ》の狭間《はざま》に挟《はさ》まっているもの。その狭間から僅かに薫《かお》る魔力。
ダ、ス、イ、ヒ、の人工魔石だ。
「おいエス‼　何をしている‼　早くこちらに来ないか‼」

ディードスが立ち止まるエスに気付き、怒号《どごう》を飛ばす。

「提言します。撤退《てったい》中にリーベが私達を認識した場合、追いつかれるリスクがあります。そのため、この場に居残り、リーベを足止めする役割が必要です。私の人工魔石〝ガイア〟は、これを実行するのに適当と判断されます」

「何を言って……、あ」

ディードスも、魔術人形達も、そしてエスも気づく。

何もかもを真っ黒に染め上げそうなリーベの瞳《ひとみ》が、こちらに向いているのを。

「く、くそっ‼」

そこから先は全力疾走《しっそう》だった。肥えた体系ながらに逃げ足だけは速いディードスは、魔術人形に囲まれて一気に脱兎《だっと》のごとく駆け抜《ぬ》けていった。

結局、エスという目玉商品を残して。

『ガイア』

蛍《ほたる》の如《ごと》き緑色の光に囲われたエスも駆ける。ただしディードスとは反対方向へ。

「魔石回帰《リバース》」

リーベの周り、四方八方から、円錐《えんすい》が飛び出す。全くのゼロタイムで、針山地獄《はりやまじごく》が出来上がった。

だがその中心に、串刺《くしざ》しになっているはずのリーベはいない。いつの間にか、スキルの範囲《はんい》から外れ、エスを睨《にら》みつけていた。

「また魔術人形か」

非常に反射神経が研《と》ぎ澄《す》まされている上、身のこなしが素早《すばや》い。獣人の想定スペックを飛び越《こ》えている。しかしエスも特に驚愕なんて人間めいたことをするでもなく、淡々《たんたん》と問う。

「お前は魔術人形と戦闘《せんとう》をしたと推測します。ダスィヒと戦闘をしたのですか」

「なんだ、魔術人形には仲間意識なんてものがあるのか」

「〝仲間意識〟と定義されるものは人工魔石に登録されていません」

迫《せま》るリーベに対し、エスはスキルを発動しつつ、距離《きょり》を取らんと裏路地に逃げ込む。

だが、結果的に言えば、その裏路地にエスは逃げ込むべきではなかった。

裏路地に適当に捨てられたゴミ溜《た》めの中に、見知った顔が紛《まぎ》れていた。

「ダスィヒ」

人工魔石ごと、胸部が深く千切られていた。疑似肉体《ゴーレム》は胸を境に皮一枚で繋《つな》がっているだけだった。完膚《かんぷ》なきまでに粉砕《ふんさい》された人工魔石の破片《はへん》が、辺りに散らばっている。

残骸《ざんがい》を見下ろすエスに、仲間意識なんて組み込まれていない。ましてや喪失の感情など設計にも入っていない。故《ゆえ》にエスの表情は変わらず、ただダスィヒだったモノに手を伸《の》ばすだけだ。

「魔術人形って響《ひび》きの割には、奇妙《きみよう》な行動をするな」

裏路地に同じく入ってきたリーベへ、エスが目線を向ける。不意打ちの必要も無いと言わんばかりに堂々と歩いてきた。

「古代魔石〝ブラックホール〟の起動に、間違いなくお前は邪魔《じやま》だ。ここで絶対にぶっ潰《つぶ》して、そして古代魔石〝ブラックホール〟で人間社会をブチのめす」

宣言が、合図だった。

エスの視界から、リーベが消えた。

「リーベが消失し――」

ここでエスが転んだのは、別段リーベの特異な能力によるものではない。単に足元に転がっていた人工魔石〝エア〟の破片を踏み、バランスを崩《くず》したことによる転倒《てんとう》だった。

しかしカンマ1秒前までエスの胸部があった場所に、斬撃《ざんげき》があったことは間違いない。

ゆらめくエスの服が、魔物に襲《おそ》われたように爪で引き裂《さ》かれていたからだ。

「攻撃を受けていることを認識しました。しかし、リーベは依然《いぜん》として消失しています……っ!?」

エスの視界が揺《ゆ》らめく。〝何か衝撃《しようげき》を受けて、吹《ふ》き飛ばされた〟――というところまでは理解しているのだが、一体何に、どうやって吹き飛ばされたのかが認識出来ない。

今も、そこには何もないはずなのに。

「真赤な嘘《ステルス》が見えたのか。いや、違うな。偶然か」

瞬間《しゆんかん》移動でもしたかのように、またリーベが現れた。

人工魔石に登録された情報を整理する。リーベには、獣人の枠《わく》から懸け離《はな》れている身体能力、武器に転用できるほどに異様な強度を誇《ほこ》る爪を始めとした攻撃能力の他《ほか》に、もう一つ特徴《とくちよう》がある。

それは、〝真赤な嘘《ステルス》〟と呼ばれる超常現象《ちようじようげんしよう》を使うこと。

リーベを〝一切認識出来なくなる〟、魔術かどうかさえも判然としていない何か。

「まあ、いいや。次は無理だろ」

見立て通り、もしダスィヒの人工魔石で足を滑《すべ》らせてなかったら、確実に破壊されていた。

そして、リーベが消える。

死神の鎌《かま》が、今度こそ自分の人工魔石《心臓》を捉える瞬間でさえ、エスは顔色一つ変えることはなかった。

「エスを認識」

だが、もう一人この場に間に合った守衛騎士がいた。

3

一切認識不可の動きを、クオリアだけが辛《かろ》うじて察知することが出来た。
視覚聴覚《ちようかく》触覚《しよつかく》嗅覚《きゆうかく》味覚――人間に備わる五感では、リーベという存在を認識できない。今もこの路地には、クオリアとエスの二人しかいない。少なくとも、クオリアの視界にはそう映っている。

だが、テクノロジーは冷酷《れいこく》に真実を映し出す。右目に嵌《は》め込んだ探知機《レーダーシステム》には、何もないはずの座標に古代魔石〝ブラックホール〟を所有する何かがあることを、ポインタという反応で示してきた。光の点は、エスが立つ座標へ移動している。しかしエスは接近してくる〝何か〟へ対抗策《たいこうさく》を打てないでいた。

だから、クオリアはエスを庇《かば》うように飛び込んだ。

結果、背中に3本の線が刻まれながらも、クオリアはエスを守ることに成功する。

「状況分析《じょうきょうぶんせき》。通常の五感では検知できない、正体不明の脅威《きょうい》を認識」

背中の裂傷《れっしょう》を無視して、クオリアは立ち上がる。

「説明を要請《ようせい》する。あなたには損傷はないか」

「私は全く故障していません。お前が傷を受けています」

「理解を要請する。中度の損傷のため、戦闘続行は可能だ」

再び探知機《レーダーシステム》に反応。

自らの位置と、右目の古代魔石を示す反応が重なる瞬間を捉え、エスと共に飛び退《の》く。

今度は左肩《ひだりかた》に裂傷。特に支障はないと捨て置く。

見えざる存在が通り抜けた方向を見る。

ヴェールが晴れたように、朧気《おぼろげ》に獣人の背中が視界に映り始める。振り返った表情には呪《のろ》われたかのように、双眸《そうぼう》の下には隈《くま》がくっきりとできていた。

「お前、俺《おれ》が見えるのか？　今度は偶然じゃなさそうだな」

一瞬演算が硬直《こうちょく》した。やっと得られた顔の情報。その値が、アイナに酷似《こくじ》していたからだ。

「……説明を要請する。あなたがリーベか」

「だとしたら？」

クオリアも腑《ふ》に落ちた。アイナの兄であるなら、視覚情報から得られる値が酷似するのも頷《うなず》ける。

ただし今度は『目の前で断頭されて死んだ』というアイナの発言と矛盾《むじゅん》するが、それを熟慮《じゅくりょ》している暇《ひま》はない。

今は、リーベを止めることが最優先だ。

……ダスィヒのような死者を、これ以上増やさないために。

「あなたが、ダスィヒを殺害したのか」

「そいつは魔術人形だろう。なんだ、お前の所有物だったのか」

「否定。ダスィヒは誰の所有物でもあるべきではなかった」

演算回路を掻《か》き毟《むし》るノイズと共に、クオリアが結論を出す。ダスィヒを殺したリーベへの憤怒《ふんぬ》、ダスィヒを救えなかった自分への憤怒。二つの赤い思いで、強く拳《こぶし》を握り締める。

「人形は可愛《かわい》くて、だが獣人は気持ち悪いから御免蒙《ごめんこうむ》る、か」

「説明を要請する。あなたは古代魔石〝ブラックホール〟を所持し、何をしようとしているのか」

「古代魔石を持っていることにも勘付《かんづ》いているのか。誰だ？　お前」

「本個体は守衛騎士団〝ハローワールド〟の一員、クオリア」

リーベの右目がぴくっ、と動く。

「クオリア……そうかお前か。俺らの古代魔石〝ブラックホール《爆弾》〟を止めたっていうのは」

「再度説明を要請する。あなたは古代魔石〝ブラックホール〟で、何をしようとしているのか」

「……聞かなくても分かるだろ。綺麗《きれい》な花火にするつもりだ」

その返答を聞くや否《いな》や、クオリアはフォトンウェポンを一丁、リーベに向かい水平に構えた。

「その行為《こうい》の停止を要請する。応じない場合は、王都の大規模破壊阻止《そし》を優先し、あなたを排除《はいじょ》する。あなたは、誤っている」

『Type GUN』

クオリアはリーベを殺害《排除》する覚悟《かくご》を決めた。

花火《ブラックホール》を打上げられたら、王都は壊滅《かいめつ》する。

数多《あまた》の笑顔《えがお》が失われ、この王都で二度と〝美味《おい》しい〟を検出できなくなる。

「誤っているのは獣人を除《の》けた世界だ」

憤懣《ふんまん》を声色《こわいろ》に乗せてリーベが答えた。

「……今更《いまさら》俺達獣人に正しさを求めるのか？　社会から徹底《てってい》的に排除し続けたお前ら人間の行いが正しかったというのか？　俺達からの報復は必然だという考えすらないのか？」

「それはあなたが正しい理由にはならない。王都を滅《ほろ》ぼした場合、獣人に対する境遇《きょうぐう》が悪化することが推測される。あなたが蒼天党と共に王都を襲撃《しゅうげき》したことが、〝獣人狩り〟発生の要因の一つにもなった。あなたの行動では、誰も〝美味しい顔《笑顔》〟にならない」

「最初から獣人に笑顔なんてない」

「アイナは〝美味しい顔《笑顔》〟を創《つく》っている」

語気を強めてクオリアが言い放つ。

「アイナは、あなたの妹であると推測する。アイナは多くの〝美味しい顔《笑顔》〟を創ろうと――」

「嘘をつくな‼」

獣人の咆哮《ほうこう》がすべてを停止させた。

クオリアの言葉も、攻撃しようとしていたエスの動きも、リーベそのものも。

「アイ、ナ、アイ、ナア、イナ……ああ、そうだ……そうだ」

その時、クオリアは見た。

リーベそのものが蒸発してできたような、黒いオーロラが広がっていく様を。

「説明を要請する。その〝暗黒物質〟は何か」

リーベはその問いには答えない。聞こえてすらいない様子だ。

暗黒の空間の中、血走った二つの眼球をこちらに向けるのみだった。

「アイナは……3年前、あの時、いなかった、もう。死んでいる。お前、嘘つきだ」

「アイナは生命活動を維持《いじ》している」

またクオリアの言葉を聞かず、絶望が服を着て歩き始めた。

「俺は、やっと檻《おり》から出られた……でも、もうアイナはいなかった、アイナの匂《にお》いがいっぱいする血だけが残っていた、まだ12歳《さい》だったのに、優しかったのに、誰よりも。もう、いない。俺のたった一人の、家族だったのに、どうして、どうして」

『ガイア』

隣《となり》のエスから、若葉色の光が出現する。

〝ガイア〟のスキルで満たされた地面が、僅かに脈打つ。

「早急にリーベを無力化します。魔石回帰《リバース》」

幾重《いくえ》も地面から円錐が飛び出す。上位の魔物さえ軽々と貫《つらぬ》いた大地の槍《やり》。それが津波《つなみ》のように、怒《ど》濤《とう》の勢いと数をもってリーベに押し寄せた。

「ど、い、うして？」

だが、穂先《ほさき》は何も掠《かす》めはしなかった。

真赤な嘘《ステルス》。

直前で認識出来る世界から、リーベが消失していたからだ。

真っ赤な真っ赤で真っ赤に真っ赤な、血みどろの嘘が始まった。

4

リーベという存在が〝認識できなくなった〟裏路地をクオリアは見渡《みわた》す。動いているはずの足音や、砂埃《すなぼこり》の発生さえも感じることが出来ない。

「状況認識。物質的認識を誤らせる、認識への干渉《かんしょう》と判断」

「……人間ンンンンンン‼」

咆哮の音源が特定できない。

頼《たよ》りになるのは、再び接近を示す古代魔石の探知情報のみだった。

エスが四方八方に〝ガイア〟のスキルを発動させ、あらゆる箇所に円錐を出現させる。範囲全体を制圧するという見えざる敵への常套《じょうとう》手段だ。

「回避《かいひ》されました」

それでも探知機《レーダーシステム》のポインタは僅かにズレただけで突進《とっしん》の様子は変わらない。

獣人の範疇《はんちゅう》すら凌駕《りょうが》する感覚能力と身体能力。これを駆使《くし》してエスの全体攻撃を往《い》なしている。

激昂《げっこう》はしているが、故に研ぎ澄まされた反射神経と速度で地面からの槍を回避しきったのだ。

狙いが定まらない状態で闇雲《やみくも》に範囲攻撃しても、偶然でも当たる公算は小さい。

ならば相手の動きをラーニングし、最適解を導き出すしかない。

だが、できない。

「予測の損傷箇所と異なる。フィードバックする」

クオリアは探知機《レーダーシステム》の情報を基《もと》に回避する。だが肉体を両断できるほどに、異常な強度を誇る爪による斬撃の余波が、クオリアの左肩を裂いた。

「俺達が受けた痛みはこんなものじゃねえぞ……人間」

真赤な嘘《ステルス》は五感による認識の一切をさせない〝何か〟だ。

つまり、ラーニングに必要な情報が収集できない。

最適解を算出することが出来ない。

せいぜい、探知機《レーダーシステム》を頼りにリーベから距離をとることしかできない。

「エス。この場からの退避《たいひ》を要請する」

徐々《じょじょ》に傷が堆積《たいせき》していくクオリアは、しかし自分のダメージのことなど考えていなかった。同じように理不尽《りふじん》な殺意に晒《さら》されている、エスの生命活動停止のみを懸念《けねん》していた。

「その命令は受諾できません。私の役割に反します」

「要請棄却《ききゃく》を否決する。あなたの生命活動が停止する」

エスは一瞬だけ、既に活動を停止した魔術人形を見た。

リーベの爪に引き裂かれ、魔石ごと分断された仲間の躯《むくろ》である。

「私は、主《マスタ》を逃がすことを役割としています。そして、リーベとの戦闘を経て、今後の主《マスタ》への危険度が高いと、判断しました。そのため、この場で私はリーベを殺害します」

ディードスの話をしているのに、エスの目線はダスィヒの残骸へ向けられていた。そんなエスを、クオリアは抱きかかえて横に転がる。

「それでは、あなたがサイコロステーキを食事出来なくなる」

更に起き上がるや否や、エスを引っ張り後ろに飛びのく。クオリアの右目が、古代魔石を抱えるリーベから距離をとれたことを表示する。

一方、感覚では相変わらずリーベを捕捉《ほそく》できない。右側頭部から伝う血が、直前に受けたダメージを物語るくらいだ。

「予測の損傷深度が異なる。フィードバックを実行する」

クオリアが荷電粒子《ビーム》を何もない目前に放つ。探知機《レーダーシステム》からのリーベの位置座標が、横にずれた。

「理解を要請する。〝美味しい〟は、生命活動の維持が必要条件だ」

「魔術人形には生命活動はありません」

繰《く》り返し連射しながら、自身の命を未《いま》だ自覚しないエスへの説得を再開する。

「否定する。生命活動は存在する。ダスィヒがその証《しょう》拠《こ》だ」

「ダスィヒ、が」

エスの言葉が詰《つ》まった。横たわるダスィヒの残骸を見たまま、一瞬時間が停止する。

「ダスィヒは、過去に排除した獣人の虚像を投影《とうえい》していた。そのためにスキルの発動、挙動に異常が生じていた。それは、ダスィヒにも〝心〟があるからだ。心は、生命活動を維持させていなければ、活動しない。だから新しい〝美味しい〟を取得するために、あなたの生命活動は停止してはならない」

「私の存続よりも、リーベの殺害は優先されます」

「説明を要請する。それはあなたが出した最適解か？」

再びクオリアが回避する。その数だけ全身に浅い傷が増えていく。

「今のあなたの行動は、ディードスによって強制されたものだ」

「それが、魔術人形の仕様です。それが、私の役割です」

「あなたがあなたである理由は、あなたの中にしか存在しない。だからあなたはそれを演算するべきだ。しかし、ラーニングは、長い時間を必要とする。自分《クオリア》は、それをダスィヒにも伝えるべきだった」

心のラーニングは、中々終わらない。クオリアもまだ、ラーニングを完了《かんりょう》していない。

それを知っているからこそ、クオリアは魔術人形へ約束する。

「あなた達が最適解を得るまで、あなた達の生命活動は自分《クオリア》が守る。自分《クオリア》は、またあなた達と一緒《いっしょ》に〝美味しい〟ものを食事する」

『Type SWORD』

クオリアの右手に柄《つか》が出現した。

荷電粒子《ビーム》の刃《やいば》を、横薙《よこな》ぎに振るった。

その先には誰もいない。何も見えない。何も感じない。

「……うっ⁉」

それでも荷電粒子《ビーム》はリーベの左腕《ひだりうで》を掠めた。

証拠に一瞬だけ現れたリーベの左腕が、僅かに溶《と》けていた。狼狽する声を、やっと聞いた。

「何故だ……見えていないはずなのに……いや、さっきからお前、何故俺から受ける傷が減っている……？」

「状況分析。あなたの攻撃における予測の誤差が、5％にまで低減。あと2回の、あなたの攻撃をインプットに、誤差を限りなく縮小した最適解算出を可能と判断」

見えない、聞こえない、察知できないリーベを、即《すなわ》ち真赤な嘘《ステルス》をラーニングし始めた瞬間だった。

5

「クオリア、説明してください。お前からはリーベの動きは目視出来ません。しかし、何故リーベの動きを分析できたのでしょうか」

当然の疑問だった。見えなければ情報は入ってこない。分析どころの話ではないし、学習するための材料もない。

だがクオリアは全身を示しながら、質問に回答する。夥《おびただ》しい爪による裂傷、蹴《け》りや殴打《おうだ》による青《あお》痣《あざ》。全て、致命傷《ちめいしょう》を辛うじて避けてきたというだけで、これまでの戦闘が全て不利だったという証《あかし》に過ぎないものだ。

「自分《クオリア》はリーベを認識出来ない。だが自身の損傷は認識が出来る」

しかし、人工知能にとっては自身の損傷すら、ラーニングのための情報と化す。

「損傷から、リーベの接近までの軌跡、接近時の体勢、攻撃時の挙動を予測分析した」

予測の損傷箇所。予測の損傷深度。予測の損傷角度。予測の損傷模様。

それらと実際の損傷、更に探知機《レーダーシステム》からのリーベの位置情報、荒《あ》れ果てた地形を全て統合的に計算し、リーベの動きをシミュレーションしてはフィードバックして実際のものに近づけていったのだ。

痛みと一緒に。リーベの情報も、堆積させて。

傷を帯び続けた結果が、〝見えないはずなのにリーベに攻撃が当たる〟という状況。

シミュレーションの仮想と、真赤な嘘《ステルス》に包まれた実際が重なりつつあった。

「……信じられるか」

リーベがまた消えた。

「アイナが生きているなんて酷《ひど》すぎる嘘を言ってしまえる、ひどい奴《やつ》の言うことなんて」

「アイナは生きている。あなたは誤っている」

「いなかった。アイナは、あの檻に。枢機卿、いっぱい血が、いっぱい、アイナの匂いが、あの檻に、あの子がまだあの檻に」

次の瞬間にはリーベが地べたに這いつくばっていた。

足が、焼き裂かれている。

「予測との誤差2%。次回の防御《ぼうぎょ》にフィードバックする。あと一回の、あなたの攻撃をインプットにすることで、最適解の算出が完了する予定だ」

「……待ってろ、アイナ。こんなの、何でもない」

淡々とラーニング結果を示すクオリアに対し、深手の左足を無視してリーベが歩き始める。

「ああ、助けなきゃ。でも、もう、あの檻から泣き声は聞こえなくなった。土の、ジメジメした、血塗れの、拷問《ごうもん》を受けた跡《あと》しか。待ってろ、大丈夫《だいじょうぶ》、みんな、俺が、殺して」

「アイナは檻にはいない。拷問を受けていない。あなたは意味不明の言葉を反復している」

ブツブツと呟《つぶや》く言葉に、一貫性《いっかんせい》は無かった。

眼《め》の下の隈が、一層深く刻まれる。焦点《しょうてん》が定まっていない。その瞳は、エスへと向けられる。

「お前、アイナじゃない。紛らわしい」

消失。

直後の軌道《きどう》はあまりに支離滅裂《しりめつれつ》で、しかし研磨《けんま》された速度で縦横無尽《じゅうおうむじん》に飛び回る。

探知機《レーダーシステム》によって捕捉されたリーベの位置情報は、確実にエスへ近づいていることを示していた。

エスは接近するリーベに気付くことが出来ない。このままだと、エスがリーベの爪の餌食《えじき》だ。

「状況分析。左足の損傷具合と矛盾した速度を実現している」

それも予測に含《ふく》めていたからこそ、クオリアは動く。

リーベが持つ古代魔石との位置情報と、交差する。

「もう、みんな死ね」

「予測修正なし」

交点で、血飛沫が舞《ま》う。

大量の鮮血《せんけつ》だった。致死量《ちしりょう》の血液だった。

だがエスに傷は無い。リーベの爪が貫いたのは、エスの華奢《きゃしゃ》な疑似肉体《ゴーレム》ではない。

クオリアの心臓だった。

「クオリア、私は理解が出来ません。何故あなたは私の代わりに、致命傷を受けたのでしょうか」

飛び散った血が、エスの頬《ほお》にかかる。

エスが見上げた先、深々と左胸を爪に抉《えぐ》られていたクオリアは、血を吐きながら答えた。

「『あなた達が最適解を得るまで、あなた達の生命活動は自分《クオリア》が守る』。それが自分《クオリア》の役割だからだ」

6

左胸が煮《に》えたぎるように熱い。

視界が急に揺らめいていく。演算するための脳にエネルギーが回らない。

しかし、やはりクオリアにとっては痛いと喘ぐには足らない。

アイナがアロウズに足蹴《あしげ》にされたあの時に比べれば。

マインドの首が落とされたあの時に比べれば。

ダスィヒの残骸を目撃《もくげき》した時と比べれば。

アイナの号泣《ごうきゅう》する表情と比べれば。

この程度、大したことはない。

「嘘つきを仕留めた……もうこれで何も出来なくなった」

勝ち誇った顔をするリーベに、血塗れのまま、遺言《ゆいごん》のように告げる。

「誤差0%。最適解、算出」

そして、クオリアは仰向《あおむ》けに倒れた。

糸の切れた人形のように、スクラップにされた兵器のように、生命活動を停止した人間のように。

人間も獣人も魔術人形も、皆《みな》同じに見えるはずの茜《あかね》空を視界にとらえて、瞼《まぶた》を閉じた。

守衛騎士団〝ハローワールド〟クオリアは、今度こそ完全なる死を迎《むか》えた。

「クオリア、クオリア、説明を要求します。お前の行動の正当性が、私には理解できません」

もう蘇生《そせい》の見込《みこ》みのないクオリアの体を、エスが揺する。

「お前も殺してやるよ……アイナがどれだけ苦しんだか教えてやるよ……一人でも多く、人間とその味方共を道連れに……！」

その背後から、リーベが突こうとした時だった。

『本個体の心肺停止《ブルースクリーン》を確認。5Dプリントによる生命活動修復プロトコル〝蝶々開き《インフィニティリカバリ》〟作動。損害状況のスキャンを開始』

7

5Dプリントによる生命活動修復プロトコル、〝蝶々開き《インフィニティリカバリ》〟。

物言わぬ死体に成り果てたにもかかわらず、その全身から響いてくる音声は進捗《しんちょく》を告げる。

『スキャンの結果、心臓部分の82％の損壊《そんかい》を確認。血液の71％の消失を確認。このエラーが生命活動を停止させていると判断。よって心臓と血液の精製を開始する。このため、バックアップ用に待機《コールドスタンバイ》させていた5Dプリントも起動する』

直後、クオリアの全身が一番星のように瞬《またた》いた。

両手両足胴体《どうたい》の十数ヶ所から、5Dプリント特有の青白い光線が全身を包む。

『肉体名〝クオリア〟の肉体設計情報と齟齬《そご》なし。このまま修復を進める』

鮮血に沈んだ胸部。

大きく開いた風穴《すきま》に垣間見《かいまみ》えた、脈打たぬ壊《こわ》れた心臓。

その中身に入り込んだ光の終端《しゅうたん》で、心臓が形を取り戻していく。

クオリアの顔色も良くなっていく。血色が良くなっていく。

肉体も修復できるのであれば、血液や心臓だって再生が出来る。

かつて人類は、髪《かみ》の毛一本からクローンを創ることだって出来た。

心臓や血液を創って蘇生する程度、特に目新しくもない、バイオテクノロジーである。

「そんなことが……あってたまるかよ」

心臓を破壊したのに、蘇生する。

リーべがそう直感するのに、時間はかからなかった。

『修復を確認。生命活動開始の障害の除去を確認。個体名クオリアの再起動開始』

とくん、と心臓が生命の太鼓《たいこ》を叩《たた》いた。

同時、クオリアの体がのけぞり、地面に背中を叩きつけた。

直後、立ち上がる。

微《かす》かに光る瞳の開眼が、再起動の証だ。

「生命活動の再起動を確認。ハードウェアの修復チェック……残課題0。5Dプリントによる生命活動修復プロトコル蝶々開《インフィニティリカバリ》きを終了《しゅうりょう》する。戦闘行為に復帰する」

そのクオリアの後ろで、エスは膝立《ひざだ》ちで見上げていた。蘇生して尚《なお》立ち向かわんとするクオリアの後ろ姿に視界が塞がれていた。

「説明を要請する。――自分《クオリア》は生命活動が停止している間、状況認識のアップデートが出来なかった。何か状況に変化はあるか」

「いいえ。特にありません。状況はお前が死ぬ前のものと同一です」

「状況理解」

「……ふざけるな」

自身の髪を引っ張りながらリーベが重い声を発した。剣呑《けんのん》とした瞳は、クオリアとエスを視線の矢として貫く。

「ふざけやがって……ふざけやがって……」

「異常な暗黒物質を認識」
リ、ー、ベ、の、背、景、が、少、し、ず、つ、漆、黒、に、染、ま、っ、て、い、く。薄闇《うすやみ》の時間帯に訪《おとず》れる闇《やみ》にしては早すぎる。
古代魔石〝ブラックホール〟によるものでもない。

まず言えるのは、恐《おそ》らく魔力だということ。だが、これまでラーニングしてきた魔力のパターンとはあまりに異なる。

やがて、オーロラのように翻《はため》き始めた暗黒物質を背景に、嗚咽《おえつ》混じりの声で、リーベは吐くように続ける。

「この期《ご》に及《およ》んで、人が生き返るって、何の悪夢だよ……。アイナは、生き返らない、のに」

「アイナはその必要はない。アイナは生命活動を維持している」

「お前、まだ、言うか。アイナは」

「だから攻撃を中止し、自分《クオリア》と同行を要請する。あなたをアイナに接触《せっしょく》させる」

「……3年前、アイナは」

「3年前の情報は不足している。だが先程の言葉から推測するに、あなたはアイナの遺体を確認していない。状況証拠から、アイナの生命活動が停止したと判断した」

「檻、アイナ、血、いっぱい。最後、見た時、あんなに、死にそうになってた」

暗黒物質が揺れる。暴風の最中にあるかの如く、棚引《たなび》いている。

揺れながら大きくなる。そして全世界を喰《く》らえる程に、純粋な黒へと堕《お》ちていく。

クオリアも無視できずに、暗黒物質をもう一度見上げる。

「エラー……暗黒物質から、リーベの表情と同じ値を検出。人間の表情を検出。しかし、あれは人間の表情には相応《ふさわ》しくない」

「……アイナ、どうして、俺を、置いて、いった」

演算するクオリアに正対して、リーベが迷子《まいご》のように譫言《うわごと》を繰り広げる。

「停止を要請する」

「一人に、するな」

クオリアが語気を強めた時、リーベは右手で古代魔石を握りしめていた。

同時に暗黒物質ごと何も見えなくなる。〝真赤な嘘《ステルス》〟。

この場で古代魔石〝ブラックホール〟を起動させる気だ。辺り一帯を消滅させる気だ。

クオリアの右手から、荷電粒子《ビーム》が放たれる。

回避。ポイントが僅かに右へ動いた。

だが予測は完了している。銃口《じゅうこう》がその動きを追う。

すべては最適解の中。認識の必要さえない。

既に、真赤な嘘《ステルス》を実施《じっし》した後の一挙一動はラーニング済みだ。

荷電粒子《ビーム》は2発放たれる。

うち一発は、古代魔石〝ブラックホール〟を的確に撃《う》ち抜いた。一昨日《おととい》ラーニングした、〝ブラックホール〟を停止させるための魔力《コマンド》を練り込んだ光線。結果、弾《はじ》け飛んだ古代魔石〝ブラックホール〟は二度と起動できない状態で路傍《ろぼう》の石と成り果てた。

そして2発目は、リーベの頭部へ向けられていた。

「……あなたを排除する」

僅かに、クオリアが歯軋《はぎし》りをする。

一筋の光線が、頭蓋《ずがい》の中心を貫いた。

「ああ、そうか」

にもかかわらず、額に風穴を開けたままリーベは口にするのだった。

「俺、あの時既に死んでたっけ」

世界を悟《さと》ったような、どこか安らかな表情をしていた。

「異常な生命活動停止を確認」

後ろで広がっていた〝暗黒物質〟へ、虚《うつ》ろな顔をしたリーベの肉体が吸い込まれていった。

それこそブラックホールに吸い込まれる惑星《わくせい》の如くリーベの遺体が伸びて、跡形《あとかた》も残らず暗黒物質へと消えていく。

「私はこの暗黒物質に対する知識を有していません」

「自分《クオリア》も、この暗黒物質の情報は登録されていない」

クオリアが、暗黒物質のカーテンに触《ふ》れようとする。だがその直前でパッと、視界から消えた。

真赤な嘘《ステルス》などではなく――蒼天党のリーダーである〝リーベ〟は完全に消滅したと結論付けるしかなかった。

8

そもそも、認識に干渉する〝真赤な嘘《ステルス》〟とは何だったのだろう。かつてインプットした魔術書にも、その片鱗《へんりん》すら載《の》っていなかった。少なくとも、あれは魔術ではない。

リーベという存在には、クオリアも解き明かせていない謎《なぞ》が多すぎる。アイナが発言していた『リーベが死んでいる』という内容が、そもそも矛盾している。一方で、本人も消滅前、自身が過去に死んでいたことを示唆《しさ》する言葉を述べていた。

だが死者蘇生は、魔術書の中で〝不可能〟であると結論付けている。バックアップとリカバリの概念《がいねん》があるアンドロイドくらいしか、そんな芸当は出来ない。

そもそも、突然3㎞地点に出現した古代魔石〝ブラックホール〟の謎が、未だに解けていない。

〝真赤な嘘《ステルス》〟の最中も、ちゃんと古代魔石〝ブラックホール〟を探知機《レーダーシステム》は追跡《ついせき》できていた。ということは、探知機《レーダーシステム》が反応しなかった理由が別に存在することになる。

とはいえ、リーベが瞬間移動《テレポーテーション》を使うようにも見えなかった。

……これで終わった気が全くしないのは、リスクに対する過剰反応だろうか。

「クオリア」

視線をずらすと、ダスィヒだった残骸の横で立ち尽《つ》くすエスの後ろ姿があった。

「お前は肉体を5Dプリントという魔術で修復したのでしょうか」

「エラー。5Dプリントは魔術ではない。自分《クオリア》を修復したのは、5Dプリントによる生命活動修復プロトコル〝蝶々開き《インフィニティリカバリ》〟だ」

「ダスィヒを修復することを要求します」

「それは不可能だ。5Dプリントを自分《クオリア》以外に使用した場合、想定外の遺伝子異常が発生する。また、魔術人形は魔石を核《かく》に動作する。魔石は5Dプリントでは修復が不可能だ」

返答を聞いて、エスはじっと散らばった残骸へ視線を戻す。表情に変化は無い。ただ、何かが沈《しず》んだような値が感じられる。

「分かりました。問題はありません。優先度の低い事項《じこう》として、要求を取り下げます」

「あなたは誤っている。彼の生命活動停止は問題であり、異常だ」

「どうしてですか」

「関係のある個体の生命活動停止は、思考演算機能に大きな影響《えいきょう》を与える。あなたの思考にも、異常が発生していると推測する」

「私には、何の異常もありません」

「あなたの挙動の規則性に、微細《びさい》ながら乱れが生じている」

「繰り返します。私には、何の異常もありません。しかし、お前は発言しました。生命活動が停止したら、サイコロステーキも食べられなくなると」

「肯定《こうてい》。自分《クオリア》は発言した」

「私は」

寂《さび》しく吹く風が、魔術人形の残骸をも優しく撫《な》でていた。

「私は、ダスィヒにもサイコロステーキを食事することを要求していました。そうすれば、ダスィヒの異常も修正されると、推測していたためです」

クオリアは、一つの演算結果を口にした。

「それも、あなたに〝心〟がある証拠だ」

9

「古代魔石〝ブラックホール〟の反応が無くなったと思ったら。やっぱりアナタだったのね」

甲高《かんだか》い、女声を衒《てら》った男声に続いて、更に多人数の甲冑の足音が聞こえた。

守衛騎士団〝クリアランス〟は、先程の数人とは違い、50人ほどの人数で駆け付けていた。フルメンバーだろう。尤《もっと》も、大部分は路地へと繋がる大通りで待機しているが。

その先頭にいたカーネルが無力化された古代魔石〝ブラックホール〟を拾いながら、インジェクシの遺体を一瞥《いちべつ》して少し仰《ぎょう》々《ぎょう》しく溜息《ためいき》を吐《つ》く。

「死人に口に無し、になっちゃったわねぇ」

「リーベによって生命活動を停止されたものと判断する」

「……リーベがここにいたのか」

「獣人を認識」

リーベがいたことも織り込み済みと流すカーネルの隣で、路地についた戦闘の痕跡《こんせき》を見渡す偉丈《いじょう》夫《ぶ》をクオリアは観察する。兜《かぶと》で頭部を覆《おお》い隠《かく》すこの男は、隣のカーネルよりも相当高いスペックを誇っている。クリアランスの中ではこの獣人が一番強い。

「自己紹介《しょうかい》が遅《おく》れた、クオリア君。守衛騎士団〝クリアランス〟の騎士団長、プロキシだ」

「守衛騎士団〝クリアランス〟の騎士団長プロキシを登録」

「同じ獣人だからこそ、奴の暴走は俺が止めたかった……クオリア君。礼を言う」

「〝どうい、たしま、して〟。しかし、リーベの生命活動停止には異常な点があった」

「どういうことかしら?」

リーベの死に際《ぎわ》に出現した〝暗黒物質〟や、『何故か古代魔石〝ブラックホール〟が瞬間移動したように反応した』問題について口にすると、カーネルが顎《あご》を摩《さす》り何かを思案する。

「……〝ゴースト〟？」

「説明を要請する。ゴーストとは何か」

「話すと長くなるわ……今はディードスちゃんのお尻《しり》を叩きに行くのが優先よ」

クオリアも忘れていない。リーベや古代魔石〝ブラックホール〟を止めたら、その次はディードスの〝オークション〟を止めるつもりだった。

ダスィヒの残骸の隣に座り込んでいるエスが、商品として売られることを阻止するつもりだった。

「あなたも雨男《アノニマス》からの手紙をラーニングしたのか」

「それについての話はロベリア姫《ひめ》から聞いたわ。アタシは別経路。さっきの〝獣人狩り〟に参加していた貴族に■■■を■■■な感じで■■■してディードスの企《たくら》みとか吐いてもらったの」

「説明を要請する。■■■を■■■な感じで■■■とは何か」

「純粋《じゅんすい》な若者を穢《けが》さんでくださいよ、カーネルさん」

と、プロキシがカーネルに短く注意することで、はぐらかされた。

それにしても、ピーという高音が演算回路に流れた気がした。何故だろう。

「さてクオリアちゃん。古代魔石〝ブラックホール〟を無力化したなら、もう一つ無力化するモノがあるでしょう」

「説明を要請する。それは何か」

「後ろの魔術人形——学習しないのね。また魔術人形に〝心〟見出しちゃったの？」

「肯定。そして無力化を実施する必要は無い。エスは脅威ではない」

「なら、アタシ達が代わりに壊してあげましょうか？」

『Type GUN』

『Type GUN』

プロキシが大剣を抜いた。カーネルも無事な左腕で、背の短槍《たんそう》を抜いた。

そしてクオリアの両手に二丁のフォトンウェポンが出現する。

三者三様の動きが完了したのは、全くの同時。

〝ハローワールド〟。〝クリアランス〟。互《たが》いの必殺の武器が、相手の心臓へ向けられている。

「一応聞いておこうかしら。道具にそこまで愛着湧《わ》いちゃうのは正気じゃないわよ。またさっきの広場みたいな挙げ句にするつもり？」

「魔術人形が最適解を得るまで、魔術人形の生命活動は自分《クオリア》が守る。エスと実施した〝約束〟だ」

「〝約束〟はね、人と人の間にしか成立しないの」

「あなたは、誤っている」

「そのエスはね。〝開発局における最高傑作《けっさく》の魔術人形〟なのよ。アタシ達がディードスの〝オークション〟に押し入って、やらなきゃいけないことは何だと思う？　魔術人形のお相手をしなきゃいけないのよ。一体一体の個体が、百人力の超常現象を発生させる。場合によってはアタシらの全滅《ぜんめつ》も有り得る……そんな状況で、このエスが敵に回ったら、もっと面倒《めんどう》なことになるじゃない」

「その場合は、自分《クオリア》が無力化する」

いがみ合いの後ろ側で、エスがダスィヒを抱えて立ち上がる。

「新しい命令が伝達されました。主《マスタ》の元に帰還《きかん》します」

エスの人工魔石が煌《きら》めく。ディードスからの強制帰還を指示する魔力信号が届いたのだろう。

「エス。その命令の棄却を要請する」

「それは出来ません。主《マスタ》の命令が優先されます」

そう言うと、クオリアとエスの間に大地から壁がせり上がった。

通り一帯を塞ぐ、巨大《きょだい》にして堅牢《けんろう》な正方形が、クオリアの追跡を妨害《ぼうがい》する。

『Type SWORD』

荷電粒子《ビーム》の刃を出現させるや否や、三閃。壁に三角形の風穴ができて、向こうの世界が開けた。

しかし、向こう側にエスはいなかった。ダスィヒの残骸も、無かった。

地面に穴が開いている。大地の下を伝っていったようだ。人工魔石〝ガイア〟には、このような土竜《もぐら》もどきの使い方もあったのだ。

「クオリアちゃん、一つ問わせて」

指で1を作り、特に責めるような口調でもなくカーネルは問う。

「どうして、そこまで魔術人形に心があると、こだわるのかしら？」

「エスは自分《クオリア》に、サイコロステーキを要求した。〝美味しい〟を要求した」

「〝美味しい〟があるから、心なのかしら？　そんなのは、ただの人間の機能よ」

「……不明。自分《クオリア》は、心の定義を出来ていない」

クオリアも、〝美味しい〟イコール心なんて短絡《たんらく》的な結論を出すつもりはない。

そもそも〝美味しい〟とは、人間が自分の身体にとって利があるものを優先的に摂取《せっしゅ》するための仕様でしかない。疑似肉体《ゴーレム》の〝美味しい〟も、その人間の仕様を銜ったただけに過ぎない。

だが、舌内部の組織が、更に連携《れんけい》した脳が、美味しいと感じるメカニズムは理解できていない。例えば『腕《うで》を動かそう』と思えば腕が動く理由について、『脳からの神経信号が』『筋肉組織が』という仕組みは説明出来ても、ならば神経信号が、筋肉組織が〝どうしてそうなっているのか？〟という深層に進んでいくにつれ、やがて『そういう仕組みだから』と、どん詰《づ》まりを迎える。

〝美味しい〟ものを、何故〝美味しい〟と感じるのか。その深層を無限に掘《ほ》り進めた結果、そこに〝心〟が埋《う》まっている確証も無い。

無いけれど。クオリアが今言いたいことは、そういうことではない。

「しかし、エスは〝美味しい〟と自分《クオリア》に伝えた。更なる〝美味しい〟を要求した。〝美味しい〟が得られないダスィヒのために、先程まで〝悲しい〟と呼べる状態にあった。だが魔術人形は、そもそも食事を取る必要性はない仕様だ。その矛盾に、自分《クオリア》は心があると仮説している」

今は、そこに心があるとクオリアは信じるだけだ。心のラーニングも、まだ発展途上《とじょう》だ。

だからエスの心を救うための最適解を算出し続ける。ただ、そうしたい。

「そう。じゃあ、責任取りに行きましょうか」

大通りの向こうに到着《とうちゃく》した馬車を、カーネルが親指で差す。

第五章

1

「……いい集まり具合だ。たんまり肥えた貯金箱があんなに。インジェクシの奴《やつ》が失敗したと聞いた時はどうなるかと思ったが、思ったよりも集まってくれた……いやあ、よかったよかった」

王都から20里は離《はな》れた自然の要塞《ようさい》。自慢《じまん》の庭園にて、夜景と酒を楽しむ貴族や有力者、そして聖職者を窓から見下ろすディードスの顔に薄《うつす》らと、笑《え》みが貼《は》り付く。窓硝子《まどガラス》に映ったディードスの微笑《ほほえ》みを見ることもせず、エスは真下に落ちていた〝カタログ〟の紙を見下ろしていた。

「……魔術《まじゅつ》人形は新時代の代表例だ。本当に需要《じゅよう》を満たした、画期的な最新技術だよ。〝開発局〟の頭脳には本当に恐《おそ》れ入る。たとえ晴天教会が支配する時代に戻《もど》っても、これから先、魔術人形は無視できない。時代は前に進むが、後ろに退《さ》がることはない」

誰《だれ》がいる訳でもないのに、ワイングラスを片手に酔《よ》いしれるように語る。

「産業革命によって訪《おとず》れる新しい時代は、金を必要とする。魔術人形一体を製造するのにさえ、金の制約は凄《すさ》まじい。技術を生み出す金の前には、誰も逆らえなくなる」

まるで自分が王にでも、神にでもなったような態度で、庭園を見下ろすディードス。

「つまり、これからは金の時代だ。騎士《きし》だ爵位《しやくい》だ宗教だ、そいつらは全《すべ》て、金を上手《うま》く使える俺《おれ》の手中に収まることになる。ヴィルジンもルートも、俺にひれ伏《ふ》すことになる」

そのターニングポイントとなるのが、このオークションだ。

金を貯《た》め込《こ》んだ貯金箱を壊《こわ》しに行こうと、〝目玉商品〟であるエスを呼ぶ。

「エス。ついてこい」

「ディードス。説明を要求します」

だが応じるどころか、逆に質問をしてきた。舌打ちをしたディードスの額に青筋が一つ走る。

「ダスィヒをお前に届けました。ダスィヒは〝工場〟と連携《れんけい》すれば、修復される可能性があります。だからダスィヒを――」

甲高《かんだか》い音。言葉の途中《とちゆう》で、頬《ほお》を叩《たた》かれた。

「そもそも、あのような修復不可能な〝ゴミ〟を持ってくるんじゃない！　心証が悪くなるだろうが！」

「ダスィヒはゴミではありません。魔術人形で――」

また叩かれる。叩く度《たび》に、ディードスの顔に不愉快《ふゆかい》さが増していく。

「ゴミもゴミだ！　ゴミでしかないんだよ‼　素人目《しろうとめ》でも修復は無理って分かるわ‼　費用工面してまで〝工場〟に送るとかやってらんねえぞ！」

修復は不可能だと、エスも思う。人工魔石は粉々で、修復できる臨界点を完全に超《こ》えている。

にもかかわらず、何故《なぜ》ここまで連れてきたのか、エスには分からなかった。

ただ、あのまま置き去りに出来なかった。

「まあいい。第一、もうダスィヒは消したしな！」

「説明を要求します。それはどのような意味ですか」

「そのまんまの意味だ。他の魔術人形達のスキルで、跡形も無く消し去ったんだ」

「………」

エスは、何も言えなかった。こうなるのも分かっていたはずだ。

分かっていたはずなのに、人工魔石の中で何かがぐるぐる駆《か》け巡《めぐ》る。

そして映し出される。

ダスィヒの顔をした、無自覚の異常が。

〝ダスィヒにサイコロステーキを食べさせた場合〟なんて、意味も合理性も無い虚像《きよぞう》が。

「さあ、早く行くぞ‼　てめえらは物なんだよ！　主人の言うことに従うのがウリだろうが！　俺が来いと言ったら来るんだよ！　スクラップになっても来るんだよ！」

「……はい。学習しました」

殴《なぐ》られた頬を、痛がることもない。同じ魔術人形を消した主人を、恨《うら》むこともない。

主人の怒《いか》りから優先度を汲《く》み取り、今後の行動に生かす。それだけが魔術人形に許された、唯一《ゆいいつ》の思考だ。

「……美味《おい》しく、無……僅《わず》かな思考の不具合を確認《かくにん》しました。修正します」

と独り言《ご》ちたエスの足元には、まだ〝カタログ〟が落ちていた。

印字されていたエスの〝仕様〟と〝最低落札金額〟を見つける。

その隣《となり》で〝SOLD OUT〟というシールが、ダスィヒの項目《こうもく》を上書きしていた。

2

人間一人が所有するにはあまりにも広い庭園。芝生《しばふ》の緑をベースに原色系の植物が良いセンスで並んでおり、噴水《ふんすい》の音が参加者の心を癒《い》やしていた。丁度空には雲一つなく、何百何千という星が正座して、これから〝金〟の話をする人間達の行く末を見守っている。

オークション会場にて歓談《かんだん》を繰《く》り広げる、豪華《ごうか》な恰好《かっこう》をした〝お客様〟達《たち》。その中心の一段盛り上がったステージに、ディードスはエスと共に登る。

「長らくお待たせいたしました。突然《とつぜん》の周知にもかかわらずこれだけ集まっていただけて、感無量でございます。商人として皆様《みなさま》がお求めになる商品を提供出来ること、心より御幸甚《ごこうじん》に存じます」

観客から歓声《かんせい》が飛び出す。

掴《つか》みの口上は上々。期待大の感情を２００の眼《め》から掴む。

「蒼天党のような獣《けもの》がひしめく世界で、生活の〝安全〟を保つことは難しい。例えば騎士では四六時中皆様のお傍《そば》にいる訳にはいかないですし、何より人間だから怖気《おじけ》づいて獣人風情《ふぜい》から逃《に》げてしまうこともあるでしょう。護衛対象であるはずの、貴方《あなた》達を差し置いてね」

ディードスの舌は回る。喋《しゃべ》る度、金を求めて潤滑油《じゅんかつゆ》が溢《あふ》れる仕組みだ。

ここに集《つど》うは晴天教会を支持し、信仰《しんこう》する連中だ。ならば宣伝文句も晴天教会仕様にして、謳《うた》わなければならない。例えば獣人を引き合いに出すとか。

「ですが魔術人形は違《ちが》う。圧倒《あっとう》的な力で、あなた達を守ってくれる。もう騎士達に縋《すが》る時代じゃない。絶対的安全神話は、お金で買えるのです！　護衛だけではない！　もう下働きのために、泣く泣く獣人を飼う必要などないのです！　魔術人形を買いましょう！　最早《もはや》道具としても獣人は不要だ！」

と、そこまで言ってのけて、ディードスは観客達が困惑《こんわく》の色を隠《かく》せていないことを悟《さと》る。

お立ち会いの挨拶《アイスブレイク》が、何か晴天教会のタブーに触《ふ》れてしまったのだろうか。だが遅《おく》れて観客達の視線が、一点に集まっていたことを理解する。

「守衛騎士団〝ハローワールド〟として、ディードス、自分《クオリア》はこれよりあなたを無力化する」

視線の先、クオリアと名乗った少年のアドリブに、ディードスの顔が固まる。

「……、く、クオリア殿《どの》」

だが、クオリアより警戒《けいかい》すべき最悪の存在も、ステージに上がってきていた。

「おじゃまするわよー。あーら、ここがアナタのハウスなのね、すごいわ。悪銭しこたま儲《もう》かってんじゃなーいの？　お久しぶりー、ディードスちゃぁん」

「げえっ、カーネル公爵《こうしゃく》」

気づいた時には、迫《せま》るクオリアとカーネルに挟《はさ》まれていた。

前門の人工知能、後門の怪物《かいぶつ》公爵である。

3

「説明を要請《ようせい》する。あなたは商品となるのか。それは、あなたが選択《せんたく》したことか」

「いいえ、主《マスタ》が選択したことです」

エスは何一つ表情を変えない。これが魔術人形のあるべき姿だ。

クオリアも何一つ眼光が揺《ゆ》るがない。これが人間としての選択だ。

「何を魔術人形に意志があるかのような世迷《よま》い言《ごと》を……く、クオリア殿！　早く俺の商売から出ていってもらいたい！」

焦《あせ》るディードスが手を伸《の》ばすが、クオリアは全く見ずにその手首を掴む。

表情に出ない憤怒《ふんぬ》を示すように強く握《にぎ》られ、ディードスの顔が歪《ゆが》む。

「あなたは誤っている」

脅威《きょうい》を認識した瞳《ひとみ》が、ディードスの顔を引きつらせる。

「あなたの行動は、魔術人形のラーニングを阻害《そがい》している」

「何を言うかと思えば……おいエス！」

ディードスの怒号《どごう》がエスに届く。

糸に繋《つな》がれたように頭が動き、空虚《くうきょ》な瞳がクオリアを捉《とら》えるや否《いな》や、胸の魔石が翠《みどり》色に煌《きら》めいた。

『ガイア』

「魔石回帰《リバース》」

木製のステージを突《つ》き破って、人一人を吹《ふ》き飛ばすには十分巨大《きょだい》な、大地の円柱が飛び出した。

「最適解、変更《へんこう》」

クオリアは後退して避《よ》ける。

再びクオリアがディードスに詰《つ》め寄ると、変動する大地がまたもやクオリアに襲《おそ》い掛《か》かる。だが先のリーベとの戦闘《せんとう》で得ていたエスのデータと照らし合わせ、無傷でかわし切る。

「エス。攻撃《こうげき》の停止を要請する」

「命令を拒否《きょひ》します。主《マスタ》の命令が優先されます」

「魔術人形に心があるなど……戯言《たわごと》を吐《ぬ》かしおる。どうです皆《みな》さん、これが魔術人形です！　貴方達を艱難辛苦《かんなんしんく》からお救いする、最高の兵器です！」

観客席から喝采《かっさい》が響《ひび》き渡《わた》る。歓喜《かんき》のシャワーを大の字で浴びて、高揚《こうよう》しているのはディードスだけだった。クオリアもエスも、面持《おもも》ちに変化はない。

だがその異空間に、土足で入り込むのがカーネルである。

「ま、心が有るか無いかなんて議論は置いておいて、ディードスちゃん。協定は？　晴天教会の連中に色々加担しちゃってるように見えるのだけど」

「カ、カーネル公爵、いや、実はこれは……インジェクシ枢機卿《すうききょう》に、脅《おど》されてしまいまして……私も命は惜《お》しい臆病者故《おくびょうものゆえ》、晴天教会に睨《にら》まれたら生きていけません故……」

「そこじゃない。そこじゃない。アタシがキレそうなのはそこじゃないの。アナタが〝獣人狩り〟

をプロデュースしたっていう話、沢山《たくさん》貴族から聞いちゃってねぇ」

「何のことやら。私は魔術人形を売っただけで、獣人と言えど命を奪《うば》うようなことまでは……」

「ところで、アナタが賄賂《わいろ》を渡して蒼天党の獣人の脱獄《だつごく》を手引きした騎士の名前、ワイルド君っていうんでしょ？　さっき吐《は》いたみたいよ？」

ディードスの顔が蒼《あお》ざめた。

「ロベリア姫《ひめ》のコネクションの広さ、尋常《じんじょう》じゃないわよ？　調査、特定、尋問《じんもん》。それを短時間で仕上げちゃったからね？　一昨日から殆《ほとん》ど、一睡《いっすい》もしてないあの体で」

ロベリアが裏で駆けずり回っていた。クオリアとしては疲労《ひろう》を回復してもらいたかったのだが、どこか共に戦っている感じもあった。この感覚は、心を自覚していなければ味わえない。

「そ、そのワイルドも適当に言ってるだけだ……ちゃんとした、ちゃんとした証拠《しょうこ》を」

「あなたの発言からは虚偽《きょぎ》の値《あたい》が検出される」

「あら偶然《ぐうぜん》ね。アタシも同感よ。嘘《うそ》ついてる奴の顔って、みーんな同じなのよね」

クオリアの淡々《たんたん》とした機械の表情。カーネルの獲物《えもの》を前にした獣の表情。

もう逃げられない。ディードスの顔に、その結論を刻みつけた。

カーネルの背後から、プロキシを始めとした漆黒の甲冑《クリアランス》が秩序立《ちつじょだ》った足音を連続させる。

誰も彼《かれ》も戦闘の精鋭《せいえい》達。人形ではなく、人間として各自の意志を持って、クリアランスとしての任務に従軍している。ただカーネルの糸に操《あやつ》られている訳ではない、選《よ》りすぐりの騎士達がディードスへ突き進んでいた。

「……ククククク、グヒヒヒヒヒ……」

だがここに至っても、ディードスは余裕《よゆう》を崩《くず》さなかった。それどころか、笑みを零《こぼ》していた。

「カーネル公爵……貴方は怖《こわ》いだけでしょう。晴天教会が」

「……」

「〝静《スカイウォー》〟、その武勇伝は私も聞いてますよ。カーネル公爵、貴方が最前線で戦い続けたことも、晴天教会が誇《ほこ》る怪物〝使徒〟に――たった一人の〝使徒〟に、とんでもない敗北を喫したことも」

「よく知ってるじゃない。歴史をちゃんと勉強してるのね」

僅かにカーネルの声色《こわいろ》が暗くなった様子を、クオリアは聞き逃《のが》さない。

「カーネル、説明を要請する。〝使徒〟とは何か」

「……たった1人で1万人の騎士を秒殺できるくらいには強い、彼ら曰《いわ》く〝現人神《あらびとがみ》ユビキタス〟の力を使える連中のことよ」

ディードスがどこか得意げに、カーネルへ小馬鹿《こばか》にしたような目付きを見せた。

「ところで噂《うわさ》で聞いた話、ヴィルジン国王はその座を退任されるようで」

「根も葉もない噂話ね」

「そうせざるを得ないとのことですよ……折角〝静《スカイウォー》〟でアカシア王国を取り戻したのに、〝半年前の一件〟で勢いを押《お》し戻されてしまった……今ヴィルジン国王は、ルート王女……いや、ルート教皇に対して劣勢《れっせい》を強《し》いられているのでしょう」

「……何となく分かっちゃったわ。アナタの切り札」

一切《いっさい》の苛立《いらだ》ちを見せず、言葉だけで返すカーネルに遂《つい》にディードスは取り出す。

右手に掲《かか》げられたのは、神の世界を象《かたど》る一枚の札。

風が吹けばはためく程度の札を見た瞬間《しゅんかん》、クリアランスの騎士達も愕然《がくぜん》とする。

「め、〝免罪符《めんざいふ》〟……⁉」

クリアランスの一人が口にすると、その場にいた観衆達も一気にどよめいた。

「この免罪符はルート教皇から賜《たまわ》ったものです！　書いてある内容は『神に代わり、地を乱した蒼天を騙《かた》る獣人に罰《ばつ》を与《あた》え、人々に魔術人形を与えよ』とのこと。そのための行いは、たとえ法が許さずとも、神が——即《すなわ》ち全世界の〝げに素晴《すば》らしき晴天教会〟が、それを許すということなのです！」

カーネルを前にして、クリアランスを前にして、舌の滑《すべ》り具合にむしろ拍車《はくしゃ》がかかる。

「ここまでにしましょうよ、カーネル公爵……インジェクシ枢機卿は、まだ晴天教会ではそこまで力が無かった。とはいえ、あと一歩で貴方達は神の怒りを買う……でも、もうここからは仏の顔も何とやらというやつです」

「……やっぱりあの魔女が関《かか》わってたのねぇ。その免罪符、高かったでしょうに」

「この免罪符が私に与えられたという事実がある限り、このオークションを止めることは‼　カーネル公爵！　ルート教皇以下〝げに素晴らしき晴天教会〟を全て敵に回すってことなんですよぉ！　また貴方は〝静《スカイウオー》〟がしたいんですか‼　また〝使徒〟を相手にしたいんですか⁉　あなたの大事な部下1万人を皆殺しにした〝使徒〟も出てくるかもしれませんねぇ！　現人神《あらびとがみ》ユビキタス様を敵に回すつもりどぅえすかああああああああああああああ！！？」

ノイズ塗《まみ》れの笑い声が響き渡る中、ただ、一つだけ分かったことがクオリアにはあった。

どうやらあの〝免罪符〟と呼ばれる紙に、何かの力があるらしい。魔力は働いていないのは確かだが、現人神《あらびとがみ》ユビキタスが何か力を与えた結果、ディードスの不正が許されているらしい。

「ならば、現人神《あらびとがみ》ユビキタスは誤っている」

ならば、クオリアがとるべき行動は明快だ。

『Type GUN』

荷電粒子《ビーム》で、〝免罪符〟の中心を貫《つらぬ》いた。

人工知能は、神なんて知らない。

4

〝げに素晴らしき晴天教会〟とは現人神《あらびとがみ》ユビキタスを祀《まつ》る世界最大の宗教だ。

『現人神《あらびとがみ》ユビキタスの子たる人間は不完全な存在だから、完全な存在たる現人神《あらびとがみ》の意志に従って完全な生き方を目指そう』

それを信条とした、人間至上主義の宗教である。

その信条には『現人神《あらびとがみ》が〝免罪符〟で許可し、法が許可しなかった場合は、不完全な人が作った法が間違っている。だから現人神《あらびとがみ》の意志のままに法を破ってもいい』という一面もある。

だがクオリアは、神も宗教も知らない。

知っていたとしても、クオリアは免罪符を撃《う》っただろう。

「状況分析《じょうきょうぶんせき》」

空間が全て、凍《こお》り付いていた。

ディードスは目がとびだしていた。観衆は、時間が止まったように硬直《こうちょく》していた。クリアランスの騎士達は唖然《あぜん》としてクオリアを凝視《ぎょうし》する。

荷電粒子《ビーム》の熱で、免罪符が燃えていく。

ディードスが思わず手放した時には、免罪符は灰燼《かいじん》に帰した。

「お、前、今、何、を、し、た、の、か、わ、か、っ、て、ん、の、か」

「あなたの不正を隠匿《いんとく》する効果があると推測される、免罪符を排除《はいじょ》した。これであなたの不正は隠匿することが出来ない」

『違う、そうじゃない』。〝人が神へ祈《いの》る理由〟を理解できないクオリア以外の人間、誰もが思ったことである。

「あの免罪符は現人神《あらびとがみ》ユビキタス様の意志だ……！　お前は今、現人神《あらびとがみ》の賜物《たまもの》を壊したのだ！　この罰当《ばちあ》たりが！」

観衆の中から当然の如《ごと》く、罵声《ばせい》が飛んできた。だが観客席の炎上《えんじょう》具合を見ても、クオリアはその真顔を崩さない。

「説明を要請する。罰当たりとは何か」

「神からの天罰《てんばつ》が今に下るということだ……近い未来、貴様は不敬の咎《とが》を受ける！」

「理解した。ならば説明を要請する。何故ディードスは〝罰当たり〟が適用されないのか」

指を差されたディードスがたじろぎながらも、模範《もはん》解答を繰り返す。

「免罪符とは、法に背《そむ》いたとしても、その意志のままにお許しくださったという証《あかし》だ！」

「何故現ユビキタスはあなたの不正を承認したのか。その場合ユビキタスの信頼度《しんらいど》は低い」

禁忌《きんき》の地雷《じらい》を、当たり前のように踏《ふ》んでいく人工知能。

「クオリア殿……ルート王女……教皇が黙《だま》ってないぞ」

「現人神《あらひとがみ》ユビキタスをマスタとするルートも信頼度が低い」

「あの教皇に睨まれたら、枢機卿達に睨まれたら！　この世界では生きてはいけまい！」

「それは優先度が低い事項《じこう》と判断する。今はあなたの不正を阻止《そし》し、〝商談〟を停止させることを最優先事項とする」

たとえ本当に神が現れても、クオリアの優先順位《やること》は変わらない。

即ちディードスの不正を止め、エスを枷《かせ》から解き放つ。それが最優先事項だ。

その回答に、拍手《はくしゅ》を返した人物がいた。どこか晴れ晴れとした様子のカーネルだった。

「残念ながら免罪符を撃ったから効力を失うとか、宗教はそんな簡単な話じゃないのよ。逆にルートって魔女に付け入るスキを与えちゃったのよ、アナタ」

しかし拍手は止めない。クオリアを讃《たた》える。

「でもまぁ、おかげでアタシも言いやすくなったわ。ルート姫でも〝使徒〟でも、なんでも引っ張り出してきなさいってね」

「カーネル公爵！　あなたもユビキタス様を否定するのか！」

「ええ。現人神《あらびとがみ》の炎《ほのお》で死ねるなら、そりゃ光栄なことじゃない？」

１００人分の怒号がカーネルに飛来する。しかし鬱陶《うつとう》しそうに耳を塞《ふさ》いで往《い》なしていく。その隣でクオリアは耳栓《みみせん》すらしなかった。

「皆様。このような不敬虔《ふけいけん》を公爵といえど許して良いのか。いいえ良くないはずだ……ですが、ご安心ください。背徳者を目前にしても、魔術人形は機能します……それを今から証明してみせましょう。さあエス、手始めにあのクオリアという不義の騎士を懲《こ》らしめてやりなさい」

「……」

ディードスの指示が届かなかったのか、エスはただクオリアを見つめていた。

「どうした⁉　聞こえなかったのか！　あのクオリアを痛めつけてやれと指示しているのだ！」

「要請は受諾《じゆだく》されました」

と、ようやくクオリアへの私刑《しけい》を決めたエスは、表情を変えない。

鉄仮面のまま、糸に操られた人形のように、淡々とクオリアに近づく。

「その方が手っ取り早くて助かるわ。魔術人形を全て無力化すれば、少なくともルート姫もアナタを庇《かば》うことはしないでしょ。いくわよクリアラン――」

自分を横切って、エスを取り囲もうとしていたカーネルを、クオリアが手で制する。

「あなた達は魔石の破壊《はかい》という手段をとる傾向《けいこう》にある。それは、最適解ではない」

「……じゃあ、どうするの？」

「自分《クオリア》の解は確実に変わらない。自分《クオリア》は、魔術人形の〝美味しい顔《笑顔》〟を創《つく》る」

「……いいわ。やってみなさい」

何故か聞き分け良く、カーネルはクリアランスに指示を出してステージから降りる。

残ったのは、エスと正対するクオリアだけだった。

「クオリア。主《マスタ》の命令により、お前を無力化します」

「……あなたを、ハッキングする」

5

「エス以外の魔術人形は？」

「ディードスの背後の幕に隠れています」

ステージを飾《かざ》る幕。その裏には、商品としてこの後出てくる予定だった魔術人形が並んでいた。迂《う》闊《かつ》に斬《き》り込めばクリアランスの精鋭と言えど、敗北も有り得る。

「第五隊はディードス邸《てい》に入って探索《たんさく》。第一隊から第四隊までは魔術人形を引き続き監視《かんし》と分析。ステージの〝余興〟がどういう形でも終わった瞬間、先手を打つ」

プロキシがクリアランスへの指示を済ませる隣で、カーネルが胸元《むなもと》から葉巻を取り出す。プロキシがその先端《せんたん》に着火し、物憂げな表情でカーネルに尋《たず》ねる。

「彼は本当に、魔術人形に心があると考えているのでしょうか」

「アナタはどう思う？」

「心がある……まあ、そう思うのも無理からぬことだとは思いますよ。人間に似てるもんで」

「ただ兵器として活用するだけなら、外見も人間以外に出来たんだけどねぇ」

「どういうことです？」

「魔術人形の本質は人間社会を支えること。そのためには人間と同じ思考の仕方をしなくちゃいけない。例えば、人の脳を魔物の体に入れたら、人と同じように考えると思う？」

首を横に振《ふ》るプロキシの隣で、煙《けむり》を夜空に向かってカーネルが吹いた。

「やっぱり少し早かったと思うのよね。魔術人形を市場に出すの」

「〝開発局〟と、魔術人形を市場に出したくないあなたが大分揉《も》めたって聞きましたよ」

「魔力は、まだブラックボックスな未解明部分が多いの。〝ラヴ〟の前例もあったし。なのに……」

「〝開発局〟はエスや、ダスィヒみたいな〝異常〟は予測してなかったんですか？」

「してたわよ」

プロキシの眉《まゆ》が僅かに歪んだ。

「魔術人形を創った〝テスラ〟は、その〝異常〟の情報を収集したいんですって。つまり、今市場に出てる魔術人形は、道具としては失敗作となることが前提で動いてる。こんなふざけた話あると思う？　後始末するこっちの身にもなってほしいわ、マジで」

見上げるカーネルの顔が、少しうんざりするように曇《くも》る。

「なんか皮肉よね。彼が〝心〟を証明したら、今ある魔術人形は全員失敗作の烙印《らくいん》を押される。でも、それはそうあるべき。手足が意志を持ってしまった時点で、それはただの異物よ」

「クオリア君は証明出来るんですかね。今ある魔術人形が失敗作という証明を」

「出来る訳ないわ。けど彼ならやってしまうのかもしれないわね」

カーネルの口から、煙が輪となって放たれる。その輪の向こうに、クオリアの後ろ姿があった。

プロキシが離れると、カーネルは葉巻を踏み潰《つぶ》して独り言ちる。

「……〝テスラ〟と同じく、〝地球〟って悍ましい御伽噺《ディストピア》のような世界から飛んできた奴は、本当に常識じゃ測れないしね」

6

『ガイア』

魔石から緑光の小川が迸《ほとばし》る。エスを鎧《よろい》のように取り囲む。

「魔石回帰《リバース》」

直後、地面から先端や断面が飛び出した。

まったく予兆の無い真下からの刺突《しとつ》を、しかしクオリアはそれよりも前に動き出して回避《かいひ》する。

何故なら、未来がクオリアには予測出来ている《見えている》から。

だが、その間にも地殻《ちかく》変動は繰り返される。突き出す円錐《えんすい》と円柱。舞台《ぶたい》が瞬《またた》く間に槍衾《やりぶすま》の竹林へと変貌《へんぼう》していく。

次第に、クオリアの足場が奪われていく。

まともな平面は消え、下手すれば尖《とが》った足場がクオリアを待ち構えている。

『Type SWORD』

荷電粒子《ビーム》の刃《やいば》を回転して振るう。稲《いね》を収穫《しゅうかく》する時のように無数の円錐を刈《か》り取り、足場を確保する。

「……攻撃手法を増加させます」

気づけば、四方八方から巨大な石造りの槍《やり》や鉄槌《てつつい》が迫っていた。

クオリアが見上げると同時、全てがクオリアの下へ着弾《ちゃくだん》する。

はち切れんばかりの轟音《ごうおん》。舞《ま》い上がった砂埃《すなぼこり》。

誰もが確信した。

クオリアはあの砂埃の中で潰れていると。

「最適解変更、予測の軌道《きどう》と僅かな誤差あり」

しかし、砂埃から出てきたクオリアは駆ける速度を緩《ゆる》めない。

一切の無傷。全てを回避していた。

「……攻撃手法を変更します」

エスの目前に重厚《じゅうこう》な壁《かべ》がせり上がる。

しかも、壁は迫る。津波《つなみ》のようにクオリアへと猛進《もうしん》してくる。

流石《さすが》にクオリアの足が止まる。だが即座《そくざ》に三閃《せん》を描《えが》き、空いた三角形の穴からすり抜けた。

「……おいおい、大丈夫《だいじょうぶ》かよ魔術人形」

一種の芸術めいた建造物と化したステージを見て、観客席にも不穏《ふおん》なムードが漂《ただよ》い始めた。エスを否定し始める声を一つ残らず耳にして、ディードスが焦る。

「エス！　いい加減にしろ！　そんな人間一人仕留められないとは何事だ！」

「クオリア、私にはわかりません」

観客からの評価も、ディードスからの罵声にもエスは反応しない。

「何故『Type GUN』を先程《さきほど》からお前は使用しないのでしょうか。『Type GUN』であれば、私のスキルを貫通《かんつう》し、損傷を与えることができるはずです」

「それは最適解ではない。あなたへの損傷が懸念《けねん》される」

「私には、分かりません……思考に異常が発生、修正しました。お前への攻撃を再開します」

「あなたは誤っている。それは、異常ではない。心だ」

エスの胸が更に明るくなると、〝ガイア〟の魔力が辺りに浸透《しんとう》する。

案の定、大地からそれは突き出してきた。しかし今度は変形した大地ではない。

大地に、亀裂《きれつ》が走った。

大樹の幹が、這い出た。

「魔石〝ガイア〟によるスキル深層出力、大地讃頌《ドメインツリー》を発動します」

7

生長過程を早回しにしたように、無数の枝がしなりながら縦横無尽《じゅうおうむじん》に暴れ回る。

茶色の鱗《うろこ》をした幾千《いくせん》の枝。どれも一切の葉を宿していない。

大地讃頌《ドメインツリー》。

全てを大地へと還《かえ》す、母にして不毛なる宝樹。

「最適解、変更」

と口にした時には、無数の枝に全身を巻き付かれ、一切の自由を剥奪《はくだつ》されたまま、宙空に運ばれていた。

フォトンウェポンを振るうことすらままならず、数十メートルの高さで完全に拘束《こうそく》されたクオリアを見て、ようやくディードスが笑い声をあげる。

「これからお前の体を破壊……します」

クオリアは拘束されたまま取得する。エスの顔面に浮き出た、微《かす》かな〝仕様外の反応〟を。

「微細《びさい》な異常を確認しました。修正します」

「あなたは誤りを繰り返している。それは、異常ではない。心だ」

「あの減らず口をさっさと絞《し》め殺せ！　エス！」

ディードスの指示を受けて、エスはクオリアへ右手を伸ばす。

それは解を握り潰すための掌ではなく、何か解を求めて伸ばした掌だったのかもしれない。少なくともクオリアには、そう推定できた。

「５Ｄプリントによる変換《へんかん》機能作動。大地讃頌《ドメインツリー》の物質構成を書き換える」

クオリアの全身が青白く輝《かがや》いた。

全物質を生成する銀の極細光が、全身に絡み付く宝樹の枝に照射される。

途端、クオリアを纏う枝が散り行く灰になった。

「なんだと⁉」

ディードスの狼狽《ろうばい》。しかしクオリアは何かを生成した訳ではない。

ただクオリアの体を修復したように、大地讃頌《ドメインツリー》そのものを書き換えただけだ。

強靭《きょうじん》な枝を、脆《もろ》い炭素へと変換し尽《つ》くしただけだ。

「ラーニング完了」

風に流離《さすら》う灰の中、クオリアの体が自由になる。つまり、エス目掛《めが》けて数十メートルの高さから自由落下を始めた。

「大地讃頌《ドメインツリー》が破壊されました。再び大地讃頌《ドメインツリー》による拘束を実行します」

数十メートルの距離《きょり》を落ちるクオリアへ、再び無数の木の枝が伸びる。

一方、クオリアはラーニングする。

会場を埋《う》め尽くし、空へと伸びる葉無き樹木、大地讃頌《ドメインツリー》。

その大地讃頌《ドメインツリー》から自由自在に放たれし、敵を締《し》め潰す魔の枝。

エスの位置。顔に僅かに染《し》み出る心の片鱗《へんりん》。

そしてクオリア自身の落ちていく速度。ただし空気抵抗《ていこう》は考えるものとする。

必要な情報は、全て揃《そろ》った。

「最適解、算出」

フォトンウェポンと共に最適解に従って舞い、全ての大地讃頌《ドメインツリー》を捌《さば》く。それどころか足場とし、落下の軌道を変化させる。

天を駆ける元人工知能が一人。追いかける凶悪《きょうあく》な枝が多数。鬼《おに》ごっこが繰り広げられた。

何もクオリアを捕《つか》まえられない。何も人工知能に届かない。

最高速度で、一気にエスまで疾駆《しっく》する。

「この役立たずが！　早く、早くあの小僧《こぞう》を何とかし――」

「ノイズを検出。無力化する」

ずっとノイズを発してばかりだったディードスへ、クオリアはフォトンウェポンを投擲した。

「う、うがっ⁉」

頭蓋《ずがい》に叩きつけられたディードスが、そのまま後ろに倒《たお》れる。

荷電粒子《ビーム》の刃が無くとも、そもそも荷電粒子《ビーム》に耐《た》えうる最高の原子で構成された筒《つつ》。投擲《とうてき》武器としても、豚《ぶた》一匹《ぴき》を倒すだけなら十分な威力《いりょく》を持つ。

ノイズの失《う》せたクリアな世界で、犇《ひし》めく枝に囲まれたクオリアの演算は更に研ぎ澄《す》まされる。

速くはない。身のこなしも上手い訳ではない。

ただ、全てを理解していた。

エスのすべてを、計算し尽くした。

「全て、回避されました」

遂にクオリアはエスの隣に着地する。

8

エスは何も反応しない。

奥《おく》の手を破られ、クオリアにゼロ距離まで接近された。その事実だけを、第三者のように目で追って、しかし何をするでもない。

「説明を要請する。何故あなたは、今自分《クオリア》に攻撃を行わないのか。密着状態でも、あなたのスキルならば取れる攻撃手法がある」

「いいえ。私のスキルは、全て回避されます。密着状態になった今、私はどの行動を取っても、あなたに無力化されます。これ以上の行動は無意味です」

だから、諦《あきら》めた。その選択は、かつてのクオリアと同じだった。

兆を超える敵兵器を目《ま》の当たりにして、全てを諦めた〝シャットダウン〟と同じだった。

しかし、次のエスの言葉がその重なったイメージを払拭《ふっしょく》する。

「異常が生じました。私は私が無力化されることについて、強い抵抗を覚えています。主《マスタ》の命令を維持《いじ》することが不可能になるためでしょうか？」

「それは、異常ではない。あなたに心があるならば、死を回避するのは異常ではない。それは、あなたに心がある証拠だ。あなたは、正しい」

「……分かりません。私は、魔術人形です。私は、私は……不具合、不具合、サイコロステーキ、私は、ダスィヒ、私は――」

ニーソに囲われた膝《ひざ》が、地面についた。

観衆の罵声。投げつけられる物。

こんな見世物を見に来たのではないと、安全を買いに来たのだと怒号が木霊《こだま》する。

憎悪《ぞうお》の中心で、しかしクオリアは確かに見ていた。芽吹《めぶ》きつつある自我を。

「クオリア、これが異常ではないとしたら、心だとしたら、私はどうすればいいのですか。私は、心を想定していません」

「それは、あなたが定義すべきだ」

「私には、私が決定するべき役割が、私が決定すべき要求が分かりません」

「ならばエス――〝ハローワールド〟への入隊を推奨《すいしょう》する」

ようやくエスが顔を上げる。

彼女《かのじょ》の眼球には、無限の可能性とか、そんな風に例えられる星塗れの夜空を背景にしたクオリアが映し出されていた。

「〝ハローワールド〟に入隊することは、私の役割ですか？　私の要求ですか？」

「それは誤っている。しかし、ハローワールドでの実績は、あなたの要求や役割を定義する補助になる。あなたはハローワールドの活動を通して、あなたの要求をラーニングする。あなたの役割を検出し続ける。それを推奨する」

人工知能の演算能力でも、エスがやりたいことを見つけ出すことは出来ない。

それはエス自身が見つけるしかないことだ。

……クオリアも機械から人間へと変遷《へんせん》し、自身の要求や役割を見つけることが出来た身だ。

だから、エスも見つけられると、信じられる。

クオリアはそう思い、手を伸ばした。

「その行動は、何ですか？」

「握手《あくしゅ》と定義されている。あなたは守衛騎士団〝ハローワールド〟の一員となる。そのため、握手を必要とする」

「私は」

エスの右手が自然と伸びる。

握手の仕方が分からず空中で硬直した右手を、クオリアの右手が掴んで、引っ張り上げる。

その勢いで立ち上がっても、元人工知能と魔術人形の手は握られたままだった。

「私は自分の役割を探すため、ハローワールドの一員となります。これからよろしくお願いします」

「〝これ、からよ、ろしくお願い、します〟」

「……何の茶番だこれは」

恨めしい声が、空間に重く響いた。

両肩《りょうかた》で息を荒《あら》らげるディードスが眼を血走らせていた。歯軋《はぎし》りを繰り返す彼の背後には、未《いま》だディードスの糸に繋がれたままの魔術人形が佇《たたず》んでいた。

「エス、貴様……役割を遂《と》げられなかったばかりか、まさか反逆するだと……⁉」

「お前をクオリアから護衛する役割については、私は続行します」

今でもディードスを無力化しようとしたクオリアの行く手を、エスは阻《はば》む。まだ残っている〝魔術人形〟としてのプログラム故だ。

だがその眼は苛立つディードスに向いている。一つの生命として、ディードスと対話している。

「ただし、私はこの後オークションにかけられ、主《マスタ》をあなたから落札者に移行する予定でした。だから私は、クオリアに購入《こうにゅう》されます。守衛騎士団〝ハローワールド〟に所属します」

「あなたは誤っている。あなたに〝購入〟は適用されない。自分《クオリア》はあなたの主《マスタ》にはならない」

「はい。分かりました。私は誰も主《マスタ》としません」

「……魔術人形共、指令を与える」

ディードスが最低音階で命令を飛ばした先は、エスへではない。

後ろで、無感動に魔石を輝かせている魔術人形達へだった。

「──あの不良品をスクラップにしろおおお‼」

計50体分の魔石が、50の閃光を開放する。

そして50の魔石回帰《リバース》。50の強力なスキル。

個体としては実力が上だったエスの〝ガイア〟よりも強大に、千差万別《ばんべつ》のスキルが集合する。

何もかもを溶《と》かす灼熱《マグマ》。

あらゆるものを沈《しず》める深海《オーシャン》。

生きとし生けるものを消滅《しょうめつ》せしめる雷光《ライトニング》。

全てを押し潰す隕石《メテオ》。

それら50もの超常現象《ちょうじょうげんしょう》が、間髪《かんはつ》を容《い》れずエスへ放たれた。

一瞬、クオリアはそのエスと重なる虚像《イメージ》を見た。

最期《さいご》の最期で人の心を取り戻したのに、死神の鎌《かま》に首を一閃されたマインドという獣人の面影《おもかげ》を。

「最適解、算出」

そして、50の着弾。

爆音《ばくおん》が木霊し、世界から音が消え去った。

残酷《ざんこく》にして莫大《ばくだい》な破壊が、エスを呑《の》み込んだ。

舞台が半分消し飛び、その先の庭園も最早見る影《かげ》もなく消滅した。

「ひひひ……俺に逆らうからこうなるんだ……」

「異常を、認識——」

「えっ？」

幽霊《ゆうれい》にでも出くわしたような驚愕《きょうがく》を露《あら》わにしながら、ディードスが魔術人形を見る。

大地讃頌《ドメインツリー》の枝が、全ての魔術人形を雁字搦《がんじがら》めにしていた。

「これは、ガイアのスキル……何故だ、今のであいつら吹き飛んだはずだろう……⁉」

唖然とするディードス。

視界が晴れていく。砂塵《さじん》が薄《うす》くなっていく。

未だ吹き荒《あ》れる余波の中、二つの姿が揺れていた。

『Type SWORD BARRIER MODE』

人工知能も、魔術人形も、一切無傷だった。

エスの前で、クオリアが前に翳《かざ》すフォトンウェポンの柄《つか》。しかし荷電粒子《ビーム》は刃状に伸びるのではなく、二人を包むように広がっていた。

荷電粒子《ビーム》による防御《ぼうぎょ》展開。

それは50のスキルを以《もっ》てしても、揺るがない城壁《バリア》と化していた。

「マインドの生命活動停止におけるフィードバック成功。エスの生存を確認」

9

今度は守れた。

盾《たて》を翳した後ろ側、攻撃の余波で黒髪《くろかみ》を揺らすエスを見て、クオリアは頷《うなず》いた。

マインドの時には守れなかった、〝美味しい〟の片鱗。

あの時、クオリアは最適解を忘失するほどに激昂《げっこう》した。

だからこそ、後ろでエスがきょとんとしているのが、嬉《うれ》しかった。

「お前はいつも、私を守っています」

「肯定《こうてい》する。ハローワールドが守衛する美味しい顔《笑顔》には、一員のものも含《ふく》まれる」

「分かりました。それならば、お前の美味しい顔《笑顔》は私が守衛します」

「おのれ……何故だ、何故こうも上手くいかない……」

地団駄を踏むディードスの反応とは裏腹に、クオリアは更なる最適解を算出していた。魔術人形達のスキルならば、全身を束縛《そくばく》する大地讃頌《ドメインツリー》を破壊出来るかもしれない。

ならば破壊される前にと、クオリアがハッキングのために駆け出そうとした時だった。

「クオリア、想定外の事象が発生しました」

エスが、ぽつりと呟《つぶや》いた。

「大地讃頌《ドメインツリー》は、魔力で樹木を創造するスキル深層出力でした。ですが私は、このスキルを次のフェーズに進めることが出来ます」

「説明を要請する。それはどういうことか」

「私にも分かりません。魔石から供給される魔力に変化がありました。その影響《えいきょう》です」

ディードスと敵対したからだろうか。

クオリアと共闘《きょうとう》出来たからだろうか。

あるいは――自分の意志に従って戦うことによって、精神的なロックが解除されたのだろうか。

現時点では、エスはおろかクオリアにも算出できない問いだった。

「私のタスクは、魔術人形達を無力化し、元主《マスタ》の抵抗を不可にすることです。新しいフェーズに進んだ私のスキルであれば、それは可能です」

エスは目を瞑《つむ》り、再び魔石を輝かせる。

先程まで緑だったのが、桃色《ももいろ》の彩《いろど》りを解き放っていた。

「魔石〝ガイア〟によるスキル深層出力〝桜咲ク《ハニーポット》〟を発動します」

ぱっと、花が開いた。

大地讃頌《ドメインツリー》の枝全てに桃色の蕾《つぼみ》が纏《まと》わりついた。

桜。この花の名前を、クオリアは知らない。

それでも聳《そび》え立つは、色褪《いろあ》せた世界を優《やさ》しく飾りし薄《うす》桃色の自然。

仰《あお》いだクオリアの中に、確かに感じた〝美味しい〟があった。

「〝可愛い、好き〟」

やがて桜塗れの枝に巻かれた魔術人形達も、薄桃色に輝く。

次第《しだい》に微睡《まどろ》むように、魔術人形の瞼《まぶた》が閉じていく。魔石の輝きが虚《うつ》ろへ消え入る。

魔術人形の意識に反比例するように、桜の蕾が開いていく。

「な、なんだ⁉　おい！　スキルを発動して抜け出すんだよ！」

「魔術人形は命令を実行できません。〝桜咲ク《ハニーポット》〟は、魔力を吸収する桜を生成します。そのため、魔力不足に伴《ともな》い、魔術人形は一時的な停止状態へと移行しました」

「な、んだと……エスに、そんな機能が……ひぃ！」

近づくクオリアを見て、ディードスが後退《あとずさ》る。

「あなたは法《ルール》に基づき、身柄《みがら》を確保されるべきだ」

「お、俺に手を出したらどうなるか分かってんのか……⁉　へへ、俺は免罪符を貰《もら》ってる……焼いた程度で効力が無くなるもんか！　ルート王女を、あの魔女を敵に回すってことなんだぞ！　晴天教会を敵に回すんだぞ！　ここにいるルート王女派の貴族も敵に回すんだぞ⁉　あれ？」

強がるが、既《すで》に観客の殆どは姿を消していた。即ち、魔術人形は信用に値しないという、商品価値としては致命《ちめい》的な評価を下された。

ただし、ここにルート王女がいたところでクオリアには関係ない。

神というラーニング出来ない存在を恐れる道理は、クオリアには存在しない。

「クオリア、お前にその行動はさせません」

しかし、クオリアとディードスの間にエスが割って入った。

「私は元主《マスタ》からの、護衛を命令されています。それは無力化されません」

「ひひっ……いいぞ……いいぞ！　ようし、いい子だ……ん？」

エスは、クオリアに背を向けていた。即ち、体の正面をディードスへ向けていた。

「まだ、私の役割は定まっていません。しかし、今すべきことを私は理解しました」

「なんだ、なんだというのだ、その小僧を殺すことだろう……？」

「元主《マスタ》、ディードスを、即ちお前を無力化することです」

思考が追い付かないと言わんばかりに、ディードスの眼が白黒していた。

「お前は〝獣人狩り〟を計画し、魔術人形達にその計画を実行させました。その結果、多くの獣人が殺害されました。しかし私達は、獣人を殺害するべきではありませんでした」

「……エス？　お前……」

「何故なら、獣人は殺害されたら、サイコロステーキを食べることが出来ないからです。ダスィヒはその異常に、私よりも早く気付いたと推測します」

「く、来るな！」

遂に自分の状況に気付いたらしく、恐れのあまり、ディードスが尻餅《しりもち》をつく。

だが、もう遅《おそ》い。エスはディードスの目前に佇んでいた。

「お前を無力化することで、これ以上の殺害を停止させます」

「何故だ！　お前は俺の道具だろう！　道具が楯突《たてつ》くなど……！」

「お前から、お前を攻撃するな、という命令は受けていません」

「道具のくせに！　商品のくせに！　お前達なんかに投資するんじゃなかった！」

エスの右手が引かれる。

同時、クオリアも言葉を重ねる。

「あなたは、誤っている」

「お前は、誤っています」

エスの右拳《こぶし》がディードスの鼻っ柱を殴り飛ばした。

10

クオリアとエスの後ろで、大地讃頌《ドメインツリー》が消滅し、桜が舞う中、人形の糸が切れたように魔術人形が次々に倒れていく。それをクリアランス達が回収していく。

エスも例外ではない。クリアランスの一人が回収に向かおうとしていた。

「エスは回収しなくていいわよ」

カーネルの一声がエスに近づく騎士を止めた。

そのまま擦《す》れ違い際《ぎわ》に、カーネルがクオリアに尋ねる。

「心があることもアナタなりに証明したって訳ね」

「肯定。魔術人形には心がある」

「ええ。だから魔術人形としては、結構大きな課題が出た訳ね。エス《それ》は、失敗作よ」

カーネルの信条は変わらない。

魔術人形とは心を持つべきではない、意志無き道具。たとえブラックホールの中であろうと自らの破壊を厭《いと》わず、残酷に任務をこなせる最強兵器を指している。

「武器が矛先《ほこさき》を選んだ時点で、それはもう武器ではない。それでもアナタは彼女を使えるの？」

「エラー。言葉の定義に誤りがある。生命活動を持つ存在に対して〝使う〟は不適格だ」

カーネルと最初に会った時から変わらない、凛《りん》とした真っすぐなクオリアの眼。

それを折ることは不可能と理解したのか、諦めたように眼を瞑る。

そんなカーネルの足元では、ディードスが醜《みにく》く悶《もだ》えていた。

折れた鼻からは血が噴《ふ》き出しているが、泣き喚《わめ》いているあたりはまだまだ元気だった。

「あらあら、しぶといわねぇディードスちゃん。脂肪《しぼう》っていいクッションよねぇ」

「お、俺を捕まえる気ですか……そんなことしたら、〝使徒〟が、あなたを踏み潰して……」

「そろそろ気付きなさい。アナタ、ルート姫に乗せられただけだって」

「乗せられた……？」

往生際の悪すぎる姿に、カーネルも苦笑いするしかない。

「ルート姫は晴天教会に魔術人形を流して、戦力としたかった。ついでに獣人の数を削《そ》ぎたかった。

そしてアタシ達が乱入しても、魔術人形で守衛騎士を削《けず》れる。どう転んでも魔女の掌の上」

指を遊ばせて魔女の掌を表現していると、その掌を途端に握りしめた。

「でもアナタ魔術人形の商売に失敗しちゃったじゃない？　私達一人も倒せてないじゃない？　魔術人形みんな失っちゃったじゃない？」

指摘《してき》されたディードスは、思わず周りを見渡《みわた》す。クリアランスの騎士に囲まれている。

「そんなアナタを、あの魔女が守ってくれるかしら」

「けど、俺には免罪符が……！」

「免罪符に書いてあったことね。『神に代わり、地を乱した蒼天を騙る獣人に罰を与え、人々に魔術人形を与えよ』って。別に越権《えっけん》行為をしてヨシなんて一言も書いてないの」

「え……」

「晴天教会は言うでしょう。『これはディードスが晴天教会の名を騙って働いた不届き千万！　反《かえ》って神の怒りその上に止《とどま》るなり』ってね。アナタも知ってるでしょう？〝異端審問《いたんしんもん》〟の悍ましさを」

「あ、あああああああああああああ！」

ディードスは青ざめて、腰《こし》を抜かしたままカーネルにしがみつく。

「だから俺は、俺はインジェクシ枢機卿に脅されて……さっきの連中にも、俺なんか簡単に捻《ひね》り潰せるヤバい奴もいて……俺は知らない！　俺は悪くない！　全部、全部魔術人形が勝手にやっ」

「甘《あま》ったれてんじゃねえぞこのタマナシがぁ‼」

カーネルの靴底《くつぞこ》が、容赦《ようしゃ》なくディードスの股間《こかん》を踏み潰した。二つの魂が暴発した。

「ばっ⁉」

「全部他人のせいか⁉　ましてや道具のせいか⁉」

再度股間を踏み潰した。何度も、何度も、何度も踏み潰す。

「こ こぉ……か、かかぁ……」

「魔術人形は道具……ならそのケツ持つのは所有者であるアンタに決まってんでしょーが！　ナイフで刺《さ》して『ナイフが悪いんです』なんてまかり通る訳ぁねえだろうが！」

果てしない男性の痛みがディードスの股間を走り、思わずディードスの口から泡《あわ》が出る。その場にいたクオリア以外の男子は、皆ディードスに同情せざるを得ない。

「商人なら、道具に敬意を持て！　商品に責任を持て‼　人間としての仁義通せやアホンダラぁ‼

それが出来ないアンタは、道具以下のゴミ屑《くず》だこの■■■■が‼」

「説明を要請する。■■■■とは何か」

「■■■■とは、私の魔石にも登録されていません」

「知らんでよろしい。君達には汚《けが》れた言葉だ……カーネルさん、あんたは教育に良くない」

プロキシに純粋《じゅんすい》具合を察されて濁《にご》された。またピーという音が聞こえた気がした。

クリアランスの騎士達が、最早再起不能の呻《うめ》き声を上げるディードスを数人がかりで持ち上げる。

精鋭達の力を以《もっ》てしても、ディードスは重そうだった。

「かか……ああ、うう……ああ……」

「安心なさい。ちゃんと法でアナタのその白身《脂肪》ごとサバいてあげるから。沢山ルート姫や晴天教会のこともドバドバ出てきそうだし。ちょっと痛いことするけど、今更倫理《いまさらりんり》とか期待すんじゃねーぞ」

死神よりも悍ましいカーネルの囁《ささや》き声を聞いて、ディードスは遂に意識を失った。

第六章

CHAPTER 6

Surpass THE MAGIC WORLD

1

「んじゃアタシ、ディードスちゃんとデートしてくるから。いっぱいお話ししてくるわ」

未《いま》だ泡《あわ》を吹《ふ》いているディードスと共に、カーネルを乗せた馬車が夜道に消えていく。王都上層付近まで同乗したクオリアと、先程《さきほど》守衛騎士団《きしだん》〝ハローワールド〟に入団したエスは帰路に就《つ》いた。

「クオリア、私はあの食事を要求します」

ぐいぐいぐい、とクオリアの袖《そで》を引っ張りながら、早速《さっそく》魔術《まじゅつ》人形らしからぬ要求をしてきた。林《りん》檎《ご》を飴《あめ》で包《くる》んだお菓子《かし》がその屋台に飾《かざ》られている。〝りんご飴〟だ。

「要求は受諾《じゅだく》された」

「おい、それ、魔術人形だよな……」

りんご飴を2つ店主から受け取っていると、横から愕然《がくぜん》とした声が聞こえた。獣人《じゅうじん》の青年が、エスへ警戒心《けいかいしん》を剥《む》き出しにしていた。

「私はこの獣人が、非常に理想的ではない状況《じようきよう》にあると判断します。一件の解決策があります」

エスはクオリアからりんご飴を受け取ると、そのまま獣人へ渡《わた》すが、すぐに獣人が払《はら》いのける。りんご飴を落とすことはなかったものの、よろめいたエスの動きが止まる。

「さっきまで俺《おれ》は獣人狩《が》りにいたんだ……お前みたいな魔術人形に……やめろ、死にたくない、いやだ、助けて」

足を滑《すべ》らせて転びながらも、死に物狂《ぐる》いで獣人は走り去っていった。

クオリアはエスの表情を見る。きょとんとした、真顔のままだった。一切《いっさい》変わらない。そのまま、予定されていた動きの如《ごと》く、無機質にりんご飴を自分の口へ運んでいった。

「これは、〝美味《おい》しくない〟です」

2

ロベリア邸《てい》についたクオリアは、アイナにエスを紹介《しようかい》するべく、台所を訪《たず》ねる。

しかし、丁度外していたようだ。するとエスがひとりでに、美味しい香《かお》りがする鍋《なべ》へと発進した。

エスが覗《のぞ》き込《こ》むと、しっかり煮込《にこ》んだ茶色い液体が沸騰《ふつとう》していた。

「クオリア。説明を要求します。これは何ですか」

「これはカレーに分類される」

とテーブルで開いていたレシピを見て、クオリアがラーニングした頃《ころ》には、エスが素手《すで》でカレーに手を伸《の》ばしていた。

当然クオリアに羽交《はが》い締《じ》めにされ、持ち上げられた。身長が１３５㎝しかないつまみ食い系魔術人形エスの体がぶらーん、と宙に浮《う》く。軽い。

「あなたは誤っている」

「クオリア。私はこのカレーを食事することを要求します」

「衛生的なルールに問題がある。また、〝いただ、きます〟をしてから食事をするべきだ」

「はい、学習しました。しかし私は早急にカレーを食事することを要求します。要求します」

「ルールを守らない場合、食事は許可されない」

「あれ、クオリア様？」

脚《あし》をぶんぶん空転させるエスを最適解通りに押《お》さえ込んでいるところへ、通路からアイナが姿を現した。

「先程ロベリア様に聞きました。こちらがエス様ですよね」

「はい。私はエスです」

途端《とたん》、何故《なぜ》かエスが大人しくなったことに違和《いわ》感を覚えながらも、エスを床《ゆか》に降ろして、アイナをじっと観察する。かつてワナクライに暴力を振《ふ》るわれた時よりも、酷《ひど》くぎこちない値《あたい》が検出されていた。右脚は腫《は》れていて、歩くだけでも一苦労している様子だ。

「アイナ、あなたは休息するべきだ。脚部《きゃくぶ》に損傷が見られる。自身の修復行為《こうい》を優先するべきだ。料理は自分《クオリア》が代替《だいたい》する」

「御心配《ご》ありがとうございます。でも、これくらいはさせてください。さっき家のことやろうとしたら、スピリト様に全部やってもらって、申し訳なくて……」

スピリト様の〝縮地〟って本当にすごいですね、とアイナが小さく笑った。無理矢理作ったような笑顔《えがお》だった。縮地がまさか家のことにも応用できることはさておき、アイナから〝美味しい〟がここまで抜《ぬ》けているのは、決して脚の痛みのせいだけではない。

先に会っていたロベリアから『〝獣人狩り〟のトラウマで動けなくなっている獣人もいる中で……一見元気に振《ふ》る舞《ま》えるのは〝逆におかしい〟から警戒《けいかい》して』と言われた。クオリアも同意見だ。

「もうカレー注ぐだけですから。初めてで、もしかしたら口に合わないかもですけど……」

しかし、そのクオリアの心配に会釈《えしゃく》だけして、鍋に向かうアイナの前に立ちはだかる。丁度近くにあった椅子《いす》へ座らせる。

「クオリア様……？」

「ならば、そのタスクは自分《クオリア》が実行する。エス、補助を要請《ようせい》する」

「要請は受諾されました」

すると、アイナは一層申し訳なさそうな顔になり、自分の不甲斐《ふがい》なさを責めるようにスカートの裾《すそ》を握《にぎ》りしめる。

アイナの〝美味しい〟が戻《もど》らない。最適解ではないのだろうか。

そんな懸念《けねん》が演算回路に負荷《ふか》をかける一方で、エスと共にカレーを皿に注ぐ。

「本当に申し訳ございません……私が勝手に〝獣人狩り〟に巻き込まれたばかりに……」

「説明を要請する。あなたは何故、この位置から、〝獣人狩り〟の広場にいたのか」

「……兄を見たんです。庭から、兄が見えたんです」

クオリアは思わず皿へ伸びた手が止まった。

「それは、誤っている。そのようなことは、発生し得ない」

もし、リーベがこの付近を歩いていたとしたら、古代魔石〝ブラックホール〟を追跡《ついせき》する探知機《レーダーシステム》がクオリアの眼《め》に通知を寄越《よこ》したはずだ。だが、そんな反応は無かった。

「で、ですよね。有り得ないんですよ……多分、幻覚《げんかく》です。もしかしたらインジェクシが、私に何か催眠《さいみん》魔術でも、かけたのだと思います。ありますよね？」

「肯定《こうてい》。確かに人間の認識《にんしき》能力に作用する魔術は存在する、しかし……」

偽物《にせもの》のリーベが、インジェクシによって演出された、ということになるのだろうか。

しかし、こと獣人相手になると、〝晴天教会〟の行動パターンがクオリアの想像を超《こ》えるのはいつものことだが、流石《さすが》にインジェクシがロベリア邸まで手を伸ばすリスクを冒《おか》すとは考えにくい。そもそも、インジェクシ達《たち》の中に該当《がいとう》の魔術を持っている人間、魔術人形はいなかった。

「……何より、兄はもうこの世には――」

「しかし、あなたの兄とは自分《クオリア》も接触《せつしよく》している」

と言い終えたところで、クオリアはピシリと、喉《のど》から迸《ほとばし》る何かを感じた。『言わなければ良かった』。声以外の何かで、そう後悔《こうかい》した。

「何を、言っているん……ですか」

直感は正しかった。目の前でアイナが、憑《と》りつかれているように愕然としていた。

クオリアはそれでも続けた。クオリアが戦ったリーベがアイナの兄であることだけは、事実である可能性が高かったからだ。嘘《うそ》という機能は、人工知能には存在しない。

「リーベは古代魔石〝ブラックホール〟を所持していた。発動しようとしていたため……排除《はいじょ》した。異常な点はあるが、リーベの生命活動は停止したと判断している」

「待ってください。名前が、ただ、同じな、だけですよね」

「否定。あなたの兄の、リーベであると判断している」

揺《ゆ》れる。アイナの眼が。唇《くちびる》が。

「だ、騙《だま》されてます、クオリア様も……催眠に、かかってます」

「あなたは誤っている。自分《クオリア》の認識に異常は――」

「――首が落ちた‼　私の目の前で‼」

台所に、火花が散った。

少女の中で、何かが弾《はじ》けた。

ずっと張りつめて、張りつめて、張りつめていた糸が、遂《つい》に千切れた。

「あれは夢じゃなかった‼　お兄ちゃんはやっぱり死んだんだ‼　お兄ちゃんが現れる訳がない‼　お兄ちゃんがそんなことする訳、ない……‼」

「……アイナ」

瞼《まぶた》から滂沱《ぼうだ》の如く涙《なみだ》していた顔が、目に見えて蒼《あお》ざめていく。背を壁《かべ》にぶつけ、次第《しだい》に頭を抱《かか》える。取り返しのつかないことをしたと後悔している。

「クオリア様……ごめんなさい……私」

負傷している脚が痛むのも忘れ、アイナが台所から走り去っていった。当然クオリアも追いかけ——ることが出来なかった。

最適解通りなら、追いかけてもっと事実をアイナにインプットさせるべきだった。

でも、それが出来なかった。

悲愴《ひそう》な表情から染《し》み出した、〃0と1では語れない何か〃が、クオリアの足を止めた。

アイナのあんな崩《くず》れた顔は、見たくなかった。一番取得したくなかった、そんな値だった。

「アイナの〃美味しい〃を取り戻す最適解を算出する。演算を開始する……」

エスの目線も忘れ、一人ぶつぶつと呟《つぶや》きながら、カレーを啜《すす》る。

「……これは〃美味しくない〃」

3

「エラー。最適解、算出……エラー、タイムアウト、再度最適解、算出……エラー、エラー。この方法では、アイナを、エラー、情報を破棄《はき》」

404番目のエラー《NOT FOUND》を、クオリアは一人でずっと吐《は》き出していた。

出力される解を仮想演算しても、アイナが笑う未来が導けない。

最適解の向こうで、ずっとアイナが泣いている。

「検索《けんさく》する。〝クオリア〟がアイナに対し、どのような解を算出していたのかの検索……エラー」

やはり、404番目のエラー《NOT FOUND》の結果を見るだけだった。

何故かは不明だが、クオリアが転生する前の記憶《ファイル》が見当たらない。

だが3年間、クオリアはアイナと一緒《いっしょ》にいたのだ。ならば、今のアイナに愛らしい微笑《ほほえ》みを与《あた》える最適解だって持っているはずだ。

だが、見つからない。

そもそも、前のクオリアの人格は、一体どこに行ったというのか。

分からない。苦しい。

回路が焼けそうだ。更《さら》に心臓部分が痛む。

〝悩《なや》み〟に翻弄《ほんろう》されていると、やがて〝そもそも〟に演算が行き着いた。

「状況分析《ぶんせき》。アイナの〝美味しい〟を奪《うば》う脅威《きょうい》を排除することが、最適解に繋《つな》がると判断」

アイナの〝美味しい〟を奪ったのは、間違《まちが》いなく〝げに素晴《すば》らしき晴天教会〟だ。勝手に獣人を買って、飼って、狩《か》ってきた連中だ。

胸から太陽をぶら下げ、〝ユビキタス〟を礼賛する脅威達がいるから、獣人は笑うことが出来ない。

アイナも、兄を失って、〝美味しい〟を奪われた。

「ならば、クオリアが実施《じっし》すべきタスクは――異常を認識」

その異常が検出されたのはクオリアの脳内ではない。目の前のテーブルだった。

液体と氷入りのグラスが、カランコロンと、音を立ててクオリアの手元に滑り込んできた。

器用に零《こぼ》れなかったグラスの滑った軌跡《きせき》を辿《たど》ると、いつの間にかロベリア邸にあがっていたカーネルが同じグラスを取り出して、何やらビンの中身を注ぎ始めた。

「カーネルを認識」

「やっぱり醜《みにく》い男とデートしても何も楽しくないわね。嫌《や》んなってきちゃったわ……ま、早々に情報をゲロゲロしてくれたからいいんだけど」

カーネルは自分が見られていることを悟《さと》ると、「これ？」とグラスを指差した。

「駄目《だめ》よ。アルコールってやつ。君まだ15歳《さい》なんでしょ？　もう5年待ちなさい。で、20歳になったら酔《よ》うための酒じゃなくて、美味しいって思える酒を飲みなさい」

「説明を要請する。自分《クオリア》に渡しているこのグラスは、アルコールが入っているのか」

「それなら飲めるわ。ノンアルコールカクテルだから。アタシのトレンド。おごりよ」

「〝ありが、とう、ございます〟」

「はい、どういたしまして。で？　そんな顔も出来るのね。もしかして疲《つか》れちゃった？」

そんな顔、と言われて水面に波打つ自分の表情を再認識した。酷く弱り切っていた。

「それともアイナちゃんと喧嘩《けんか》した？」

「……〝喧嘩〟。エラー。登録されていない……先程のイベントが、〝喧嘩〟か」

「そんなの知らないわよ、アタシ見てないんだから。まあ、多分そういうことなんじゃない？」

「状況理解」

と言って、クオリアは液体を口に運んだ。葡萄《ぶどう》の香りがする。

「現在、アイナが非常に消耗《しょうもう》しており、不安定な状態にある。アイナの心を正常にするための、〝美味しい〟を創《つく》るための最適解を算出している。しかし、解はいずれも誤っている可能性が高い」

「あら」

「しかし一点、今日までの実績からフィードバックしたことがある」

アルコール入りの酒を口に含《ふく》んで、味を確かめる音が聞こえた。酔うためでなく、味わうために酒を眺《なが》めるカーネルと、少し距離《きょり》を置いて並ぶ。テーブルの一辺で作られた直線上、酒屋《バー》のカウンターの如く、同じ方向を見て座《すわ》っている。

「晴天教会は、アイナを含めた獣人へ攻撃《こうげき》することを役割としている。無力化前の警告も意味をなさない。現在、晴天教会に所属する人間は推定3億人とラーニングしている」

3億人。勿論《もちろん》厳密な数字ではないにせよ、これは世界人口10億人の3割である。

〝億〟。人工知能の頃には取るに足らない単位だったのが、人間の場合は世界が埋《う》まるほどの単位である。

「故《ゆえ》に、晴天教会を、自分《クオリア》は全て無力化する」

「……あら、そう」

若干《じゃっかん》、小馬鹿《こばか》にしたように鼻で笑う空気の擦《こす》れた音がした。カーネルを見ると、ダルそうにテーブルに体を預け、灯《あか》りにグラスを翳《かざ》し、何やら光の反射を楽しんでいる。

「要はアナタの言いたいことは、最愛のアイナちゃんの〝美味しい顔《笑顔》〟を奪う晴天教会を滅《ほろ》ぼしてしまえば、アイナちゃんはずっと笑ってる。獣人も皆《みな》ハッピー、なんて考えている訳ね」

「肯定」

「〝獣人狩り〟をしてたインジェクシと考えが変わらなくなってきてるわよ」

貫《つらぬ》かれたような感覚に襲《おそ》われた。刃《やいば》ではなく、声で。

〝痛み《ショート》〟でクオリアが思わず立ちあがる。

「それは誤っている！　自分《クオリア》は〝獣人狩り〟のような演算はしない！」

対照《たいしょう》的に、酒を口に含んで味わうカーネルは、座ったまま表情を変えない。

「……最愛の現人神《あらひとがみ》ユビキタスのために良かれと思って獣人を滅ぼす。だって、そうすりゃ晴天経典の教えの通りになって、人類は皆ハッピーになるから。はい、クオリアちゃん。アナタの演算ってやつと何が違うのかしら？〝誰々《だれだれ》のため〟と〝滅ぼす相手〟が入れ替《か》わってるだけじゃない」

「……」

「晴天教会の信者を一人残らず皆殺《みなごろ》しにしたとしましょ。で？　その後は？　また次の〝美味しい顔《笑顔》〟を奪う奴《やつ》をアナタは探してるんじゃない？　いつまでも、笑えない理由を他《ほか》に求めるようになる」

演算回路がグルグル回る。一瞬《いっしゅん》でタイムアウトを悟り、崩れるようにクオリアは腰《こし》を下ろした。

「〝獣人は、人類ではない〟……なんて言って、人類が獣人を滅ぼしたってね、また次の差別対象を探すだけよ。種族の違い、肌《はだ》や髪色《かみいろ》の違い、個性や考え方の違い、社会性や出身の違い、キリがない。その〝違い〟の下に、差別は生まれる……差別は暴力を加速させ、自分と〝違う〟相手をいつまでも排除し続ける。アイツらは危険だから。獣人はどうせ社会に馴染《なじ》めず、暴力を働くだろうから。どうせアイツも晴天教会だから、獣人を傷つけるだろうから。なんて、勝手な想像で、『だろう』って個人を決めつけて、そして不和が生まれる。蒼天《そうてん》党の反乱が起きる。〝獣人狩り〟が起きる。アナタは晴天教会を滅ぼす。それが続いたらどうなると思う？」

「その場合」

クオリアの脳裏《のうり》に浮かんだのは、ある小さな星の話だった。太陽系第三惑星《わくせい》。〝地球〟。人間と心が、跡形《あとかた》も無くなっていた世界が見える。

「その場合、人類は滅亡《めつぼう》する可能性がある」

そこまではちょっと極端《きょくたん》だけどね、とカーネルが酒に揺蕩《たゆた》う氷を鳴らす。

「クオリアちゃんは、そんな未来を最適解だと思うのかしら？」

「否定……しかし、獣人が不利益を受けている〝差別《環境》〟を、改善する最適解は必要だ」

「そうねぇ、それ大事。その一つが法の整備だった。でも法整備だけでは、全然足りないのよ。今回のような件があると、その事をよく痛感しちゃうわ」

何かを思い描《えが》くように、カーネルの視線が天井《てんじょう》へと移った。

「クオリアちゃん。〝人を殺してはいけない理由〟ってどこに定められていると思う？」

「それは、ルールと定義される法か」

「法にはね、〝人を殺してはいけない理由〟なんて書かれてないの。罪の詳細《しょうさい》と、紐《ひも》づく罰《ばつ》が定められているだけ」

「説明を要請する。ならば、どこに定められているのか」

「〝心〟……アナタの好きなやつ」

クオリアの心臓部分を指して、カーネルが続ける。

「アナタの心には、〝人を殺してはいけない理由〟はなんて書いてある？」

「それは、〝心が死ぬ〟ためだ。アイナとの会話から、ラーニングした」

「そう。人によってそれぞれ。『生命は等しく尊重されるべきものだから』とか『取り返しがつかないから』とか『神によって創られた命は守られなければいけない』とか。それを心に根付かせる代表例が、宗教。例えばアナタが否定する晴天教会だった」

「晴天教会は、獣人の生命活動を停止させている」

「ええ。晴天教会の教えでは、〝獣人を殺してはいけない理由〟が、人の中に根付かなかった。逆に、〝獣人を殺していい理由〟が根付いてしまった」

人工知能ならば、理由はいらない。プログラムされた通りに、ラーニングした通りに動くだけだ。

しかし人間には必要なのだ。〝する〟、あるいは〝しない〟理由が。

その理由はきっと、5Dプリントでは確実に生成できない何かだ。

「アタシとヴィルジンちゃんには、宗教に頼《たよ》らず、国民の内面に〝人間も獣人も殺してはいけない理由〟を根付かせる義務がある。じゃなきゃ、獣人も食うに困って蒼天党でフィーバーしちゃうんじゃない？　一方、鶏《にわとり》が先か卵が先かみたいな話だけど、獣人に家族を殺された人間だって大勢いる。そこで獣人を遇《ぐう》すれば遇するほど、人間は獣人への反感《殺していい理由》を募《つの》らせるでしょう。けど、資源ってパイは有限。ジレンマってやつね。法だけじゃ足りない。色々、やらなきゃいけないわ」

「……状況分析。最適解が、検出出来ない」

演算が、無限ループに入ってしまう。無表情で壁へ呟き始めたクオリアを見て、今度は励《はげ》ますような小さな笑いがカーネルから零れた。

「2000年もこんな状況が続いているんですもの。一足飛びに解決するウルトラCな最適解なんて無いのよ。でもそこで諦《あきら》めて、何もしないなら人の上に立つ意味がない。政治やってる意味が無いじゃない。時代は前に進み続けている。なら人間と獣人の在り方も前に進めなきゃ」

ただ、とカーネルが言葉を漏《も》らす。

「勿論、政治が通じない段階だってある。蒼天党みたいにね。そうなったら、倫理《りんり》なんて言ってられない。最悪の手段として100万人を守るために、10万人を滅ぼす必要もあるかもしれない……そんなのはアタシ達の世代で終わりにしたいけど。でも、クオリアちゃんは、まだその結論に達するには、早いんじゃないかしら？」

懐《ふところ》からライターを取り出し、蓋《ふた》を弾《はじ》く。鉄の正方形に油が入っていて、発火部分のホイールを回すと小さな火が出る仕組みだ。

「まず、クオリアちゃんは一番近くのアイナちゃんと仲直りしなさい。〝差別〟云々《うんぬん》、遠い世界のことを語るのはそれからになさい」

「しかし、アイナを〝美味しい〟にする最適解が、算出されない……その記録が存在しない」

「記憶を失う前のクオリアがどうこうより、今のクオリア《アナタ》はどうしたいのよ」

細い煙《けむり》を上げる葉巻をクオリアに向けて、カーネルが呆《あき》れた口調で指摘《してき》する。

「心とは何かとか、魔術人形に心があるって言っておきながら、人間関係に最適解求めてんじゃないわよ。そんなありきたりなモノを持ち出してる時点で、心を舐《な》め腐《くさ》ってるわ」

心とは、何か。少なくとも、最適解をそのまま適用できるものではない。

5Dプリントでも心が生成できなかったように。

「『アイナちゃんにどうなってほしいか』。んなもん載《の》ってる教科書も法律も存在しないわ。人と人の間には、無限通りの文脈がある。互《たが》いを傷つけることもあるし、逆に相手を温めることだってある。人間と獣人は、本当は傷つけ合うために出会ったのかもしれないわ。でもアナタとアイナちゃんは違うんでしょ。悩んで失敗して仲直りして冒険して青春しやがれ少年少女」

クオリアは、飲みかけのノンアルコールのカクテルを覗く。氷に、自分の顔が反射している。

『どうしたい？』

そんな風に氷の向こう側でクオリアが、自分《クオリア》の肩《かた》を揺さぶっているような気がした。

「自分《クオリア》は……肯定。これよりアイナの探索《たんさく》を開始する」

言葉はまだまとまっていないけれど。最適解なんて、結局出力されていないけれど。

それでも、アイナらしい愛らしい笑顔を脳裏に保持しながら。

グラスの中の液体を、一気に飲み干した。

「美味しかった？」

「〝美味しく、ない〟！　〝あり、がとう、ございます〟！　〝ごちそ、うさ、までした！〟」

遮二無二《しゃにむに》駆《か》けていったクオリア。

後ろ姿を見送る事もなく、カーネルが一人グラスを持ち上げていると、いつの間にか近くにいたロベリアが声を掛《か》けてきた。

「私がお姉さんとして全部言いたかったのに」

「そんなこと言うんだったら恋愛《れんあい》の一つでもしてからになさい。アナタとアタシじゃ説得力が違うわ……なんかちょっかい出したくなっちゃって」

「あっ」とカーネルが思い出したように上を向く。

「そういえば〝ゴースト〟について話すの忘れてた。それが目的で来たのに」

「〝ゴースト〟？　あの都市伝説の……!?」

「技術が進歩したということは、あらゆる現象のメカニズムも解明されていくモノなの。〝ゴースト〟は、魔力というブラックボックスを紐解《ひもと》いていく中で、その存在が論証されつつある……それがたとえ、心霊現象の都市伝説であってもね」

「……だとしたら、リーベは」

葉巻の火を胸元《むなもと》から取り出した灰皿で潰《つぶ》すと、言葉が詰《つ》まるロベリアを代弁した。

「死んでいない……いや、消えていない。アタシはそう睨《にら》んでるわ。蒼天党の一件は何も終わっていない。大体、古代魔石〝ブラックホール〟もまだ全部回収しきれてないし」

4

「私は……クオリア様に、なんてことを言ってしまったんだろう……」

月明かりが、裏庭にしゃがみ込む少女の髪《かみ》を照らす。眩《まぶ》しくて見上げることさえ出来ない。

（もしクオリア様が、また再起不能なまでに傷ついたら）

先程拒絶《きょぜつ》した時に見た、クオリアの物憂《ものう》げな顔。あれが、アロウズに虐《いじ》められて、生きる気力が消えた顔とよく似ていた。

（また、自殺しようとしたら）

僅《わず》かに顔を上げると、暗闇《くらやみ》の裏庭に色彩《しきさい》が浮かぶ。天井からぶら下げた縄《なわ》と、地面から浮いたまま揺れるだけのクオリアが見える。

（あの黒い何かに変わったら）

シャットダウン《漆黒の鋼鉄》が脳裏に過《よ》ぎった途端、体中の神経に鈍《にぶ》い電撃が駆け抜けた。

早く、クオリアに謝《あやま》りたい。あんな辛《つら》い顔をさせたままにしたくない。

だが、立ち上がろうとすると眼が眩《くら》む。体が鉛《なまり》のように重い。脚の怪我《けが》とは無関係に立てない。

数えきれない傷を与えてきた人間への恐怖《きょうふ》で竦《すく》んでしまう。兄を殺害した人間への憎悪《ぞうお》を煮《に》えたぎらせてしまう。変わらぬ世界に絶望してしまう。死んだはずの兄を見たというクオリアの言葉が、
クオリアへの心配が、混乱として渦巻《うずま》いてしまう。

頭の中が、今も氷水を注ぎ込まれているように気持ち悪い。

堆積《たいせき》した負の心が、アイナの視界を穢《けが》していく。

少し、疲れたのかもしれない。

暗闇に回り、闇雲《やみくも》に巡《めぐ》り、暗雲に酔う意識にさよならを告げたくて、目を瞑《つむ》った時だった。

「アイナ。私がお前に出来ることは何でしょうか」

見上げると、そこには魔術人形が佇《たたず》んでいた。

「エス様、ごめんなさい、こんな所で油売ってて……」

「アイナ、説明を要求します。私はお前に何かをしたいです。お前に何か出来ないでしょうか」

意味深なことを言ってくると思ったが、クオリアに輪をかけてすました顔の下で、何か思い詰めているような雰囲気《ふんいき》がした。

「どう、したんですか？」

「私は獣人を殺害しました」

「でも、エス様は〝獣人狩り〟に加担していないんですよね？　蒼天党の獣人のことを言ってるなら、仕方なかったと思いますよ……？」

「いいえ。〝獣人狩り〟に参加はしていないですが、ディードスを止めることは出来ました」

隣《となり》に場所を開けると、エスがそこに腰を下ろす。

獣人。魔術人形。〝人間〟というジャンルに含まれない、〝道具〟として人間の世界に落とされた二人は、一緒に同じ夜空を見上げた。

「私も、ダスィヒも、獣人を殺害するべきではありませんでした」

「……あのダスィヒ君と知り合いなんですか？」

「はい」

「ダスィヒ君も、あのインジェクシから回収されたん、ですよね」

「いえ。ダスィヒは破壊《はかい》されています」

「……そんな」

先程まで手と手が触《ふ》れていた少年はもういない事実が、疲弊《ひへい》した心を更に削《けず》った。

「ダスィヒは、お前とどのような接触があったのですか？」

「……〝獣人狩り〟の時、獣人を殺すことに躊躇《ちゅうちょ》していました。優《やさ》しい子だったと思います。手が震《ふる》えていましたから。ダスィヒ君は、エス様にとって家族みたいな魔術人形だったのでしょうか」

「私達は〝家族〟の概念《がいねん》が当てはまりません。ダスィヒと私は、同じくディードスを主《マスタ》とするという点以外、関係はありませんでした。しかし私は、ダスィヒに〝生きる〟ことを要求していました」

それを〝家族〟と言うんだよとか、分かったような顔をして言うことはしなかった。エスとダスィヒがどういう経緯《けいい》を辿って今、片割れがこうしてアイナと話しているかも知らなければ、魔術人形の製造工程も理解していない。多分、人の感覚のみでコメントすることは間違っている。

でも確かに、エスはダスィヒのことを想《おも》っていたし、ダスィヒはエスのことを考えていた。

それこそ、互いを心配し合う兄妹《きょうだい》のように。

「アイナ。お前は私に、何故警戒をしないのですか」

「えっ？　ぎゃ、逆にどうして警戒をする必要が……？」

「〝獣人狩り〟を経て、獣人は魔術人形に対して恐怖を抱《いだ》いていると判断します。先程獣人から、そのような反応を示されました」

〝獣人狩り〟と聞くと、今も〝枢機卿《すうききよう》〟の顔が過る。兄の首が、落ちる。

「アイナ？　お前から挙動の異常が見られます」

負の想起を悟られながらも、アイナは何とか口を開いた。エスのために、これだけは言わないと駄目だと、〝魂の輝き《トラウマ》〟から自分の背中を押し戻す。

「魔術人形に、怒《いか》りとか怖《こわ》さを感じてないって言えば、嘘になります。でもダスィヒ君を通して、本当は〝人形〟なんて似合わない子達なんだって、思えましたから。それに、魔術人形を〝獣人狩り〟のために恐《おそ》れるなら、その獣人狩りを催《もよお》した〝人間〟も恐れないといけません。でも、クオリア様やロベリア様、スピリト様に私はそんな恐れは抱きません。エス様にだって、同じくです」

何か例外的な処理が走ったように、エスの顔が固まった。悩んでいる、とアイナは思った。

「エス様は、守衛騎士団〝ハローワールド〟に入って、獣人へ罪滅《つみほろ》ぼしがしたいのですか？」

「守衛騎士団〝ハローワールド〟に入ったのは、自分の役割を探すためです。魔術人形のために、獣人が不利益な表情になるのであれば、その〝罪滅ぼし〟と呼ばれるもののために、役割を設定することも検討しています」

「駄目ですよ、それは」

真剣《しんけん》な眼差《まなざ》しで、訴《うった》えかける。再びエスの顔が固まった。

「それじゃ獣人の道具になっちゃいます。相手との溝《みぞ》は深まると思います。だからもっと、他のことに目を向けるべきです」

「他のこと……」

エスは、暫《しばら》く考え込むように前を見続けた。

「私は、〝美味しい〟ものをもっと食べたいです。それ以外には、思いつきません」

「いいと思います。そういうところから、役割として設定するべきだと思います。私達獣人も人間も、それを〝夢〟って呼ぶんです」

睡眠《すいみん》時に見る夢ではなく、起きている時に見る夢。エスはもう、起きている。ならば見るべき夢は、未来へ向けた何かであるべきだ。

それは、アイナ自身にも同じことが言える。

子供の頃、何かもっと純粋《じゅんすい》な夢を見ていた気がする。

その夢を子供ながらに語ったら、兄が笑っていた気がする。

しかし、もう夢は思い出せないし、落ちた兄の首は戻らない。

「アイナ、またお前の挙動に異常が生じています」

「えっ？」

再び断頭台《ギロチン》が鎮座《ちんざ》する監獄《かんごく》に意識が囚《とら》われていた。エスのあどけない顔が、過去から戻ってきた視界を埋めつくす程密着していた。

「先程、クオリアと口論になってから同じような症状《しょうじょう》が見られます」

「……うん。謝らなきゃ。クオリア様に酷いこと言いっ放しで」

「私は、お前の発言に〝酷いこと〟と分類されるものは認識出来ませんでした。それでは、アイナはクオリアの道具だったのですか」

「……どうして？」

「何故ならお前も、クオリアに〝罪滅ぼし〟を実施しているように見えるからです」

思えば、ずっとアイナは心のどこかで罪悪感に満ちていたのかもしれない。クオリアにナイフを突《つ》き付けて、メイドとして拾われて、借りてきた猫《ねこ》のようにサンドボックスの屋敷《やしき》に居続けた。

他の兄や、執事《しつじ》、メイドからはそれこそ道具のようにこき使われ、暴力を受け続けた。

それでもクオリアだけは、道具ではなく、一人の生命としてずっと見てくれた。

「うぅん。そんなこと、ないです。〝家族〟みたいな、ものです」

「ならば、お前はクオリアに今思っていることを話すべきです」

記憶を失っても、彼《かれ》の本質は変わらない。

今も、あの頃のクオリアが、時折顔を出す。

「アイナ！」

こんな風に不器用に。

それでも真剣に。

たとえナイフを向けられようと。

5

「あの、その、クオリア様……」

恐る恐る近づいて来るアイナを前にして、無数のノイズが錯綜《さくそう》する。

投げかける言葉がこれでいいのか分からない。むしろ誤っていると思う。最適解の最の字もない。

「〝リーベ、では、なか、った〟」

「えっ？」

たどたどしい言葉に、おずおずと立ち上がろうとしたアイナの顔が僅かに固まる。

「説明を再度実施する。自分《クオリア》が、無力化したのは〝リーベ、で、はなかっ、た〟！」

「クオリア、お前は誤っています。リーベは――もごっ」

クオリアが全力でエスに飛び込むと、即座《そくざ》にその口を掌《てのひら》で塞《ふさ》いだ。

「まげ、んごごご、むぎご、ぼがぐぼ、げむが」

〝何故、私の口を塞ぐのですか〟とクオリアには聞こえた。だが余計なことは言わせない。

「エス。説明の停止を要請する！　リーベについての説明停止を要請する！」

「まげ《何故》、めぐめい《説明》ぼ《の》べえ《停》び《止》ぼ《を》、ぼうべい《要請》、びばごげむば《したのですか》」

「説明の停止を要請する！　リーベについて一切の説明の停止を要請する！」

こんな時でもすまし顔ながら、もごもごと口封《くちふう》じに抵抗《ていこう》し、手足をじたばたさせるエス。突然《とつぜん》の展開に頭が追い付かず、エスを助けようとしたアイナへクオリアが必死に言葉を伝える。

手探《てさぐ》りの、根拠《こんきょ》なんてない、不完全な〝アイナのことを考えた言葉〟を繰《く》り返す。

「アイナ、自分《クオリア》は、認識にエラーが起きていた。〝リーベ、と会ってい、ない〟。だから、だから」

必死に次の言葉を検索する。見つからない。創る。希望という値をふんだんに練り込んだワードを尽《つ》くす。

「〝あなたは大《だい》、丈夫《じょうぶ》、可、愛い、だから、あなたの兄、は、誰も、きずつけ、て、いない、大丈夫、好、き、あなたも、あなたの兄であるリーベも、美味しい、から、泣かない、で、泣か、ない、で大丈、夫、だよろしく、お願い、いたし、ます、大丈、夫、だよ、泣い、ちゃ、だめ、否定、泣いても、いい、から、ずっと、アイナの、隣に、いる、大丈、夫〟」

エラー塗《まみ》れの文字列だった。これでは、アイナがどんな顔をするのか全く予測がつかなくて、気付けばクオリアは瞼を閉じていた。

「……ふふっ」

小さな笑い声がして、クオリアは眼を開けた。

懐《なつ》かしそうに、面白《おもしろ》そうに、力なくアイナが笑っていた。

「……クオリア様は、昔から苦手でした。嘘をつくのが。変わらないです」

「あなたに虚偽《きょぎ》の報告はしない。自分《クオリア》は、虚偽の報告は、〝嘘、つい、てない、よ〟」

「今も顔に書いてありますよ？　私は嘘をついていますって」

「エラー、そのような文字を顔面に表示する機能は存在しない」

「アイナの発言は即《すなわ》ち、クオリアが嘘の報告をしていると、顔面の挙動から読み取れるということを意味しています」

エスの言葉の真意は、窓硝子《まどガラス》にぼんやりと映った自分の顔を見て理解した。

酷く、眼が泳いでいた。

「……状況理解。自分《クオリア》の表情から、虚偽の値が検出される」

「……クオリア様、申し訳ありません」

頭を下げるアイナ。

「クオリア様が嘘をつく訳ないのに……私、さっき、酷いことを……」

「自分《クオリア》は不利益を受けていない。あなたの方が、リーベについて発言した際に、非常に不利益な影《えい》響《きょう》を受けていた」

今も、少女の顔は迷路を彷徨《さまよ》っている。獣人が世界に及《およ》ぼしてしまった破壊とどう折り合いをつけるか。獣人を排他《はいた》する世界のどこで生きていけばいいのか。兄の死と幻《まぼろし》をいつ忘れられるのか。

一人の少女が直面するには、あまりにも残酷《ざんこく》で、莫大《ばくだい》で、泳ぎ切れない迷路だ。

「大丈夫《だいじょうぶ》です。こんなの、私、慣れっこで——」

掌が、掌を繋ぎ止める。

揺れ動いていたアイナの瞳が、掴《つか》まれた掌に向いた。

「あなたの〝心〟に異常が生じている」

「クオリア様……!?」

アイナの中で自己完結なんてさせてやらない。アイナ一人に直面なんてさせない。この少女は、人型自律戦闘用アンドロイド〝シャットダウン〟にさせまいと、0と1の世界に、その身一つで飛び込んで救ってくれた。だから、今度はクオリアの番だ。

アイナを、正面からぎゅっと、抱きしめた。

「あっ、わっ、く、クオリア、様」

紅潮したアイナの頬《ほお》が近くなった。心臓の鼓動《こどう》を感じる。アイナの値が、全身から読み取れる。

そして、触れて分かる。アイナの体は、傷だらけだった。〝獣人狩り〟によって受けた傷だけではない。ずっと昔に、何か酷い拷問《ごうもん》でも受けたような痕跡《こんせき》が残っている。

アイナが逃《に》げようとするが、逃がさない。女体の柔《やわ》らかさが、クオリアにノイズを与えても、若干禁則事項《じこう》に触れたとしても、今ここで離《はな》れてしまうことだけは、誤っている。

「人間には心が存在する。しかし、心には限界容量があると判断する。あなたはそれを超えて、自分で様々な不利益を消化しようとしている」

アイナは、他人の不幸には自分事の如く敏感《びんかん》なのに、自分の不幸には他人事《ひとごと》の如く鈍感《どんかん》だった。

クオリアの心が人でなしになることは、抱き着いてでも止めに来るのに。

自分の心が人知れず壊《こわ》れることには、他人を優先してでも止《とど》めを刺《さ》す。

『私、慣れっこです』なんて、アイナらしい優しい言葉。

これをそのまま受け取ることを、そんな寂《さび》しい最適解を、クオリアは承諾《しょうだく》しない。

「――アイナ、もう一度要求します」

密着する二人を見ていたエスが、アイナの背中を後押しする。

「お前はクオリアに今思っていることを話すべきです」

「〝話、して〟。あなたが不利益に認識していることを」

「……だい、じょうぶですよ、私、クオリア様、こんなの、生まれた時から、当たり前で……」

「その当たり前を、あなたから、〝聞き、たい〟」

「……」

「……〝大丈、夫、泣いて、いい、から〟」

やっと自分の弱音を自覚出来たように。

やっと数多《あまた》の絶望を数えられたように。

やっと積年の憤怒《ふんぬ》に向き合えたように。

アイナは、唇を噛《か》みしめて、声を殺して泣いた。

「……どうして、どうして」

クオリアの胸に顔を埋《うず》めて、色んな声とともに泣いた。

「どうして、〝獣人狩り〟なんて人間は行えるんですか？　どうして2000年前のよく分からない言い伝えだけで迫害《はくがい》出来るの⁉　餓死《がし》する獣人がいっぱいいる！　異端審問《いたんしんもん》っていうので焚刑《ふんけい》にされちゃう獣人が沢山《たくさん》いる！　ちょっとでも表に出ようと思ったら親の仇《かたき》のように叩《たた》いてくる！　私は、私は、お兄ちゃんを殺した人間達を許せない……！　クオリア様を自殺に追い込んだあの家の人たちが許せない……！　私は、いつも何もできなかった自分が……許せない……！」

沢山、アイナは吐き出した。

痛くて、辛いことに対する悲鳴と共に、吐き出した。

クオリアの知らなかったアイナを、初めてラーニングできた気がした。

「……〝美味しい〟は、検出されない、しかし」

〝美味しい顔《笑顔》〟ではなかった。見たくない顔だった。取得したくない顔だった。

結局クオリアは最適解を出すことも出来ず、アイナを泣かせてしまった。

それでも、必要なことだったと演算以外の何かでクオリアは思った。

6

「クオリア様、エス様、正直にお願いいたします……兄と、会ったんです、よね」

「はい」

「肯定」

三人で温かい湯に茶葉を入れて、それを飲みながら星を見上げていた。

真ん中にメイド服から室内用の私服へと着替《きが》えたアイナが座り、左右からクオリアとエスが挟《はさ》んでいる格好《かっこう》となる。

「ただし、リーベの生命活動停止には、〝暗黒物質〟等の異常な点が存在する。また、アイナ、あなたが目撃《もくげき》したリーベについても、詳細は不明だ」

「……」

泣き腫らしたアイナの瞳《ひとみ》は、しかしもう拒絶の意志を宿すことはない。二つの心に挟まれた真ん中で、一番温かいポジションで、落ち着いてクオリアとエスの話を耳にしていた。

三人を覆《おお》う一枚のブランケットが、丁度いい体温に留《とど》めてくれる。

「アイナ、説明をお願いいたします。リーべとは、どのような特徴《とくちょう》の人物ですか」

アイナとクオリアが同時に、エスを見た。

「クオリアの疑問を解くにあたり、ヒントとなる情報が含まれている可能性があります」

「エスに賛同する。自分《クオリア》は、リーべとあなたの経緯についてラーニングしていない」

「……お兄ちゃんに、二人のこと、紹介したかったな」

それから、アイナは二人に話した。

幼き頃のアイナから見た、生きていた頃のリーべを。

決して真赤な嘘《ステルス》なんかではない。確かにアイナの言葉は、真実の兄妹が投影《とうえい》されていた。

そこに、リーべの心を見てきた、アイナの心があった。

「兄は、いつも勇敢《ゆうかん》でした。毎日いっぱい怪我だらけで、帰ってきました」

取得した。夥《おびただ》しい傷を全身に貼《は》り付けて、なんでもないことのように笑うリーべの笑顔を。

……きっとアイナは、今と同じく心配そうに、泣き喚《わめ》いて抱き着いたのだろう。

「兄は、いつも親切でした。死んで放置された獣人を見つけては、埋葬《まいそう》していました」

取得した。やりきれない世界に憤慨《ふんがい》し、死骸《しがい》を晒《さら》させまいとするリーべの歯軋《はぎし》りを。

……きっとアイナは、非力ながらにリーベを手伝ったのだろう。

「兄は、いつも親身でした。大丈夫って言っても、病気で倒《たお》れた私を看病してくれました」

取得した。衰弱《すいじゃく》する妹の頬を撫《な》でて、冷《ひ》や汗《あせ》と涙を垂らしてくるリーベの悲愴を。

……きっとアイナは、苦しさより、心配をかけたくない気持ちが勝《まさ》ったのだろう。

「兄は、いつも苦悩《くのう》してました。盗《ぬす》まなきゃ明日の食べ物もなくて、頭を抱えてました」

取得した。生きることと、罪を重ねることの板挟《いたばさ》みに苦悩する、リーベの丸まった背中を。

……きっとアイナは、自分に出来ることを考えながら、兄に寄り添《そ》っていたのだろう。

「兄は、いつも叱《しか》ってくれました。体を売ろうかと言った時なんて、物凄《ものすご》い……」

取得した。声を荒《あら》らげてしまい、固まる妹を見て我に返った、リーベの凍《こお》った顔を。

……きっとアイナは、怖かっただろう。そして恨《うら》まなかっただろう。

「兄は、よく、私が残飯から何とか形にした料理を、美味しいって言ってくれました」

取得した。〝美味しい〟と感動する、リーベの動く口元と、口元についた食べかすを。

……きっとアイナは、飛び跳《は》ねただろう。そして、また料理をしたのだろう。

「あなたの顔からも、〝美味しい〟を検出」

「……そっか。多分、悪いことだけじゃなかったんだ……これまでも。これからも」

取得した。繋いだリーベの掌の温かさと、その先にある夕陽《ゆうひ》を。

……きっとアイナの中には、いっぱい〝家族〟への思いがあったのだろう。

それは確かに、クオリアとエスが対峙《たいじ》したリーベと、全く異なる人物像だった。

その後も少しだけ、三人で話をした。
ずっと同じ夜空を、一緒に見上げながら。
皆で子供時代に戻ったような、それは幸せで幸せな夜だった。

第七章

1

最初の〝復活〟は、3年前のことだった。

――血の沼《ぬま》に、リーベの首が揺蕩《たゆた》っていた。

世界中の闇《やみ》を集めたような漆黒《しっこく》は、最初に自我を得た時、自分が地獄《じごく》にいることを悟《さと》る。

脈々と未《いま》だ注がれる血河に塗《まみ》れ、累々《るいるい》と転がる屍山《しざん》に囲われていた。

千切られていたのは、〝枢《すう》機《き》卿《きょう》〟と呼ばれた、憎《にく》き人間だったことは知っている。

――その隣《となり》に、リーベの首が落ちていた。

漆黒は、自身の名前が〝リーベ〟であることを思い出した。その次に自分には妹がいて、この監《かん》獄《ごく》で酷《ひど》い拷問《ごうもん》を受けていることを、沸《わ》き立つ絶望や憤怒《ふんぬ》と共に思い出す。

「アイナ……どこだ……今助けに行く……」

輪郭《りんかく》が焔《ほのお》の如《ごと》く煮《に》えたぎる〝リーベ〟は、そのまま立ち上がり、赤い池を渡《わた》る。

――〝リーベ〟の足元に、リーベの首が転がっていた。

理由は分からないが、自分は自由になった。何故《なぜ》か知らないが、兄妹《きょうだい》を閉じ込《こ》め、〝魂《たましい》を輝《かがや》かせる〟玩具《おもちゃ》にしていた晴天教会の聖職者共は全員死んでいた。でも直前まで見ていた夢の中で、自分を神と勘違《かんちが》いした人間共を引き裂《さ》いていた気がする。正夢になったのだろうか。

「帰ろう。アイナ。帰ろう。帰ろう。お兄ちゃん、今から、助けに行くから」

――〝リーベ〟の去った部屋で、リーベの首が眼《め》を見開いていた。

――ギロチンの隣で、リーベの首が血の気を失っていた。

――胴体《どうたい》と一緒《いっしょ》に、リーベの首が捨てられていた。

「お兄ちゃん、約束したもんな。アイナを、助けるって」

――血の沼に、リーベの首が揺蕩っていた。

「こんな檻から、お前を助けるって」

2

獣人《じゅうじん》と人間が同じ屋根の下にいる場合、相場として3パターンがよく挙がる。1つ目は獣人が人間に隷属《れいぞく》しているパターン。2つ目は殺し合いをしているパターン。3つ目は利害が一致《いっち》した獣人と人間が取引をしようとしているパターンだ。

「よう。可愛《かわい》い人間ちゃんの家族に、文は送ったな」

「投げ込んでやったぜ、兄貴。俺《おれ》、文字分からねえから、何書いてあんのかも分からねえけど」

〝取引〟のために、同じ建物に獣人と人間がいた。ただし、圧倒《あっとう》的に獣人が有利な取引だった。何故なら人間側は、人質《ひとじち》として囚《とら》われているのだから。

「まあ、そう暴れるなよ。親御《おやご》さんからタンマリ金や食料を受け取ったら、ちゃんと帰してやるよ。人間と違って俺達《たち》獣人は、約束を守るからな……」

獣人に囲まれ、人間の少年が悔《くや》しそうに歯軋《はぎし》りをしていた。争った際、高貴な服は見る影《かげ》も無くボロボロになり、手足を縛《しば》られて身動きも取れない。その後ろにいる、もう一人の人質も同様だ。

「あ、兄貴……」

「なんだ、鬱陶《うっとう》し……」

興が削《そ》がれるとばかりに、肩《かた》を叩《たた》く子分へ振《ふ》り返ると、主犯格の獣人も異変に気付く。

部屋の一部が、漆黒に欠落した。光を一切《いっさい》通さぬ黒が、カーテンのように一瞬《いっしゅん》はためいたかと思えば、それは人の形を成し始める。

それが完成した瞬間、色彩《しきさい》が輪郭を支配した。放浪者《ほうろうしゃ》のような服装も、心がとうに破壊《はかい》されたような凶相《きょうそう》も、亜麻色《あまいろ》の髪《かみ》と栗色《あわいろ》の猫耳《ねこみみ》も、全《すべ》てが再現された。

リーベという何かの〝復活〟を、獣人達は見た。

「なんだ、これ……」

唖然《あぜん》とする獣人の目前で。

俺は死んだはずなのに。とでも言いたげに、リーベは自分の掌《てのひら》を見つめた。

「そうか。そういうことか。俺は……死んでいたのか」

撃《う》ち抜《ぬ》かれた事実が真赤な嘘だったかの如き額を撫《な》で、思いの外、冷静にその事実を呑《の》み込む。

実際、今までも腑《ふ》に落ちない点が幾《いく》つかあった。

〝突然《とつぜん》どこかに飛ばされた〟のは初めてではない。いつの間にか眠《ねむ》っていて、気付いたら見知らぬ場所に着地していた、ということが何度かあった。

更に言えば〝真赤な嘘《ステルス》〟などという意味不明な能力が、何の前触《まえぶ》れもなく付与《ふよ》されていた。

〝獣人でもあり得ないほど、人体を八つ裂《ざ》きに出来る力〟が、何の前兆もなく発現していた。

しかし、夢の中の如く、何故かすんなりと今まで受け入れてしまったのだ。

「じゃあ俺は……〝何〟だ？」

明晰夢《めいせきむ》として今の状況《じょうきょう》を理解できたリーベは、やっとこの問いを口にする。

死んでいるはずなのに、生きている。これが最大の矛盾《むじゅん》だ。

「いや、そんなこと、どうでもいい」

底なしの憎悪《ぞうお》が、ぽつりと浮《う》かんだ問いを、心の夜闇へと埋《う》め戻《もど》した。

まだ自分は悪夢の中にいる。アイナが殺された、何も無い世界の延長線上にいる。

終わった世界において、自分がどんな存在かなど、最早《もはや》気にするまでもない。

人でなくなったのなら、人でなしらしく、一人でも多く道連れにするだけだ。

「お、おい」

リーベが視線を向けると、戦々恐々《せんせんきょうきょう》としながら獣人が声を掛《か》けてきた。

「な、何の魔術《まじゅつ》だか知らんが、お前も獣人だろう。今、丁度人手不足だ、お前も手伝え」

蒼天《そうてん》党の獣人ではなさそうだ。

「俺達はこいつらの親から、たんまり金取って王都を出るつもりだ……蒼天党の馬鹿《ばか》共がしくじったせいで、俺達は王都にいられなくなった」

こいつら。複数系の言葉を聞いて、リーベが獣人に囲われている少年をよく見る。

すると、少年に隠《かく》れて幼い少女が怯《おび》え切って泣いていた。

「おい」

とリーベは人間二人へ声を掛ける。

竦《すく》んで声も出せない少女を庇《かば》い、少年は必死にリーベへ睨《にら》みを利《き》かせてくる。両手両足が縛られていても、噛《か》みついてやると言わんばかりに力の入った歯が見えた。

「お前ら兄妹か」

「そうだ……僕《ぼく》が死んでも、妹には手を出させない」

「兄妹愛が深いなぁ……なら可愛い妹さんを守ってみろよ、えぇ？　人間様ァ！」

獣人の一人が妹の首を鷲掴《わしづか》みにして、持ち上げる。

「……ア……」

「やめろ‼」

金魚が水面付近で空気を求めるように顔を真っ赤にする妹を見て、兄たる少年が必死に突進《とっしん》しようとするも逆に蹴《け》り返される。鬱憤《うっぷん》が解放されたような獣人達の笑い声が、脚《あし》を無意味にばたつかせることしか出来ない少女へと向けられていた。

……ただ一人の獣人を除いては。

「……へ？」

少女が消えた。首を絞《し》めていた獣人の腕《うで》ごと消えた。

ぼんやりとした声を上げた時には、湿《しめ》っぽい音と共に獣人の首まで床《ゆか》に落ちていた。

噴水《ふんすい》のように血を撒《ま》き散らしながら胴体が倒《たお》れ込む室内で、やっと呼吸できた少女の咳《せ》き込む音以外は、静かだった。その真っ赤な嘘《うそ》みたいな出来事に、誰《だれ》もついていくことが出来なかった。

返り血を浴びたリーベの眼が二つ、夜闇から咎《とが》める死神のように、残りの獣人達の動揺《どうよう》を貫《つらぬ》く。

「失せろ」

「……あ、あ、ああ、あああああ」

何故獣人が、同じ獣人を殺したのか。

そんな文句の一つも言えず、蜘蛛《くも》の子を散らすように獣人達が逃《に》げ去っていった。

「……あ、あんたは」

兄妹を縛っていた紐《ひも》を解《ほど》くなんて優《やさ》しいことは、リーベの頭の中にはない。まるで救世主でも見たような人間の目線に応《こた》える義理も、ない。

「兄なら、ちゃんと戦え。じゃないと、檻に、閉じ込められたままだ」

それだけ言って、リーベは人間を狩《か》りに外に出る。扉《とびら》は閉めない。

〝自分達によく似た〟二人の人間を見逃《みのが》した事実は、外《檻》に犇《ひし》めく人間達への憎悪で忘れた。

3

「まさか昨日そのまま庭で寝《ね》てるんだもん……今思い出してもお腹《なか》痛くなりそう」

翌日、ロベリアの大爆笑《ばくしょう》に見舞《みま》われた。

結局、三人揃《そろ》って裏庭で寝転《ねころ》んでいた。人として睡眠《すいみん》回数がまだ10回程度で寝床《ねどこ》の概念《がいねん》をあまりラーニングしていないクオリアと、路上で雑魚寝《ざこね》上等だった幼少時代があるアイナと、スリープ機能のある魔術人形エスだからこそ成立してしまった集団雑魚寝である。

だが、いい目覚めだった。四方八方に謝罪をしながら慌《あわ》てふためいて執務《しつむ》に取り組む彼女《かのじょ》から、〝美味《おい》しい〟がそれなりに取得出来たのだから。

「……クオリア君もいい顔をしてるぞ。昨日、ちゃんとアイナちゃんと話せたみたいだね」

「アイナへのアプローチは、フィードバックし、改善するべき課題が多い」

人工知能故《最適化の計算》の悪癖を吐露《とろ》するが、直後に浮かんだのは昨日から今日にかけて見えた、アイナの生き生きとした顔だった。

「……しかし、評価は低くない」

「ふむふむ。お姉さんも感心だよ。ごめんね、アイナちゃんやエスと外出したかったところ、引き留めちゃって」

アイナとエスは現在外出している。アイナは久々に食料の買い出しに、かつエスは〝自分探し〟

の一環《いっかん》で王都を見て回るために、二人揃って近くまで外出している。

まだ獣人が表を出歩くことにはリスクがあるが、かといって室内にずっといると不健康だろう。しかもエスがいるならば、また〝獣人狩《が》り〟を企《たくら》む連中がいても返り討ちだ。

世間の動きとしても、流石《さすが》に獣人狩りが発生し続けては〝げに素晴《すば》らしき晴天教会〟が優勢であることを世間に知らしめるようなものと、ヴィルジン派の守衛騎士《きし》達が躍起《やっき》になって王都を巡回《じゅんかい》しているとも聞いている。

「しかし、リスクが完全に排除《はいじょ》されている訳ではない。またアイナは右足に損傷が残っている。あなたからのリーベについての情報をインプットし次第《しだい》、アイナ達と合流する」

「分かった。手短に済ませるね。リーベのことについてなんだけど……」

「あなたの表情に、若干《じゃっかん》の違和《いわ》感を検出」

「うん、ごめん。まだ私も腹落ちできてなくてさ、若干、消化不良」

言うぞ、と自らに言い聞かせるロベリア。覚悟《かくご》を決めた唇《くちびる》が開く。

「結論。リーベは、〝ゴースト〟という幽霊です」

4

「リーベ発見の狼煙《のろし》を。カーネル公爵《こうしゃく》達に知らせろ。多分、奴《やつ》だ」

王都下層の一角で、彷徨《さまよ》うリーベの後ろ姿を、守衛騎士団〝クリアランス〟の騎士二人が発見した。一人が狼煙を上げ、もう一人がいつ〝行動〟を起こしてもいいように、得物である剣《けん》を構えていた。

「もし今リーベが暴れたら俺達だけで何とかなりますかね」

「するしかねーんだよ。それが騎士って生き物だ」

「死んでも復活するような奴ですよ」

「だったら死に絶えるまで、こっちが死に耐《た》えるだけだ。知ってるか？　〝ゴースト〟の都市伝説は全て、最後は〝ゴースト〟が消えて終わってんだ。何事にも終わりがある」

先輩《せんぱい》の騎士が、兜《かぶと》の中の〝犬耳〟を意識しながら懺悔《ざんげ》でもするように口にする。

「……俺はカーネル公爵やプロキシさんに拾ってもらわなかったら、多分蒼天党にいた」

「その先輩もちっと見てみたい感がありますけどね」

「吐《ぬ》かせ。でも偶々《たまたま》出会った人間に恵《めぐ》まれて、胸張って生きている獣人の立場だからこそ、リーベみたいな獣人の暴走はたとえ死んでも止めたい」

途端《とたん》、二人の視界に変化があった。リーベを取り巻く空間が、突如《とつじょ》ぐにゃりと歪曲《わいきょく》したかと思うと、星無き宇宙のように真っ黒なオーロラが、リーベを抱擁《ほうよう》した。〝歩いている〟姿勢のまま、漆黒に染まったリーベの体は透《す》き通って見えなくなっていった。

「あれが真赤な嘘《ステルス》ですかね……？」

「いや、クオリアって子の情報と違う。もう一つ狼煙を上げなければならないようだ」

「何の狼煙です」

「『見失いました』の狼煙だ。これが〝ゴースト〟か。幽霊とはよく言ったもんだ」

5

「エラー、〝幽霊〟という単語は登録されていない」

肩透《かたす》かしと言わんばかりにロベリアが崩《くず》れる。

「そこからかクオリア君……怪談噺《かいだんばなし》とか都市伝説も興味なさそうだもんね……まあでも、変な先入観なしに聞いてくれそうだね。幽霊について説明する前に、一つだけ〝前提〟から話すね」

「肯定《こうてい》」

「〝前提〟、やっぱりリーベは3年前の時点で死んでる……私が聞いたところによると、3年前、彼《かれ》とアイナちゃんがいた地方はインジェクシの兄が支配していたの。で、獣人を不当に虐殺《ぎゃくさつ》してた。当然許される訳もなく、だからヴィルジン《父》は騎士を差し向けた」

不当じゃない虐殺なんてないんだけどね、と重々しくロベリアが続ける。

「……だけど、その枢機卿は既《すで》に殺されていた。獣人を玩具にするための監獄で、まるで獣《けもの》にでも襲《おそ》われたみたいに、全身ズタボロにされて」

「状況認識《にんしき》」

「ただ、その時の記録に残ってたの。リーベという獣人が、頭部を切断された状態で発見されたということが。しっかりリーベの知人に確認とってて、その記録にはおかしな点は無かった」

「説明を要請《ようせい》する。リーベの死体は、その後どうなったのか」

「……疫病《えきびょう》を防ぐためにね、獄死《ごくし》した他の獣人と一緒にまとめて火葬《かそう》されたはず。灰になってる」

「ならば、自分《クオリア》とエスが認識したリーベは……」

クオリアの演算回路では、矛盾を示すアラートが幾つも鳴っていた。

まず、リーベは死んでいる。そしてリーベの死体は火葬され、完全に焼却《しょうきゃく》された。もし仮に死者蘇生《そせい》が叶《かな》うなら、容《い》れ物となる肉体が残っていなければならない。

さて、ここで当然のように生じる問い。

肉体はもう無いのに、クオリアの前に出てきた、リーベは一体何なのか？

「それが、〝ゴースト〟という幽霊」

演算された問いに先回りするかのように、瞼《まぶた》を細めたロベリアが答えを出した。

「昔から〝ゴースト〟の怪談噺はあったの。けど数も少なくて、眉唾物《まゆつばもの》の噂《うわさ》程度にしか語られなかった。死んだはずの人間が、幽霊として蘇《よみがえ》るなんて、ね」

「〝ゴースト〟の詳細《しょうさい》について、説明を要請する」

「私も昨日カーネル公爵《おじさん》から聞いただけで、しかも〝諸説あり〟の域を出ないんだけど……曰《いわ》く、特定条件の魔力環境《かんきょう》下で、強い感情を持ったまま死ぬと、極稀《ごくまれ》にその感情が魔力化することがある」

「感情の魔力化……心が、魔力化するということか」

「そう。心と魔力は、密接な関係にあることが最近分かったの」

クオリア君には気になる箇所《かしょ》だろうけど、話を戻すね、とロベリアは補足する。

「魔力の塊《かたまり》は、やがて魔石になる。ちょっとピンとこないけど、分類は〝古代魔石〟。でも固体じゃなくて、流動的な〝暗黒物質〟となり、更《さら》に生前の肉体を象《かたど》るって訳」

「状況理解。ならば〝真赤な嘘《ステルス》〟は、スキルか」

「魔石由来なら、そう言うべきだね……あと〝ゴースト〟は復活する」

「それはバックアップから復元《リカバリ》されるということか」

「まあ、バックアップが何かは知らないけど、多分そのニュアンスで合ってる。昔の言い伝えレベルだけど、何百回も〝殺した〟結果成仏《じょうぶつ》したって話もあるから」

復活する。要は復元《リカバリ》する。そんな予感はしていた。だが的中は腹落《納得》ちを意味しない。

アンドロイドならば、破壊レベルの損傷を受けたのに稼働《かどう》していることは、むしろ正常だ。バックアップとリカバリの概念は、人類が存続していた頃《ころ》から存在していた。

人間の場合はどうだろうか。獣人の場合はどうだろうか。魔術人形の場合はどうだろうか。

心臓を穿《うが》たれたら。首を落とされたら。肉体が灰になったら。

死と、破壊は違う。

破壊されても、修復やリカバリはできる。

しかし死からは、人は戻れない。終わってしまったものを、再び始めることは出来ない。

肉体を失って尚《なお》、この世界に居続ける。それこそ、最早バグだ。世界のバグだ。

「もう一つだけ、クオリア君に伝えるべきことがある。眉唾物の、噂の方の話」

「それは何か」

「ゴーストは、ダンジョン最下層の魔物すら目じゃない怪物になったという都市伝説もあるの。小国一つが滅《ほろ》んだという話まであるくらい。あまりに古すぎて、文献《ぶんけん》すら残ってないから、これは証明が出来ないんだけど。もしかしたらその怪物が、ゴーストの本来の姿って説もある」

「ロベリア。説明の停止を要請する」

「えっ？」

怪訝《けげん》そうに声を上げるが、立ち上がったクオリアを見て緊急《きんきゅう》事態だとロベリアも悟った。

「古代魔石〝ブラックホール〟を検出した。ここから7㎞の地点だ」

6

また奇妙《きみよう》なことに、先程《さきほど》まで歩いていた場所と一致しない。

リーベの視界は突如、見知らぬ路地へと置き換《か》わっていた。

死んだと自覚してから、自らに起こっていることも自覚出来たが、やはり混乱は否《いな》めない。

今はどこに行こうという気も無い。なるべく人間が沢山《たくさん》いる場所を狙《ねら》って、そこを襲撃《しゅうげき》するだけだ。だが、こうも一々瞬間移動〝もどき〟をさせられては、道連れの舞台《ぶたい》も定まらない。

という思考が、突如発した閃光《せんこう》によって遮《さえぎ》られた。眩《まぶ》しいと眼を覆《おお》うことこそすれ、驚《おどろ》きはしない。リーベも見知った光だからだ。例外属性〝光〟による光速移動だ。

「バックドア？　何故お前がここに？」

眩《まばゆ》さが消えて、蒼天党の参謀《さんぼう》にしてナンバー2である〝バックドア〟が、サングラスを直しながら笑いかけてくる。

差し出された掌には、あらゆる命を呑み込む色をした魔石があった。

「古代魔石〝ブラックホール〟です。それで最後です、大事にしてください」

「何故持っている。俺の〝ブラックホール〟以外は騎士に没収《ぼっしゅう》されたんじゃないのか」

「いざという時のために、僅《わず》かに別の箇所へ隠しておいたんですよ。どうします？　俺を疑って、最愛の妹を奪《うば》った人間共を纏《まと》めて地獄に落とすチャンスをフイにします？」

リーベも、それなりにバックドアとは長い付き合いだ。このバックドアがいたからこそ、蒼天党はここまで大きくなったし、古代魔石〝ブラックホール〟を得ることも出来た。

だが、最初から信用はしていない。

それでも、リーベには必要な猛毒《もうどく》だったのは間違いない。

結局、バックドアから古代魔石〝ブラックホール〟を受け取った。

「起動する場所は？　どうします？」

「当然、上層の中心。王宮だ」

「あなたには目的となる場所が必要なんです。いつもそうコンサルしてるじゃないですか。でないと、また魔力へと戻って訳の分からない場所へ行ってしまいますよ？」

「……どういうことだ？」

「〝ゴースト〟はいわば、不安定な魔力の集合体です。目的となる場所を持たず浮遊霊になっている《彷徨っている》

ようでは、肉体の再現が維持《いじ》できずに、ただの魔力へと戻ってしまい、こうして見知らぬ場所で再受肉を果たしてしまう。逆を言えば、〝王宮を目指す〟というような明確な目的さえ持っていれば、瞬間移動〝もどき〟は起こりません」

聖職者のように自信満々で説法するバックドアに、リーベは怪訝な表情を見せる。

「……〝ゴースト〟って俺のことか？」

「そうです。〝幽霊〟みたいなものですね」

「バックドア……最初から知っていたのか」

「そう責めないでくださいよ。俺だって〝ゴースト〟に関しちゃ半信半疑だったんですから。言えますか？『あなたは実は死んでます』なんて」

「よくそんな都市伝説みたいな話、信じられたな」

「〝ゴースト〟は世間では都市伝説として語られていますが、実は世界で1ヶ所だけ〝ゴースト〟を真剣《しんけん》に研究し尽《つ》くしている国がありまして」

飄々《ひょうひょう》と視線を逸《そ》らすと、バックドアは掌で〝0〟を作る。

「〝ゼロデイ帝国《ていこく》〟です」

「……〝魔界〟か」

「あそこの〝魔界〟っぷりはガチですよ。ヴィルジンも、晴天教会も、手を出しかねてるって言えばまあ、そのヤバさが伝わるでしょう。一方で秘密性も凄《すご》くて、俺も本当に片鱗《へんりん》の片鱗しか分からない。せいぜいゴーストに関する研究結果を覗《のぞ》き見するのが精一杯《せいいっぱい》だった」

いずれにしろリーベには関係ないことだった。アカシア王国でも、げに素晴らしき晴天教会でも、ゼロデイ帝国でも、人間同士で仲良く共食いしていればいい。そうシニカルに捉《とら》えているとバックドアが静かに、リーベという爆弾《ばくだん》の導火線を着火し始める。

「リーベさん、実はアイナさんが生きているらしき情報があります」

ぎょろり、とリーベの目線が向いた。『アイナが生きている』という言葉に、どっと殺意がバックドアへ押《お》し寄せるが、剣幕《けんまく》を予測していたバックドアが間髪《かんはつ》を容れずに続ける。

「すみませんね。私も本当にアイナさんなのかが分かっていないのです。ただ似ているだけかもしれない。何せ私も顔を知らないんですからね。だから、ちょっと確認した方がいいかと」

「確認、だと」

「ええ。嘘ならばその娘《むすめ》を刻んでしまえばいい。妹の振りして兄を謀《たばか》るなんて、そんなのは獣人の風上にもおけない女だ。首でも落としちゃってください」

1年前に、初めて会った時と変わらない微笑《びしょう》で、バックドアは言った。

「でも本物なら、抱《だ》きしめてやればいい。神も救いも失せたこの失楽園において、死んだと思っていた家族が再会したなんて、泣かせてくれるじゃないですか」

バックドアが投げた紙を、リーベが受け取る。アイナの居場所が示されている。

「ちなみに一つ教えておきますと、そのアイナさんの隣には魔術人形がいます。〝獣人狩り〟をした、あの魔術人形です。もしその〝アイナ〟さんが本当に貴方《あなた》の妹だった場合、魔術人形がまた〝獣人狩り〟をしたら……ほら、早く行かないと」

7

「これは意外だな。『蒼天党が、古代魔石〝ブラックホール〟によって王都を滅ぼした』というシナリオにおいて、あのアイナなる少女は一番邪魔《じゃま》だから消したいとか言っていなかったか？」

バックドアの背後で、一人の騎士が影に隠れていた。バックドアと共謀《きょうぼう》して、古代魔石〝ブラックホール〟を流出した張本人である。

「それとも、リーベがアイナを偽物《にせもの》と判断して、怒《いか》りのままに引き裂くことを狙っているのか？」

「逆です。恐《おそ》らくリーベはアイナたんを本物と判断するでしょう」

ただ、と心底面白そうにバックドアの顔が歪《ゆが》む。

「多分、アイナたんが本物だと分かった方が、面白くなるんじゃないかって思って」

「面白くなる？」

「獣人も人間も、一番酷い顔になるのってどういうタイミングか分かります？　一部、枢機卿の言葉から引用するなら、〝魂が輝く瞬間〟といったところでしょうか」

騎士が言いあぐねていると、バックドアがすぐに答えを出す。

「最愛の人物に、裏切られた瞬間ですよ」

「どういうことだ？」

「まあ見ていてくださいよ。〝ゴースト〟が煮え湯を飲んだらどうなるのかを」

そこでバックドアは姿を消し、騎士も影に塗れた。

次にバックドアが現れたのは古代魔石〝ブラックホール〟の範囲《はんい》からも外れた、高い建物の上だった。例外属性〝光〟による屈折《くっせつ》現象を用いた望遠鏡を両手の筒《つつ》にて創り、50㎞以上離《はな》れた〝悲劇〟の地点を探す。

「ここまで担《かつ》いでやった神輿《みこし》なんだ。最後くらい、輝いてくださいよ。例えば再会した兄妹が殺し合い、その果てに碌《ろく》でもない王都《世界》を滅ぼすとか、そういうの」

8

「アイナの〝サンドイッチ〟、美味しいです！」

「ありがと、エスちゃん！」

無機質な表情ながら、眼を煌《きら》めかせて脚をぱたぱた揺《ゆ》らす魔術人形と、心底嬉《うれ》しそうに微笑を見せる猫耳メイド少女が一つのベンチに座《すわ》っていた。

アイナの隣にはバスケットが置かれていて、その中に弁当である〝サンドイッチ〟と、今日買った食料が入っている。

「この、ボア肉のハムと、卵の、組み合わせが、もぐもぐ……」

「エスちゃん、食べるのと喋《しゃべ》るの、どっちかにしよ」

「しかし、想定よりもアイナに攻撃《こうげき》の意図を持つ人間が少なかったです」

「帽子被《ぼうしかぶ》ってるからね」

と、亜麻色《あまいろ》の髪と猫耳を隠した帽子を強調する。恐らくこの帽子が無かったら、今バスケットに入っている食料も売ってもらえなかったのかもしれない。

「アイナ。お前は足を怪我《けが》しています。これ以上は無理するべきではないと判断します」

エスの言う通り、アイナの足は万全《ばんぜん》ではない。長い時間歩くことは出来ない。

しかしアイナは昨日と比べて、何かが吹《ふ》っ切れたような面持《おもも》ちで立ち上がった。

「じゃあ、最後に一つお店に行かせて。蒼天党が暴れた時、お世話になった人で、お札がしたくて」

その時だった。風が吹いて帽子が飛び、猫耳が露《あら》わになった。

「あ、あっ、とっ」

思わず晒《さら》してしまった猫耳を隠しながら、帽子を拾った時だった。

視線を感じた。真正面。

一瞬、世界から彼以外の情景が消えた。

「アイナ」

地獄から帰ってきたような外見だった。

それでも、生まれた時から12年間も一緒にいたのだ。見間違えるはずがない——そして、今度は幻覚ではないと、直感してしまった。

「……お兄ちゃん」

兄妹は、遂《つい》に再会した。

「……そうか。間違いない。本物だ、アイナ、〝檻〟から出しに来たぞ」

9

飢《う》えた顔が、どんどん近づく。

貧《ひん》した眼には、アイナしか映っていない。

「こんな所に閉じ込められて……遅《おそ》くなってごめんな……助ける、俺が、今から」

酩酊《めいてい》しているかのように揺れ、近づいてくる影に、アイナはその場で硬直《こうちょく》した。

目前で壮絶《そうぜつ》な死を遂《と》げた兄の出現で、脳内が攪拌《かくはん》されている。

最愛の兄へ向けられた本能が、駆《か》けろと囁《ささや》いている。

死人の兄へ向けられた理性が、止まれと抑《おさ》えてくる。

だが、昨日誘《さそ》い込まれた幻覚と違い、全神経の直感が囁く――〝本物〟だ。

『ガイア』

「魔石回帰《リバース》」

リーベの足元から、先端《せんたん》が穿たれる。だが、これを獣の如き俊敏《しゅんびん》性で躱《かわ》すと、そのスキルを放った魔術人形を睨んだ。

「お前、あの時の魔術人形か……！　クオリアと一緒に俺を殺した奴……！」

エスが即座《そくざ》にアイナの前に滑《すべ》り込む。

「リーベ、停止を要求します。お前はアイナと接触《せっしょく》して、何を実施《じっし》する気ですか」

「この〝檻〟から出す」

「言葉の定義に誤りがあります。ここには檻は存在しません」

「檻だ、ここは檻だ」

「言葉の理解が出来ません」

そもそも後ろで呆然《ぼうぜん》と立ち尽くすアイナも、目前の兄が言っている意味が理解できずにいた。

「なんだ、あの獣人は……」

辺りの騎士が集まってくる。リーベを知らなくとも、その風貌《ふうぼう》だけで警戒《けいかい》されるには十分だ。

寄ってくる人間達を見渡《みわた》すと、力の無かったリーベの顔に青筋が走る。

「待ってろアイナ……今この檻にいる人間を皆殺《みなごろ》しにする——真赤な嘘《ステルス》」

リーベが消えた。という現実を理解した直後、一人の騎士が引き裂かれた。

「……えっ」

「リーベが消失しました、真赤な嘘《ステルス》です」

石畳《いしだたみ》の網代《あじろ》模様に血が満たされていく。裂かれた肉片《にくへん》がばら撒かれていく。悲鳴が積まれていく。

生命が散っていく。

だが赤い生命を撒き散らす殺人鬼《さつじんき》を、誰も認識することが出来ない。

「な、なんだこれえええええ‼」

あっという間に最後の一人になった騎士が、構えすら忘れてひたすら剣を振るう。だが何もない空《くう》を斬《き》るばかりで、状況が改善しない。

「やめて！　やめてお兄ちゃん‼」

リーベの姿が露わになった。最後の騎士が裂かれる直前、前に出たアイナに阻《はば》まれたからだ。

抱きしめるために広げた両手ではなく、阻むために広げた両手を見て、リーベが止まる。

リーベの進路に飛び出せたのは、アイナが真赤な嘘《ステルス》を見抜《みぬ》いたからではない。最後の騎士になったが故《ゆえ》に、次に誰を狙うかは一目瞭然《いちもくりょうぜん》だった——という理屈《りくつ》などではなく、五里霧中《ごりむちゅう》でアイナは騎士を庇ったただけだ。丁度アイナの位置と、リーベの進路が偶然《ぐうぜん》かぶっただけの話だ。

しかし本当に一瞬だけだった。

また無の中へと消えたと同時、アイナの後ろで鮮血《せんけつ》が散った。

「……そんな」

物言わぬ騎士を踏《ふ》みつけるリーベの嬉々《きき》とした横顔が、アイナの心へ冷たく焼き付く。

「可哀想《かわいそう》に。アイナ、人間に、拷問で言うことを聞かされたんだね」

「……何を、言ってるの」

アイナの疑問は、再び大波のように覆いかぶさった大地によって遮られた。当然リーベは消失し、エスのスキルは空振《からぶ》りに終わる。

「待ってろ、アイナ、古代魔石〝ブラックホール〟で、人類は一人残らず俺が殺す……そうすれば、獣人は、俺達は笑顔《えがお》で生きていける。檻から、出られる」

どこから声が飛んできているのか分からない。頭の中に直接響《ひび》いてくるようだ。

ただ一つ間違いないのは、今この場において。次に狙われるのは、エスであるということ。

「アイナ⁉」

「……っ」

結論、左肩《ひだりかた》を引き裂かれたのはアイナだった。エスを抱きしめるように転がりながら、慣性に従って地面を滑る。

千切れたカーディガンが、朱《あか》く、滲《にじ》んでいく。

「アイナ、お前の体に中度の損傷が見られます。早急に修復を――」

「……ど、どうして」

抑揚《よくよう》が若干芽生えたエスの声にかぶさるように、リーベの動揺が声になる。真赤な嘘《ステルス》も解けて、蒼《あお》ざめたリーベの顔が露わになる。

「……お兄ちゃん、なんで、こんなこと……！」

「そ、そこまで、拷問で、洗脳されてしまったのか……アイナ、畜生《ちくしょう》、人間め」

狼狽《ろうばい》するリーベ。

彼と再会してまだ1分。アイナは何も呑み込めていない。昨日リーベの幻覚を見た程度で、リーベと戦ったクオリアからの話を聞いた程度で、理解できるほどには頭は良くない。

ただ、死んだはずの兄が目前にいて。

その兄は間違いなく、アイナの兄で。

しかし返り血で化粧《けしょう》した兄は、恍惚《こうこつ》とした表情で笑っていて。

そして、〝ちゃん〟付けまでするようになった親友《エス》を殺そうとした——。

「エス！　アイナちゃんを連れて逃げなさい‼」

兄と妹の間を、投擲《とうてき》された槍《やり》と、巨大《きょだい》な獣人の一閃《いっせん》が遮った。

10

「結局、アタシらが一番乗りだったたって訳ね、プロキシ」

「そのようで、カーネルさん。後でウチの騎士達はシメておきます」

強力な直線と、地面すら叩き割る大剣の三日月をかわしたリーベが、再度声の方向を見た時には、魔術人形も、そして妹の姿も無かった。

代わりにオールバックで変な口調の槍使いと、漆黒の鎧《よろい》を纏った大剣使いが立ち塞《ふさ》がる。

「アイナに何をしたァ‼　あそこまで、自由を奪われて……！　早く、檻から出さないと……！」

僅かにプロキシと呼ばれた大剣の男が眉《まゆ》を動かす。兜で隠れているが、リーベはそこでプロキシが獣人だと気付く。

だが最早どうでもいい。

「良かったわね、プロキシ。アナタ人間に間違われてるわよ」

「そりゃ光栄なことで。ひ弱な人間に間違われても嬉しくはありませんがね」

「アラ、今の問題発言よ？」

「それよりも、あの魔術人形、逃走《とうそう》の基本がなってないですね。〝開発局〟に改善を要求しては？」

カーネルとプロキシの後ろには、血が点々としている。間違いなく、アイナのものだ。

「で？　勝算はありますかね」

「多分クオリアちゃんしか勝てないんじゃない？　流石に認識不可の怪奇《かいき》現象には歯が立たないわ」

「じゃあカーネルさんは退《ひ》いてください。不肖《ふしょう》〝人間〟の俺がここは足止めします」

「馬鹿ねぇ。古代魔石〝ブラックホール〟も回収しなきゃならないのよ。クオリアちゃんから貰った右目の膜《まく》がピンピンしてるじゃない。起動したら逃げ場がないのよ」

「国の一大事って時に、頼《たよ》るのが子供ですか。大人の立つ瀬《せ》ないですね」

「ここからロベリア邸《てい》は？」

「ロベリア姫《ひめ》が馬車回せば、あと10分あれば間に合うかと」

「十分ね。あーあ、ガキに命運託《たく》すとか、老人になった気分だわ」

そして、リーベが二人の視界から消えた。まるで散歩でもするかの如く負け戦《いくさ》に身を投じるカーネルとプロキシ、彼らの死への恐怖《きょうふ》は、最初から消えている。

11

ミスを犯した、と狭《せま》い路地にてエスは反省する。

アイナの安全を確保するのに必死で、ぽつ、ぽつと続いている血の跡《あと》に気付かなかった。

だがそもそも、このまま逃げ続けている訳にはいかない。彼が古代魔石〝ブラックホール〟を持っている可能性がある以上、最低でもそれを奪取《だっしゅ》する必要がある。

一方アイナは左肩から先の袖《そで》を破り、口も使って自分で肩に巻き付ける。ひとまず血は止まった。だが、アイナの困惑《こんわく》までは、止められそうになかった。

「アイナ。あれは」

昨日、クオリアがアイナについた見え見えの嘘を思い出す。

「先程の脅威《きょうい》はリーベでは、ありません。お前の兄ではありません」

一瞬、アイナがエスを見た。

「あれは、あれは、お兄ちゃんじゃ、ない……？」

縋《すが》るような眼をしたまま、〝願い〟が、か細い呟《つぶや》きに乗る。

「はい」

暫《しばら》く膝《ひざ》を抱《かか》えて、遠望の眼で地面を見つめていたアイナは、最後には首を横に振った。

「……エスちゃん。あれはね、やっぱりお兄ちゃんだよ」

決して、エスを責めた口調ではない。むしろエスに感謝するような声色《こわいろ》だった。

「私は多分、否定したがってる……お兄ちゃんのはずがない、だって私の前で、あ、頭が落ちたんだって……お兄ちゃんは、あんな風に、害虫でも潰《つぶ》すみたいに人を殺さないって……でも」

食いしばる口元が、苦悩《くのう》を如実《にょじつ》に語る。

「私の中の何かが、記憶《きおく》が、心が、全神経が、あの人が間違いなく兄だって言ってる……！」

〝目前で断頭された兄が、人類に仇《あだ》なす脅威として、無関係な人間を殺し、アイナにやっと出来た小さな友達《ともだち》も、容赦《ようしや》なく殺そうとしている〟。

脳一個にはとても収まりきらない、残酷《ざんこく》な現実をアイナの脳は真っ向から否認している。

それでもアイナは目を逸らさない。

今にも血でも流れそうなくらいに眼を見開いて、したり顔の神様が寄越《よこ》した冷たい試練を睨む。

「分からない。何が起きているか分からない。お兄ちゃんは死んだのを、私は見た。でも、お兄ちゃんはこうして、幻覚でも何でもなく、目の前に現れた。私はちゃんと見なきゃいけない、お兄ちゃんの身に、何が起きたのか」

そして、アイナは立ち上がった。

「……お兄ちゃんなら、止めなきゃ。妹の、私が」

困惑が拭《ぬぐ》えない、消耗《しようもう》しきった顔でアイナは進む。

傷ついて笑う癖《くせ》さえ、哀《かな》しそうな眉で消えている。

「古代魔石、〝ブラックホール〟……でしたよね。聞きました、この王都が消えちゃう代物《しろもの》なんですよね……止めないと、そんなの、発動させたら」

兄を止めに行く、妹。

その妹の前を、魔術人形が先に行く。

同時、胸の魔石が光る。

『ガイア』

「魔石回帰《リバース》」

地面から噴《ふ》き出した壁《かべ》が、アイナの道を覆う。

ここは狭い路地。左右は建物に挟《はさ》まれている。唯一《ゆいいつ》の進路が、完全に塞がれた。

「えっ⁉」

日光すら遮る壁の向こう側に、エスも消えた。

これでは兄の元に行けない。

「エスちゃん、なんで、どうして‼」

「アイナ。私は、あのリーべは、やはりお前の兄ではないと推測します」

一方、壁の向こう側。

エスの脳裏《のうり》では、三人で一つのブランケットに包《くる》まった時の温かさを、あの全ての食事が美味しくなりそうな調味料に溢《あふ》れた空間を思い出していた。

「リーべについて話していたお前は、有益な表情をしていました。〝お前の兄である〟リーべは、それほど評価が高いです。しかし現在、これに反して、お前は不利益な表情をしています」

それは、誰に命令された訳でもない。

「だから、あのリーべは〝お前の兄〟を役割としていません。〝蒼天党の主《マスタ》〟を役割とした、お前に不利益な影響《えいきよう》を与《あた》える、脅威です。だから私が」

世界が突然押しつけた理不尽《りふじん》な展開に、必死に泣き叫《さけ》びたいのを堪《こら》えながら、それでも兄を止めようと藻掻《もが》く友達を見て。

エスが自ら選んだ、解だった。

「だから、私が〝蒼天党の主《マスタ》〟であるリーベを無力化します。それが、私の役割です」

12

「クオリア。深呼吸」

隣に座《すわ》るスピリトの鞘《さや》に小突《こづ》かれ、巡《めぐ》り続けていた思考の無限ループから解放された。

馬が車体を引っ張るリズムで揺れながら、それでも振りほどけないノイズを頭に宿す。

「状況分析《ぶんせき》。古代魔石〝ブラックホール〟の座標近くに、アイナとエスが位置する可能性がある」

「……誰が持ってると思う？」

クオリアの思考を少しでも紛《まぎ》らわせるために、ロベリアが話題をずらした。

「リーベの可能性が高いと判断」

「〝ゴースト〟って、何回斬れば成仏するか分からないんだよね？　突破口《とっぱこう》が見えないんだけど」

スピリトの言う通り、額を撃ち抜かれたにもかかわらず、リーベはこうして存在している。

まだ〝ゴースト〟については分からないことだらけだ。研究は進んでいても、都市伝説の域を出ない。だから、どうとでも想像できてしまう。例えば何百回殺しても、説明不可能の理不尽で蘇ってしまうのではないかと、さしもの〝聖剣聖《せいけんせい》〟も不安を拭えずにいた。

しかし、人工知能はたとえ〝ゴースト〟が相手であろうとも、冷静に分析する。心配《ノイズ》には未だ慣れなくとも、演算できるくらいの余力は残っていた。

「リーベの〝真赤な嘘《ステルス》〟については、既にフィードバックを完了《かんりょう》している。対策となるフォトンウェポンの機能を追加実装済みだ」

「問題は何回もリーベが蘇るかもしれないことなんだって」

「根本的なリーベの無力化については、一件の解決案がある」

「解決案？　いつもの君なら『最適解、算出！』とか言いそうなのに」

〝最適解〟、と言わないクオリアにスピリトが眉を顰《ひそ》めた。

「〝人間関係〟に、即ち『リーベにどうなってほしいか』という問いに、〝最適解〟は不適格だ」

「何を言ってるの？」

「……クオリア君。もしかして、アイナちゃんにやったこと、今度はリーベにやろうとしてる？」

「肯定」

えっ、何、何？　とスピリトがクオリアとロベリアを交互《こうご》に見る。ロベリアは昨日、クオリアとカーネルの会話を聞いていたようだ。故に、何か腑に落ちるところがあったらしい。

「〝ゴースト〟は、非常に強い感情――即《すなわ》ち〝心〟が魔石化した状態とインプットしている」

「そこにアプローチしようって考えてる？」

「肯定」

「難しいよ。人の心を変えるのは。ましてや、幽霊として化けて出てくるほどの憎悪だよ」

「自分《クオリア》の提案は変わらない」

過ぎ行く窓の景色に、何か酷い目に遭《あ》って、しかし丁度大人達に保護されていく少年少女の兄妹を見た。先程まで獣人に襲われ、縛られて人質にでも取られていたかのような傷痕がラーニング出来た。兄が妹を励《はげ》まし、妹が兄を心配している。

あの二人に検出された〝美味しい〟が、リーベとアイナにもあったのだろう。

だからこそ、夜通しリーベの話をするアイナの顔が、潤《うるお》って、澄《す》んでいたのだ。

あの兄妹の間に、兄妹愛の真ん中に、心はあった。あったはずだ。

一切の最適が存在しない、無謀《むぼう》で無茶な解を選ぶロジックなんて、それで十分だった。

13

『この世界で、最も不幸なことは何か？』

エスは、判断する——それは、かつて幸福を分け合っていた兄妹が、殺し合うこと。

魔術人形は、主人の死にさえ悲しむ仕様になっていない。だから無関係《別主人》の魔術人形が破壊されたところで虚無《きょむ》を感じる道理はない。

でも嫌《いや》だ。

〝嫌だ〟という何かが、エスの背中を後押しする。

多分、クオリアもアイナも、どちらかが、いなくなったら。

これから先、エスはどんなお菓子《かし》も、料理も、美味しいと思うことが出来ない。

「リーベを発見しました」

リーベは、殺しても復活する可能性が高い。

まだ〝ゴースト〟について学習していない彼女だったが、その可能性には行き着いていた。

リーベは確かにクオリアに撃たれ、エスの目前で死亡した。ただし、〝暗黒物質〟に呑み込まれて霧消《むしよう》したことを、死亡と呼ぶのならば。

だが、次の復活まで時間を稼《かせ》ぐことが出来るならば、彼の手中から古代魔石〝ブラックホール〟を回収することさえ出来れば、エスはそれでいい。

「……魔術人形ォ……ッ、アイナをどこにやった」

倒れているカーネルとプロキシを横切り、憤慨《ふんがい》しながらリーベが近づいてくる。

先程まで戦闘《せんとう》音が聞こえていた。カーネルとプロキシが無力化されてから、それほど時間は経《た》っていないだろう。二人は得物を手にしたまま、血塗れで動かない。ここからでは死んでいるかどうかさえ分からない。

「説明を要求します。お前が〝アイナの兄〟を役割としているなら、答えることが出来るはずです。お前が破壊活動を実行した場合、アイナはどのような感情の状態になると、想像していますか」

「喜ぶ」

リーベは天井《てんじよう》でも見上げるように、蒼天を一瞬仰《あお》ぐ。

「人間さえいなければ、アイナは、傷つくことなく、ずっと笑っていられる……！」

裏返るほどに猛《たけ》った声を聞いて、エスは判断する。

「お前は間違いなく、アイナから学習した〝アイナの兄〟ではありません。蒼天党の主《マスタ》として判断し、この場で無力化します」

「道具風情《ふぜい》が」

「私は、道具ではありません」

即座に、迷わずエスが返した。

「私は、私の役割を、理解していません。現在、私の役割を定義中です。しかし、クオリアは私に教えました。私には心があり、だから私は私の役割を定義できる、と。私は、道具ではない、と」

道具という役割を超越《ちょうえつ》し、心に従って戦ったダスィヒのように。

道具という定義を否定し、心を拾ってくれたクオリアのように。

道具ではなく親友として、心から向き合ってくれたアイナのように。

エスは、人工魔石の更に奥《おく》にある、心という異常に真正直になる。

「私は、守衛騎士団〝ハローワールド〟の一員、エスです。私は、私の命令に従い、リーベ、お前を無力化します」

さあ、飛び出す時だ。

設計書の図面一杯《いっぱい》に描写《びょうしゃ》された、魔術人形の仕様から。

無機質に人工魔石へ登録された、辻褄《つじつま》合わせの役割から。

紙一枚のカタログに設定された、入札価格の境界から。

いくら貨幣《かへい》を積まれようと、明け渡してはならない心を、人工魔石から解き放つ。

『ガイア』

星が一つ、誕生の光を見せる。

「魔石回帰《リバース》」

獣人の兄から獣人の妹へ。

獣人の妹から人工知能へ。

人工知能から魔術人形へ。

バトンのように紡《つむ》がれた心は、遂に一周する。

『この世界で最も不幸なこと』を避《さ》けるために。

心を受け取った魔術人形が、心を忘れた獣人の兄を止めるところまで来た。

14

「なら俺が道具らしい、喋らねえゴミに戻してやる……真赤な嘘《ステルス》！」

認識が途絶《とぜつ》したと同時、エスは早速《さっそく》スキルを発動する。地面が変形し、先端が幾つも伸《の》びる。

だが、当たらない。大地がそのまま槍となった突起《とっき》の先端は、どれもリーベを捉えていない。

しかし、緑の光は消えない。エスの〝心〟は、前に進む。

「魔石〝ガイア〟によるスキル深層出力、大地讃頌《ドメインツリー》を発動します」

大地讃頌《ドメインツリー》の無数の枝が、縦横無尽《じゅうおうむじん》にしなった。

変化はそれだけではない。

「加えて地面の操作へ、魔力を全解放します」

瞬間、足元の平面が波打った。

エスの〝心〟が、浸透《しんとう》する。

ぐにゃり、と大地が躍《おど》り、揺らぐ。一瞬、海上にでもいるのかと勘違いしそうなウェーブの直後、エスの視界全ての領域で地面から先端が次々に突《つ》き出た。

足場なんて、もうない。平面が存在しない。至る所、針山地獄《はりやまじごく》だ。１００どころか１０００あるであろう先端の一つ一つが、しっかりと脅威を殺しに飛び出してくる。

「何度やっても同じだ‼　止まらねえよ……お前ら人間も魔術人形も、全部壊《こわ》すまで‼」

それでも、リーベには当たらない。認識の外から声がした。

問題はない。もう、諦《あきら》めない。

足りないのなら。

もっと増やせばいい。

仕様の上限すら突破《とっぱ》して。

世界中のどこに隠れようと。

世界の全てを埋め尽くすくらいに、多く、濃《こ》く、深く――‼

「更に、魔力を、解放、します」

垂直に突き出した円錐《えんすい》の隙間《すきま》から、更にその隙間から、更にその隙間から、ドドドドド、と四方八方へ先端が突き出す。

その先端ごと、大地讃頌《ドメインツリー》が薙《な》ぎ払《はら》っていく。巨大な幹が大地を吹き飛ばして削《けず》り、極細の枝が大地に絡《から》みついて粉砕《ふんさい》する。だが折れた先端から、また先端が芽吹《めぶ》く。

粉砕と再生が繰《く》り返される。

空を覆い尽くす、宝樹。地を喰《く》らい尽くす、針山。

破壊音塗れの空中と大地のどこにも、安全地帯なんて存在しない。

認識から逃《のが》れる程度の力で、エスからは逃げられない。

「避け、きれ……っ⁉」

リーベがそれを思い知った時には、ゴッ、と大地讃頌《ドメインツリー》の枝が彼の腹部を捉える。

途方《とほう》もない速度で弾《はじ》かれ、すぐさま真後ろの大地に串刺《くしざ》しにされた。

致命傷《ちめいしょう》ではなくとも、重傷。痛がる様子は見受けられないまでも、リーベの動きが制限されたのは間違いない。

そして、エスが見出《みいだ》していた真赤な嘘《ステルス》の弱点。

想定外のダメージを受けると、ほんの一時的だが解除される。

その隙《すき》を見逃す訳もなく、大地讃頌《ドメインツリー》が殺到《さっとう》する。

「この、人形がぁぁ……‼」

全身を細い枝に搦《から》め捕《と》られたリーベが、宙に浮いた。いくら藻掻こうが、最下層の魔物ですら引き千切ることも叶わない。今更《いまさら》真赤な嘘《ステルス》で認識から外れようとも、無意味だ。

このまま締《し》め付ければ、全身の骨が砕《くだ》ける。だが、その前にエスにはやることがあった。

古代魔石〝ブラックホール〟だ。全てを呑み込むとされる最強最悪の爆弾を、リーベから取り上げなければならない。

「大地讃頌《ドメインツリー》でお前の体を探《さぐ》り、古代魔石〝ブラックホール〟を――」

「……これか」

「想定外の事態を認識しました」

エスが気付いた時には、リーベの左手には漆黒があった。まだ起動していないのにもかかわらず、宇宙を思わせる規格外の魔力が、エスの肌《はだ》へ突き刺《さ》すように伝わる。

先程吹き飛ばされてから、大地讃頌《ドメインツリー》に捕《つか》まるまでの間に取り出したのだ。

起動の合図となる魔力。それをリーベが翳《かざ》せば終わりだ。

「考えてみれば、王都全てを吹き飛ばすんだ……多少計画と位置がずれようと……！」

「……やーっと出したわね。よくやったわ、エス」

直線。だが大地から突き出た槍もどきではない。

本物の槍だ。

その穂先《ほさき》が、漆黒の魔石を中空に弾いた。

まだ起動できていない。これでは何の変哲《へんてつ》もない、黒い石だ。

無害のまま落ちた古代魔石〝ブラックホール〟は、何度も大地から伸びた芸術に衝突《しょうとつ》しつつ、不規則に軌道《きどう》を変えてはその隙間に収まっていく。

「お、前」

鬼《おに》のような形相でリーベが振り返る。

「死んだはずだろ……！」

「こんな言葉があるわ。致命傷すらかすり傷ってね」

深手を負った腹部を押さえながらも、その槍を投げたカーネルが、傷だらけの表情で笑う。

「古代魔石〝ブラックホール〟を、収容します」

剣山《けんざん》で混沌《こんとん》としていた大地が、エスの一声で、平坦《へいたん》に戻る。

その過程で、古代魔石〝ブラックホール〟の周りが陥没《かんぼつ》したかと思うと、地中100メートルまで引きずり込まれていった。

事実上の、無力化だった。

王都が漆黒に塗り潰される最悪の未来は、最早、真っ赤な嘘でしかない。

「よくも、よくも……あれが、〝檻〟を壊す、アイナを救う……切り札だったのに……！」

「お前は誤っています。古代魔石〝ブラックホール〟を起動すれば、アイナも死亡します」

「お前も同じだ……あの枢機卿と同じ……俺達を、こうやって、縛って……」

リーベは、全身を縛られたまま、痙攣《けいれん》するように震《ふる》えていた。

凍《こご》えた表情のリーベの後ろに、ブラックホールを再現したような星無き宇宙が展開される。

暗黒物質。そうクオリアが言っていたことを、エスは思い出す。

「ここは、ここは、この、檻は」

「想定外の事態を認識……お前を排除します」

エスとしては、殺すのは最終手段としていた。致命傷をトリガーに、暗黒物質に呑み込まれ、またどこかで復活される恐れがある。だから、大地讃頌《ドメインツリー》による拘束《こうそく》維持がベストだった。

だが、現時点でも暗黒物質は出現し、何かリーベに作用しようとしている。

このまま何かをさせる訳にはいかない。

そう考えたエスの人工魔石から、なけなしの魔力が迸《ほとばし》る。

リーベを纏う枝が、骨を粉砕するほどに締めつけた——

「息苦しい、忌まわしい」

——その直前、世界中の影を寄せ集めたような漆黒へ変貌《へんぼう》し、陽炎《かげろう》の如き輪郭のみになったリーベが、暗黒物質に呑み込まれた。

そして、消えた。

大地讃頌《ドメインツリー》の雁字搦《がんじがら》めからも抜け出していて、消えていた。

「想定外の事象を——」

気付いた時には、エスの隣で黒い粒《つぶ》は集合する。

一人の獣人の形を成していく。

〝復活〟。

否、自身の体を暗黒物質にして、エスの隣に瞬間移動してみせた。

「味わえ。俺達の痛みを」

15

「スキルを――」

エスの目前に壁を隆起《りゅうき》させた。だが枯渇《こかつ》した魔力と僅かな時間では、薄《うす》い壁しか出せない。

リーベの一撃で壁が破壊され、エスの小さな体が吹き飛ぶ。

「魔力を、スキルに、異常発生、魔力が」

迫《せま》るリーベに、転がるエスは何も対抗《たいこう》できない。

先程まで、仕様以上の魔力をずっと放出していた。心に従って、絞《しぼ》り出していた。

そのせいで、今やエスは自立さえ怪《あや》しいくらいに、魔力を使い果たしてしまった。

「くたばれ」

手を掲《かか》げたリーベを見上げても、エスの表情は変わらなかった。

ただ、生きるための抵抗《ていこう》はやめない。

生きたいと、思えた。

「――やめて‼」

流石にエスも振り返った。

左肩を怪我しているはずなのに。足だって引きずるくらいに万全じゃないのに。

まさかこんなに早く、壁で封鎖された道から、回り道して来るなんて。

迷いながらも。疑いながらも。

リーベへ正対したアイナの眼は、まだ兄が大好きな、妹のままだった。

「お兄ちゃん。もう、やめて」

「アイナ……良かった、戻ってきてくれたんだな、変なこと、されてないな？」

「そうだよ……だからもう、終わりにしよう？　帰ろう？」

「少しだけ待っててくれ。今からお兄ちゃんはな、アイナを虐《いじ》めた人類を皆殺しにするから」

アイナの見たことがない、壊れきった笑顔だった。

「なんで……⁉　どうしてそこまでするの……⁉」

「どこまでもするさ……だって人間は、俺達にどこまでもしてきたじゃないか……これまでも、そしてこれからも」

「だから、だから王都を滅ぼすの？　古代魔石なんてもので？　そんなもの発動したら、お兄ちゃんも吹き飛ぶじゃない……皆《みな》吹き飛んじゃうじゃない‼」

「アイナは人間に洗脳されているんだ。拷問され、考えまで強制され、心を失っている」

「違う。それはお兄ちゃんの方」

「人間を一人残らず殺さないと、アイナはいつまでも自由が得られない。安息も平穏《へいおん》も……」

「決めつけないで‼」

一段と、声が尖《とが》る。

「いい加減言わせてよ！　お兄ちゃん生きてたんだとか‼　生きてて嬉しいとか‼　今までどこで

何をしてたのとか‼　全部夢だったんだ、お兄ちゃんが死んだなんて枢機卿が見せた幻覚だったんだとか‼　言わせてよ‼　さっきから言いたくて仕方ないのに‼」

心を全部出し尽くしたように、暫く吐息《といき》を重ね、そしてリーベを睨む。

「お兄ちゃんが、人を殺そうとしてる限り……私の友達を殺そうとしてる限り……そんな当たり前の言葉さえ伝えられないいんだよ……？」

「……なんてことだ」

リーベが狼狽する。一歩、後退《あとずさ》る。

「誑《たぶら》かされたのか」

「……」

「人間はな、巧妙《こうみよう》に飴《あめ》と鞭《むち》を使い分ける……くそ、お兄ちゃんが、もっとアイナを早く見つけていれば、ここまで洗脳されてはいなかった……」

「なんで」

根本から言葉が通じていない。

何が何でも人間を悪者にしている。

それどころか、アイナの後ろにいるエスにどす黒い殺気を向けている。

「……っ！」

それに勘付《かんづ》いたアイナは、後ろにいるエスに抱き着く。

「アイナ、説明を要求します。この行動の意味は何ですか」

「大丈夫《だいじょうぶ》……もう、殺させない」

〝エスを傷つけようとすれば、間違いなくアイナも傷つく〟くらいに密着してみせる。

「アイナ。退《ど》くんだ。その魔術人形は危険だ、人間の手先として、お前を殺そうと企んでる」

「そんなこと企んでない。この子は、私の友達」

「……アイナ、もう忘れたのか。人間が俺達に何をしたのかを」

返答も聞かず、それこそ頭を撫でる兄のように、リーベは優しく諭《さと》した。

空を見上げる彼の瞳《ひとみ》には、空を塞ぐ〝監獄《何か》〟が見えている。

「忘れていいんだ。人間は、お兄ちゃんが一人残らず路地のゴミにしてやるから。偶々人間に生まれた分際で、散々獣人を喰ってきたクソッタレ共を、お兄ちゃんが全部消してやるから。この〝檻〟は暗い。早く出よう。もう我慢《がまん》しなくていい。忘れていいんだ」

檻。アイナの視界を、暗くて湿った監獄が取り囲む。

目前で兄が断頭台にかけられている。必死に励ます声が聞こえる。刃《やいば》の摩擦音《まさつおん》。枢機卿の笑う声。

冷たくてザラザラした足場。汚《よご》れた衣服。断頭台から飲み物を零《こぼ》したような音。灯《あか》りが照らした、兄の凍《こお》った瞳。〝魂の輝き〟に興じて、笑う枢機卿。取り巻く人間。

地獄。

アイナの全神経を、極寒の電撃《でんげき》が襲う。視界が真っ白になる。

見たくないと、頭が拒否《きよひ》する。感じたくないと、心が否定する。

「忘れない」

少女の口が、怯えた唇が、ようやく声を発する。

「人間が私達にしたことを、私は忘れない。でも、人間が私達にしてくれたことも、私は忘れない」

その瞳は弱々しく潤《うる》んでいて、だけど強く前を向いていた。

「私に後ろ指差して、あざ笑った人がいたことも忘れない。でも、私と一緒に笑ってくれる王女のお姉さんのことも忘れない」

アイナは忘れない。

「頑張《がんば》って洗ったシーツを踏みつけた、あの侯爵《こうしやく》を忘れない。でも、不器用にシーツを一緒に干してくれた王女の妹さんも忘れない」

アイナは忘れない。

「猫耳に唾《つば》を吐《は》く人がいたことも忘れない。でも、猫耳《私》のままでいいんだよって、髪を可愛くしてくれた女店主がいたことも忘れない」

アイナは忘れない。

「〝獣人狩り〟を傍観《ぼうかん》していた人のことを忘れない。でも、私を殺したくないって葛藤《かつとう》した魔術人形を、私が助けられなかったことも忘れない」

アイナは忘れない。

「獣人にとって、この世は敵ばかりってことを忘れない。でも、一緒に歩いてくれる魔術人形の友達が出来たことも忘れない」

アイナは忘れない。

「あの酷い〝枢機卿〟に全て奪われて、全てに疲《つか》れて、私が人を殺そうとしたことは忘れない――その人が、全人生をかけて私を拾って、私に居場所をいっぱい与えてくれて、でも首を吊《つ》られて悔《く》やんでも悔やみきれなかったことも、また起きてくれた朝も、よく分からない言葉を話すようになって困惑したことも、でも中身は変わらないって思ったことも、私の料理を〝美味しい〟って言ってくれたことも、一緒に王都へ行こうと誘ってくれたことも、でも私が気を抜いていたらまた届かない何かになってしまうことも、もう二度と離れないと思えたことも、ずっと心を見守っていたいって思ったことも、あの人が私の心を見守ってくれていることも、忘れない、忘れない、忘れない」

アイナは忘れない。

神様気取りで傷つけることもあれば、家族のように笑い合える〝人間〟を。

監獄のように冷たくもあれば、食卓《しょくたく》のように温かい〝世界〟を。

ナイフのように傷つけることもあれば、スプーンのように救うことが出来る〝心〟を。

「人間は、世界は、心は――悪いこともあるって忘れない。でも、捨てた物じゃないってことも忘れない！」

記憶容量とか、メモリとか、ＣＰＵとか、そんな物が無くったたって。

アイナは忘れない。

忘れることなんて出来ないまま、これからも過去に囚われ続ける。

綺麗《きれい》な美談にするつもりなんてない。醜怪《しゅうかい》な痛みを、いつまでも忘れない。

忘れられない痛みがあるからこそ。

もう二度と、同じ悲劇を味わいたくないと。

もう一度、兄のいない道をそれでも進み続けたいと。

あの魂が輝く監獄で死に損《そこ》なった妹に出来る、唯一の兄への恩返しを果たせる。

「……お兄ちゃんのことも忘れない」

真冬なのに芯《しん》まで温まる、繋《つな》いだ掌を思い出す。

自分と同じ栗色の猫耳を付けて、見下ろす優しい笑顔を思い出す。

思い出した上で、アイナは目前の死神を見る。

返り血塗れで、『そんなことを聞きたかったんじゃない』と言わんばかりに困惑する〝兄〟から、眼を背《そむ》けない。

「お兄ちゃんが本当は優しかったことも‼　嬉々として殺すような人じゃなかったことも‼　こんなに冷たい顔をする人じゃなかったことも‼　私は、お兄ちゃんを、絶対に忘れない‼」

ならば。

本当に目前の男が兄だったとしても。その経緯《けいい》に一体どんな紆余《うよ》曲折《きよくせつ》があったとしても。

あの優しかった兄の妹として、掌に力を込め、叫ぶべき言葉は一つだけである。

「だから、こんなことするなんて‼　あなたはお兄ちゃんなんかじゃない‼」

狼狽の冷や汗《あせ》が、絶望に歪んだ頬《ほお》をなぞる。ブラックホールよりも底無しの虚無が映し出される。

「あ、アイナ……どうしてそんなことを言うんだ！　お兄ちゃんが分からないのか……⁉」

「来ないで‼」

拒絶《きょぜつ》したことに後悔《こうかい》しながら、今にも崩れそうな泣き顔になりながら、必死に踏み止まって、姉のようにエスを後ろ手で守る。

兄と、敵対する。

「う、ううう、うううううう」

自分の頭を、リーベは割れそうなくらいに鷲掴みにした。尖った爪《つめ》が、皮膚《ひふ》へ食い込む。

「うあ、あああああ、うあああああああああああああ」

子供のように、嘆《なげ》き始めた。

「…… 〝暗黒物質〟の異常発動を認識しました」

後ろでエスが気付いた時には、リーベを包むように、暗黒物質があたりで淀《よど》み始める。

漆黒の濁流《だくりゅう》を全身に受け、リーベの体が獣人の輪郭を忘れていく。

だらん、と壊れた人形の如く、力なく掌を降ろす。

『違う。お前は、違う』

「え……？」

何一つ光を感じない音の羅列《られつ》が、リーベの口から引きずり出される。

『アイナはまだ12歳だ。お前。アイナに似てるだけ、誰だ、誰だ、いや誰でもいい』

アイナに向けていた兄の優しい眼が変わり果てていく。

〝蒼天党〟のリーダーとして、人間を屠《ほふ》らんとする残酷な眼つきへと戻っていく。

『誰でもいいんだ。もう。だって、死んでいる。アイナはいない。もういない。ごめんアイナ、俺騙《だま》されるところだった。馬鹿だから』

リーベの色彩が、暗黒物質に包まれて、漆黒一色へと成り果てていく。

アイナは何も言えなかった。エスも何もできなかった。

『……やっぱり全部嘘だ、俺達は檻の中で、ずっと沈黙《ちんもく》を強《し》いられてきた。獣人を、真っ赤な嘘にする、世界で』

『クヽワヽイヽエヽッヽトヽ』

捻《ね》じ曲がったどす黒い声を聞いて、エスが顔を上げる。

「これは、〝スキル〟に類似《るいじ》したものと断定しました」

「やっぱり……〝ゴースト〟の正体は、魔石なのね……」

何とか立ち上がったカーネルも確信した通り、〝クヽワヽイヽエヽッヽトヽ〟——それがリヽーヽベヽというヽ古代ヽ魔石ヽの正体である。

ゴーストの成り立ちは、魔石とほぼ同じ。感情が魔力となり、塊となった存在。

故に、ゴーストにも超常現象《ちようじようげんしよう》たる〝スキル〟の概念が存在する。

ただし、ゴーストに変わり果てるほどに歪んだ魔力である。

その〝スキル〟は、本人を生き物の概念から遠ざけた存在へと破滅《はめつ》させる。

即ち生まれるのは、決して美しい魔術などではない。

見るもの全てを嗚咽《おえつ》させる、醜《みにく》き魔物であった。

「なにこれ」

アイナは茫然《ぼうぜん》と仰ぐ。

人の大きさ、人の輪郭から懸《か》け離れた兄の成れの果てを。

辺りの建物を優に超《こ》える巨大な全身を、蜘蛛の如き〝八本の脚〟を地面に突き刺す下半身を、沢山の獣人の顔が浮き出た灰色の胴体を、もう誰とも手を繋げない間延びした昆虫《こんちゅう》のような二本指を、目も無く、鼻も無く、耳も無く、髪の毛も無い血色の頭部を、その口の代わりに当て嵌められていたギロチンを、それらの総称《そうしょう》を果たして何と呼べばいいのか。

古代魔石〝クワイエット〟。

リーベという〝ゴースト〟の本来の姿——即ち〝クワイエットゴースト〟としか、言いようがない。

『全部、壊す、檻塗れの、この、クソッタレ』

間違いなく、確かなことがあるとするならば。

無慈悲に腕を上げた怪物からは、アイナを殺さない理由が、一切無くなっている。

『ガイア』

「魔石回《リバー》——」

エスのスキルは、間に合った。なけなしの魔力を振り絞って生成した壁が、アイナとエスの前に高々とせり上がる。

だが壁の向こう側で、怪物はただ軽く腕を一薙ぎするという動作のみで。

文字通り圧倒的な〝破壊〟を実現した。

「想定以上の威力が――」

消魂《けたたま》しい轟音《ごうおん》。それに相応《ふさわ》しい結果として、大地の防御壁《ぼうぎょへき》は跡形も無く消し飛んだ。

その背後で守られていた二人の少女も、原形を留めない程の肉塊《にくかい》になったと絶望視するには十分な程に惨憺《さんたん》たる一瞬だった。

彼方《かなた》まで吹き飛ぶ大地の欠片《かけら》を眺《なが》め、カーネルもプロキシも苦笑いしか出来なくなっていた。

「……〝小国がかつてゴースト一体によって滅びた〟……これは伝説故の過大解釈《かいしゃく》と思ってたけど……マジで、古代魔石〝ブラックホール〟なしでも、王都を滅ぼしそうね……」

「ここまで、っすかねぇ……」

カーネルもプロキシも、聳え立つ〝クワイエットゴースト〟へ特攻《とっこう》しようとした時だった。

「――アイナとエスの生命活動維持を認識」

『Type GUN MAGNUM MODE』

強烈《きょうれつ》な荷電粒子《ビーム》の奔流《ほんりゅう》が、〝クワイエットゴースト〟の顔面部分を呑み込んだ。

16

頭部を失った途端、生命体の範疇《はんちゅう》を外れた巨大な怪物を呑み込んだ暗黒物質が、かつてクオリアが見た時よりも活発的に渦《うず》を巻いていた。

並外れた、桁外《けたはず》れのエネルギーが、負の符号《ふごう》がついた値《あたい》として検出できる。

「状況分析。リーべは1分以内に、この場に復活《リカバリ》されると認識」

分析結果を口にしている間にも、暗黒物質は、再び形を成し始めている。

「アイナ、あなたの左肩に損傷が検出されている。軽度だが、早急な対処を推奨《すいしょう》する」

一緒に駆け付けたスピリトの尽力《じんりょく》でエスと共に助けた、収縮と拡大を繰り返す暗黒物質を見据《みす》えるアイナを、クオリアは見つめた。浅く、止血は完了していたものの、生々《なまなま》しい傷を押さえることもなく、悔しそうに〝リーべだったもの〟を睨みつけていた。

「……クオリア様。やっぱり、あれは、私の兄、ではありません。私の兄は、いませんでした」

自分に言い聞かせるような声を聞いて、クオリアはまた悩《なや》む。

嘘をつくべきか。真実を話すべきか。

今度は、後者を選ぶ。

「アイナ。あの個体は、やはり〝あなたの兄〟である可能性が非常に高い」

今度は必死に否定することはなかった。しかし、やんわりとアイナが横に首を振る。

「あれは、いっぱい人を殺しました。エスちゃんも殺そうとしました。確かに兄の匂《にお》いがしますけど、でももう、あれは、兄ではないです……兄は、あの監獄で、死んだんです」

「……それは、正しい」

「でも、本当に蘇ったのなら。あるいは、人間への怒りだけが、ああやって具現化したのなら――」

ゴーストのことは知らないはずだが、アイナは恐らく勘付いている。

目前の存在が、偽物でも幻《まぼろし》でもなく、本物の兄であることを。

「――クオリア様……お願いします……！　兄が、兄がこれ以上兄でなくなる前に……もう、眠らせてください。もう、終わりに、してください」

クオリアは、インプットする。

破れるくらいに、スカートを掴《つか》んで出来た硬《かた》い両の拳《こぶし》を。

155㎝の華奢《きゃしゃ》な体から、今にも何かが飛び出しそうなくらいに震える両肩を。

自分の頭蓋骨《ずがいこつ》を砕いてしまいかねないくらいに、噛み締めている真っ白な歯を。

『見たくない』と『見なければいけない』の狭間《はざま》を揺れ動いて開閉する、双眸《そうぼう》を。

異世界に転生してから、一番触《ふ》れ合った少女の、酷く決壊《けっかい》寸前の心が読み取れた。

〝値〟なんて二進数では読み取れる訳がない、固く決断された心が読み取れた。

「アイナ。あなたの要求は受諾《じゅだく》された」

クオリアは、膝をついてアイナと同じ目線に並ぶ。そして、滴《したた》る涙《なみだ》を受け止めたアイナの手の甲《こう》を、そっと真上から包み込む。

「しかし、自分《クオリア》が排除するのは〝蒼天党〟のリーベであり、〝あなたの兄〟のリーベではない」

「……」

「あなたからインプットした、〝あなたの兄〟もまた、あの〝ゴースト〟の中に存在すると推測」

アイナが、じっと涙目でクオリアを見つめる。

「〝あなたの兄〟であるリーベと、アイナ、あなたが接触することが、一番の理想だ」

未だに理解しきれていないのか、呆《ほう》けたままのアイナを残し、クオリアは立ち上がる。

リーベの、〝クワイエットゴースト〟の復活はもう間もなくだ。

「エス。説明を要請する。古代魔石〝ブラックホール〟の反応を検知しているが、現在もリーベが所持しているのか」

「いいえ。地中深くに配置しています。あのリーベの姿でも、取り出すことは不可能と判断します」

「状況認識。あなたの行動により、最悪のリスクが回避《かいひ》されている。〝あり、がとう〟」

「どういたしまして。と返答することがお前によって登録されています」

魔力が枯渇したために一旦《いったん》戦線離脱《りだつ》したエスの次は、スピリトに声を掛ける。

「スピリト、アイナとエス、ロベリアの護衛を要請する」

「……ん。分かった。さっきも言ったけど、これ無理でしょと思ったら助太刀《すけだち》するからね」

師匠《ししょう》のスピリトが腰《こし》の剣を構え、いつでも臨戦態勢に移れること示す。

アイナは、そのスピリトの隣で、風になびいていた。

「クオリア様……」

「守衛騎士団〝ハローワールド〟、クオリア君。命令します。君のやりたいように、リーベを止めてみせなさい」

「要請は受諾された」

腕組みをしながら命令を終えたロベリアは、アイナへウィンクする。

「いいんだよ。おんぶにだっこで。私なんて毎日クオリア君におんぶしてもらってるし。アイナちゃんがどれだけお兄さんのことを想《おも》っていたのかも、分かるよ。アイナちゃんがそこまで家族への愛が満ち溢れていたからこそ、クオリア君は今からとんでもないことをするんだ……古代魔石〝ブラックホール〟を止めるよりも、〝獣忌卿《じゅうきけい》〟ブルートを倒すよりも、魔術人形を笑顔にするよりも、多分物凄《ものすご》いことを。だからね、アイナちゃん」

力の抜けた、いつもと変わらない笑顔を、アイナに向ける。

「ちょっとくらい我儘《わがまま》言ったたって、罰《ばち》もあたりゃしないって」

ウィンクと共に言葉を受けて。

アイナが、最愛の兄の帰りを待つ、妹の顔になる。

「クオリア様……兄を、よろしくお願いいたします」

「〝待ってて、ね〟」

そして、真正面から向かい合う。

人工知能が相対するのは、幽霊。

〝暴走した心そのもの〟。

クオリアが問う〝心〟が、怪物として聳え立つ。

「リーベ。これよりあなたの無力化を実施する」

人間が獣人に与えてきた〝差別の歴史〟へ挑《いど》むように。

無限の〝美味しくない〟に支配されてしまったリーベへ、宣言する。

「あなたがラーニングするための、解を実行する」

一組の兄妹の擦れ違いに、終止符《しゅうしふ》を打つための戦いが始まる。

17

「お前、クオリア」

〝クワイエットゴースト〟を象った暗黒物質は、リーベの声でクオリアの名前を呼ぶ。

ガシン！　ガシン！　と少し型が特殊《とくしゅ》な戦闘兵器の如く、八本の鋭《するど》い脚が何度も大地に突き立てられる。蜘蛛という生物が近い、とクオリアは類推する。

『ほらみろ、アイナはいなかった。偽物を用意したって俺には分かる。この嘘つき野郎《やろう》が』

「あなたは、認識を誤っている」

という声は届いたかどうかも分からない。言葉を挟む暇《ひま》すらない。

〝真赤な嘘《ステルス》〟。

建物を凌駕する巨体だろうと、その姿を容赦なく認識させない。

昨日、ラーニングしたリーベのデータは使えない。圧倒的に体の形が違い過ぎる。

「真赤な嘘《ステルス》に対するフィードバックは、既に完了している。フォトンウェポンの追加機能により、真赤な嘘《ステルス》への対抗手段は構築済みだ」

だから、その前にクオリアはフォトンウェポンを空に向けた。

一瞬、５Ｄプリントの物質生成の光が、フォトンウェポンに作用する。

『Type GUN FOUND MODE』

天空に向けて、光が噴出した。敵を貫く直線ではなく、空間に寄り添《そ》うような無数の点だった。

一瞬空に向かって伸びた粒は、シャボン玉のようにふわふわと辺りに展開される。だが後ろでアイナ達も触れるが、少女達の皮膚を焼くことさえ、その光はしなかった。

ただの灯りになるような、優しい光の集合体に過ぎなかった。

『なんの茶番だ……人間様は正に失笑《しっしょう》ものの大道芸でもやっているのか……』

「〝FOUND MODE〟の光子に融解《ゆうかい》性は存在しない。これは攻撃を目的としたものではないからだ」

『言ってろ』

リーベは右腕を掲げる。クオリアからは認識出来ない。

リーベは右腕を振り下ろす。クオリアからは認識出来ない。

リーベは右腕をクオリアの頭蓋《ずがい》に向けて衝突させる。クオリアからは認識出来ない。

故に、地表を掘削《くっさく》するほどの炸裂すらも、認識出来ない。

認識出来ないはずなのに。

その直前で、クオリアは横に跳んで、避けていた。

『……!?』

「最適解、算出」

次にクオリアは、その腕に飛び乗る。

見えもしない、足裏の感触《かんしょく》さえ無い。だが〝クワイエットゴースト〟の右腕を伝って、クオリアの脚は止まらない。走り抜けていく。駆けていく。突き進んでいく。

「……えっ」

見ていた少女達も、カーネル達でさえも摩訶不思議《まかふしぎ》なものを見たように注目する。

そこには無い坂道を、クオリアが駆け上がっているようにしか見えないからだ。

『馬鹿な。俺が、見えて』

「肯定。自分《クオリア》には、あなたの動きのモデルがインプットされている——それが、〝Type GUN FOUND MODE〟の効果だ」

今も戦場全体に降り注ぐ、〝FOUND MODE〟の光る雪——ただしその光一つ一つが、触れた物質の情報をダイレクトに伝播《でんぱ》させる、探知機《レーダーシステム》の特性を持つ。

〝クワイエットゴースト〟の巨体にも、既に100単位で纏い終えている。呼応して、これ以上ない鮮明《せんめい》な位置情報や動きのモデルを、クオリアの右目《コンタクトレンズ》に付与しているのだ。

古代魔石を追うだけの、ポインタとは違い。

そのモデルは、〝クワイエットゴースト〟という異形《いぎょう》を完全に描写していた。

真赤な嘘《ステルス》は、人間の認識に作用する。

だが、〝認識〟という概念が存在しない、機械《テクノロジー》のセンサーまでは騙し通せない。

「予測修正、無し」

クオリアの右目に、映る。

振り払おうと、逆の手で攻撃しようとしてくる〝クワイエットゴースト〟の動作モデルが。

『Type SWORD』

薙ぎ払う巨腕《きょわん》を跳んでやり過ごすと、５Ｄプリントにて空いていた左手に筒を生成する。

「荷電粒子《ビーム》の出力を、最大値に設定」

荷電粒子《ビーム》の刃が、伸びる。剣よりも、槍よりも伸びる。

数メートル。数十メートル。

やがて〝クワイエットゴースト〟の体長すら上回った瞬間だった。

最適解に沿って、落ちる力も利用して、一閃。

蜘蛛の下半身も、怪物の上半身も、口元のギロチンも、真っ二つに裂けた。

『アア』

真赤な嘘《ステルス》が解けた断面図を、嘆くリーベの声を聞きながらラーニングする。

「状況分析」

クオリアは、ある一点を探す。

ロベリアは言った。〝ゴースト〟は、即ち古代魔石だと。

けれども、この異形な外見全てが古代魔石〝クワイエット〟そのものだとは考えにくい。恐らく核《かく》となる部分があるはずだ。魔力を提供する、〝暗黒物質〟が最も集まっている部分があるはずだ。

魔力干渉《かんしょう》が――〝ハッキング〟が、可能な箇所があるはずだ。

そしてクオリアは見つける。アクセス可能な場所を。

「顔面部分に、暗黒物質が集結している構造を認識」

ギロチンとなっている口部分の向こう側に、何も光が届いていない、暗黒物質の塊が鼓動《こどう》している様が見て取れた。

だが、そのラーニングで時間切れだった。〝クワイエットゴースト〟の分断された体は、二重螺《にじゅうら》旋《せん》を描《えが》いて背後に出現した暗黒物質へと呑み込まれていく。復活のプロセスが稼働した。

クオリアが再度荷電粒子《ビーム》の刃を振るった時には、〝暗黒物質〟は完全に消えていた。認識から消えた訳ではなく、存在からして消えている。

終わり、ではない。

分かっている。復活する。

いつまで殺し続ければいいのか、何回殺し直せば〝ゴースト〟は成仏するのかは予測できない。

予測出来るのは、〝美味しい〟を失わないための最適解のみ。

「状況分析」

目下、リーベが殺したい人物は誰か？

先程の会話から、今いるアイナを、妹とは別人としてリーベは認識している。

だとしたら、リーベからはアイナが何に見えるか？

人間には受け入れがたいものがある。アイナだってそうだった——〝最愛の人物によく似た、偽物〟に人間の情動は過敏《かびん》に反応する。

「次の出現地点を算出。アイナの頭上と予測」

次の〝復活〟座標を予測したクオリアは、即座に駆けた。

クオリアの視線の先で、アイナは座り込んでいた。

兄を追想する少女の頭上に、断頭台の頭部が出現する。

暗黒物質が出現してからの生成速度が、早くなっている――。

『アイナ、いない、もう、死んだ』

アイナの首に、ギロチンの刃が王手をかけていた。

だが、誰も認識していない。今まさに殺されそうになっていると、今自分の首から上が〝クワイエットゴースト〟の口内に入っていると、気付いていない。

状況を認識しているのは、〝FOUND MODE〟による探知機《レーダーシステム》を持つクオリアだけだ。

だから。

アイナを突き飛ばして、クオリアがクワイエットゴーストの真下に入ることも可能なのだ。

「クオリア、様？」

弾き出されて、アイナも自分が兄に殺されかけたことを理解した。

クオリアが、自分の代わりに断頭台に立ったことも理解した。

『アイナの偽物に、教えてやる――愛する存在が死ぬ瞬間が、どれだけ絶望に満ちているかを』

〝クワイエットゴースト《ステルス》〟の姿が鮮明になった。アイナを殺すだけでは飽《あ》き足らず、心までへし折らんと、わざと真赤な嘘を解いたのだ。

つまり、クオリアが断頭される――最悪の悲劇が、アイナの目前で繰り返されようとしている。

「い、や、あ」

それを悟り慟哭《どうこく》する直前、アイナの心もラーニングしたクオリアが先手を打ってアイナに告げる。

「理解を要請する。自分《クオリア》は、死なない」

直後、クオリアの首目掛けてギロチンの刃が落とされた。

「……」

全員、沈黙した。

確かにギロチンの刃は最後まで押し通り、頭の落下を連想してしまう。

ましてや、間近にいたアイナが凍り付いたのは言うまでもない。

胴体と離れ離れになった、クオリアの頭が落ちる瞬間まで、体の全てが時を止めていた。

「予測修正無し」

クオリアの声は、ギロチンの向こう側から響いた。

残酷な巨刃が落ちる寸前、クオリアはギロチンを跳び越《こ》えていた。

ギロチンの先にある、クワイエットゴーストの中へ侵入《しんにゅう》したのだった。

人が生み出した最も残酷な刃を足場にして、視界一杯に広がる暗黒物質の脈動を目《ま》の当たりにする。

リーベという怨念《おんねん》の本体。

これにフォトンウェポンのトリガーを引いたところで、また復活されるのがオチだ。

だから伸ばすべきは荷電粒子《ビーム》ではなく、オーバーテクノロジーでもなく、掌。

「これより、自分《クオリア》はリーベをハッキングする」

18

予測通り、ゴーストにクオリアはハッキングが出来た。

魔力の情報が羅列されているだけではなく、獣人リーベの記憶と感情が、その魔力に根本から滲んでいる。

「これよりリーベと記憶と感情のラーニングを開始する」

『お兄ちゃん……』

『アイナ！　後ろに隠れてろ！』

最初にクオリアが読み取ったのは、住処《すみか》には似つかわしくないスラム街での一幕だった。

まだ幼いアイナを庇い、棒を構えるリーベが見える。

目に隈《くま》もない、真赤な嘘《ステルス》も知らない、真っすぐな妹想いの兄がそこにいた。

迫る脅威から二人を助けることは、記憶の外に存在するクオリアには出来ない。そもそもリーベが脅威を一網打尽《いちもうだじん》にしたことで、その必要もなくなる。

『アイナ……、晴天教会の敷地《しきち》には近づくなと言っただろう。あいつらに見つかったら、命がなくなるどころじゃ済まないんだぞ？』

その後、酷く心配した様子でアイナの両肩を掴むリーベを認識した。

『ご、ごめんなさい……私も、ちゃんと役に立ちたくて……それに、お兄ちゃん今日誕生日だったから、せめて美味しいもの食べてほしくて……』

『アイナ……』

明日の食べ物さえ満足ではないほど、二人は貧していた。

しかしそれでも、二人の間に〝美味しい〟をクオリアは検知する。

クオリアの横を、リーベとアイナは過ぎていく。

夕焼けが、手を繋いで歩く小さな二つの影を優しく包んでいた。

幼き少女と、親代わりの少年の何気ない会話。それが暗黒物質の隙間から、読み取れた。

『お兄ちゃん、私ね、夢ができた』

『へえ、どんな夢だ？』

『いっぱい、色んな人に、〝美味しい〟って言ってもらうの』

『いい夢だ。お兄ちゃん応援《おうえん》するぞ』

『お兄ちゃんがいっぱい〝美味しい〟って言ってくれたから、もっとそうしたいの』

『みんな、そう言うさ』

『そのために、食べ物がいっぱいの、お店とかどうかな』

『お店かぁ。アイナは料理がうまいから、きっと繁盛《はんじょう》するだろうな』

『えへへ、ありがとう。お兄ちゃんは、どんな夢があるの？』

『俺には、夢はないなぁ』

『本当？　ないの？』

『ただアイナが生きていてくれれば、それでいいな。俺はそれ以外にもう、何も望まないよ』

直後、世界は反転する。

情緒《じょうちょ》ある夕焼け空が、容赦ない石造りの監獄へと置換《ちかん》されていく。

自由に笑い合っていた二人が、格子《こうし》越しに向かい合っていた。

『アイナ、アイナ……⁉』

『……おに……ちゃん……』

一体どのような拷問を施《ほどこ》せば、あそこまでアイナに傷がつくのか、演算することさえ憚《はばか》られる。一方のリーベを拘束する断頭台《ギロチン》の使い道も、予測するだけで回路が削られていく。

『さあ、見せてくれ。魅《み》せてくれ。最愛の兄の首が落ちた時の顔を。魂の、輝きを！』

アイナの後ろで、少女の自由を奪う男からは、インジェクシに似た値が検出された。リーベの記憶では、彼も〝枢機卿〟と呼ばれていたようだ。

『いやだ、やだ、あ、あ、おに、お兄ちゃ、まって、やめて、や、だ』

目まぐるしく動くアイナの瞳から、自らの心臓が引き千切られるような思いが伝わる。

『アイナ‼　大丈夫だ』

涙と鼻水に塗れたアイナの顔で、リーベの視界が固定されている。今まさに首が落ちそうになっているのに、最後までアイナを想った値が読み取れた。

『こんなんじゃ俺は死なない！　大丈夫、必ず俺は、お前を助けに行くから‼　こんな、こんな檻から出してやる！　だから、生きるんだ‼』

『リーベ。お前の魂も道具として、最後に役割を果たせた。では、さらばだ』

『お前達だけは、人間だけは、怨霊になってでも――‼』

刃の摩擦音。

アイナの悲鳴。

ぶつんと、一回ここで世界は途切《とぎ》れる。

「リーベの生命活動停止を確認。ここからゴーストになったものと思われる」

『アイナを……助けなければ……』

徐々《じょじょ》に暗くなった世界が鮮明になってきた時には、全ては終わっていた。

〝枢機卿〟と記憶されている男も、その部下達も、皆一様に引き裂かれて事切れていた。

妹を求めた彷徨いの果て、アイナが閉じ込められていた檻にリーベは辿《たど》り着く。

そして見てしまった。

乾燥《かんそう》していた赤黒い血を。

それ以外、檻には何もなかった。

優しき猫耳の妹は、もうどこにもいなかった。

『あ』

リーベは慟哭した。

独りぼっちになってしまったリーベの視界が、血色に染まり始めた。

『アアアアアアアアアアアアアアアアアア‼』

『クワ、イ、エッ、ト、』

暗黒物質が溢れ始め、〝クワイエットゴースト〟へと変貌し始めた。

『お前を、アイナ、お前を助けに行くって、お兄ちゃん、言ったのに……』

〝ただアイナが生きていてくれれば、それでいい〟。

たった一つの願いが否定されてしまった。

取り返しのつかないほどに、一つの心が死んだ。

そのまま彩《いろど》りを失っていく心に、後ろから触れた存在があった。

クオリアだった。

「あなたは、誤っている。アイナは生きている」

〝対話《ハッキング》〟を、実行する。

19

「どうしてだ」

妹想いの少年はもういない。すっかり色褪《いろあ》せた顔つきで、リーベは空しくクオリアを睨んだ。

「どうして、お前はここまで、アイナが死んでいないなんて嘘をつける?」

乾《かわ》いた笑いが、檻の中で響く。

「あの枢機卿のように、人の心を弄《もてあそ》ぶのがそんなに嬉しいか。〝魂の輝き〟とやらが見たいか。俺だけの世界に入ってきてまで、物好きな奴だ。死んでしまえ」

荒々《あらあら》しく言葉を吐き捨てると、リーベの意志が暗黒へと回帰し始める。

世界を覆い始めた漆黒を見渡すクオリアに、震えはない。

ただ、リーベへ澄んだ視線を送る。

「説明を要請する。あなたはアイナが出す食事で、何が美味しかったか」

ぴくりと、光無き空気が止まった。

「自分《クオリア》は、ロールパンが一番美味しいと認識している」

そのロールパンは、クオリアがこの異世界で再起動した直後に食べたものだ。

クオリアに、〝美味しい〟をインプットさせた小麦の料理。その味を脳内で反芻《はんすう》する。

「……」

リーベの世界に、幼き兄妹が映し出される。

『アイナ、そのロールパンはお前が作ったのか？　いや、この火傷《やけど》どうしたんだ……？』

『小麦が沢山捨てられてる所に出くわして……さっき、留守だったパン屋さんにこっそり入って、見よう見まねでパン、作ってみたんだ。窯《かま》焼きが上手《うま》くできなかったし、途中《とちゅう》で店の人に見つかっちゃったから逃げてきたけど』

『……美味しいぞ』

『本当？　美味しい、美味しいって言われるの、嬉しい……』

あどけないアイナの笑顔と、元気づけられたリーベの姿が遠くなっていく。

「俺も……ロールパンが好きだった。アイナのロールパンが、世界で一番好きだった」

「その〝美味しい〟を、自分《クオリア》は食事《ラーニング》している。これも、アイナが生命活動を維持している証左だ」

「……」

「〝美味しい〟を創れるのは、生命活動を維持している個体だけだ」

「……お前も見ただろう。この檻には、沢山のアイナの血がついている。こんな中で、アイナが生きている訳がない！」

「あなたへのハッキングでは、あなたが記録している過去のみを読み取ることが出来る。あなたが記録していない、アイナの脱出《だつしゅつ》経緯については分析することが出来ない」

　壁に、アイナの血が付着している。でも関係ない。

　晴天教会の連中が見張っていたはずだ。でも関係ない。

　どう考えてもアイナは生きていない状況だ。でも関係ない。

「しかし、アイナは現時点で生きている。あなたはそれをラーニングするべきだ」

　そう言うと、暗黒物質という檻の中に光となる魔力を注いで、世界を書き換え始めた。

　幽霊を、もう迷わせないための、最適解を示し始める。

「お前、何をする気だ……！」

「あなたは誤っている。自分《クオリア》は行動しない。ただあなたがラーニングする」

　さながら、リーベの手を引いて檻の外へと引っ張り出すかのように、クワイエットゴーストの視界が、そのままリーベの意識に映し出される。

つい今しがた駆け付けた黒衣の騎士達《クリアランス》が、剣を構えてこちらを見上げている。カーネルとプロキシも、彼らの武器を代弁するような眼光を向けてきている。

スピリトも、エスも一人の少女を庇うようにその前に佇《たたず》んでいる。その少女の隣ではロベリアが一緒に座り、肩に手を添えている。

その中心で、人間達に守られる、猫耳の少女がいた。

必死に誰かの名前を叫びながら、泣きそうな目でアイナが見上げていた。

「あなたは、アイナのあの表情を、記録しているはずだ」

連想された記憶の景色が、クオリアの後ろに出現する。

手傷を負った少年リーベに、幼きアイナが寄り添っていた。

『お兄ちゃん、お兄ちゃん……あ、ああ……』

『死にはしないよ……っておい、そんな服を破いてまで治療《ちりよう》なんて……』

『駄目《だめ》！　お兄ちゃん……死んじゃ、やだから……』

瞼一杯に涙を溜めて、涙腺《るいせん》を作った時のくしゃくしゃな泣き顔。

記憶のアイナと、今のアイナはそっくりだった。

偽物と断定するには、その真っすぐに心配する瞳は、あまりにも似すぎていた。

「あれは……いつも、俺にしていた、泣き顔」

俯《うつむ》くリーベの頭を、後ろから両手で持ち上げる。否《いや》が応でも視線を逸らさせない。

「……人は光を認識すると、目が眩《くら》む仕様だ。光を見れば、一時的に目へ不利益な影響を及《およ》ぼす」

「……」

「しかしあなたは、現在のアイナを見ることが必要だ。目が眩む不利益を受けたとしても」

『クオリア様……！』

アイナの声も、リーベの暗黒物質に響いた。

誰かを心配することが得意な、心からの声。

その声で、アイナは口にした。

『お兄ちゃん……！』

その声は、暗黒に差した一条《ひとすじ》の光だった。

荷電粒子《ビーム》よりも温かくて強い、一筋の希望だ。

もう、クオリアが頭を支える必要はない。

何故ならリーベはようやく、アイナを見ることが出来たのだから。

「もう一度あなたの眼から、今の情報を取得することを要請する！」

「……アイナ」

世界を覆っていた暗黒が、少しずつ晴れていく。

しかし、そんなゴーストの中身をラーニングしなくとも、クオリアには分かる。

やっと妹に会えた、リーベの〝美味しい顔《笑顔》〟を検出すれば十分だ。

「ハッキング完了。タスクを終了《しゅうりょう》する」

巨大なギロチンの怪物は世界から姿を消し、代わりに妹想いの獣人が残像として地に降り立つ。

20

未だ揺蕩う灯《ともしび》代わりの粉雪が、もう見失わないように兄と妹を温かく照らしていた。

恐る恐る、震える手でリーベに触れようと、アイナが前に進み始める。

騎士やスピリト達に阻まれ、それ以上進めないが、それでもリーベから目を逸らさない。

その瞳は、幼き日に兄を想ったものと、同じだった。

「またお兄ちゃんと話せるなんて思わなかった。でも、私いっぱいお話し出来るよ……」

「……俺がまず知りたいことは、一つだけだ」

しかし最初から〝知りたいこと〟を確信していたように、リーベは微笑《ほほえ》む。

「アイナ。お前は檻から、ちゃんと生きて出られたんだな」

「……うん。お兄ちゃんと一緒に出たかった」

クリアランスの騎士の壁に阻まれて進めないアイナを見て、クオリアが声を掛ける。

「守衛の解除を要請する。アイナをリーベと接触させるべきだ」

「しかし……」

騎士達から見れば、目前の存在は未だ最凶の怨念。警戒するなという方が無理な話だ。

だがアイナを守衛する集団を見て、リーベは落胆《らくたん》するどころか更に安堵《あんど》した。

「……人間が、まさかアイナを守っているとは、思わなかった」

人間は、いつだってアイナとリーべの敵だった。

しかし今のリーべの視界に映っている人間はどうだろう。

アイナを守るため、剣を取っている。誰一人として、アイナを傷つけようとしていない。

ましてや一番間近にいるクオリアは、アイナのために〝クワイエットゴースト〟の中へ、獅子身《しし》中《しんちゅう》の虫の如く飛び込んできた。そんなことをする人間は、間違いなくこれまで存在しなかった。

いつしか、リーべの代わりに、人間がアイナを守っていて。

いつしか、人間の代わりに、リーべがアイナを殺しそうになっていた。

そんな事実を思い知り、リーべの中で氷が融解しつつあった。

「お兄ちゃん、体が……」

リーべの体が、段々と透き通っていく。

後ろの景色が、リーべというフィルターを通して見えるようになっていく。

「……力が抜けていく……」

「成仏してるってことかしら？」

カーネルと同じ推測を、クオリアもしていた。

ゴーストは、果てしなき感情が突然変異《とつぜんへんい》を起こした歪《いびつ》な魔力の塊だ。リーべは妹であるアイナへの絶望をトリガーに、死して尚ゴーストという幽霊に成り果てた。

その根源たる絶望が消えれば、幽霊は存在が維持できない。

しかし、まだ完全にリーべの中から疑念が消えた訳ではない。

絶望は潰《つい》えても、将来への憂慮《ゆうりよ》はゴーストの形を維持できるほどに残っている。

「……だが、それでも俺は人間を殺す。蒼天党を止める気はない」

リーベの透明《とうめい》化が減速した。

不吉《ふきつ》な言葉が、空気を重くする。

「俺は蒼天党のリーダーだ。散っていった獣人達の怨念も背負っている……今更、戻れない」

「あんたねえ、いい加減に気付きなさいよ！　そんなテロしたところで、獣人の立場が悪くなるだけだってこと、アイナがどれだけ苦しむのか分かってんの⁉」

切っ先のようなスピリトの怒号《どごう》を受けても、リーベは力なく鼻を鳴らすだけだった。

「それは獣人を知らない、人間だから言えることだ。〝晴天教会〟のような奴らもいるこの世界で……俺達獣人が安心して明日を迎《むか》えられるようになるには……アイナが生きていける真の世界にするには、人間を、支配者の座から引きずり下ろさなければならない……！」

「……お兄ちゃん。大丈夫だよ」

辺りに舞《ま》う〝FOUND MODE〟の光が、アイナの優しい笑みを照らす。

「私も……お兄ちゃんがいなくなって、〝晴天教会〟から運良く逃げれた時……お兄ちゃんときっと同じ考えだった……人間は私から何もかもを奪っていく、悪魔みたいな連中だって……でも今は、人間をもっと信じようって思える。ねえ、お兄ちゃん、私ね、そんな人達と出会ったんだよ……！」

アイナとリーベの目線が、クオリアという少年に向けられる。

「それでも、残酷な人間の方が圧倒的に多い。また捕まって、痛い思いをするかもしれない。今度は首を狩られるのは、アイナかもしれない」

「うん。生きていくのは、こんなにも痛い……でも、私は人間と一緒に、生きてみたい」

兄の傷を介抱《かいほう》する幼き日のアイナと同じく、泣いていた。

けれど美味しいと言われた日と同じく、笑ってもいた。

妹の心を見て、リーベは沈黙する。そして、リーベはアイナから離れていく。

ゴーストで象った肉体が、透明になっていく。

背後の暗黒物質ごと、存在が不安定になっていく。

まるでどこかへ去っていくかのように、遠くなっていく。

「お兄ちゃん……どこに行くの⁉」

「……俺はそう遠くない未来に、消える……その前に俺は結論を出す。俺の存在が消える最後の時まで、存在をかけて人間共を抹殺《まっさつ》するか……それとも」

「リーベ、理解を要請する」

クオリアは、疑心暗鬼《ぎしんあんき》なリーべの表情の中に、検知していた。

中々疑念の闇から抜け出せない、〝美味しい〟を。

「アイナの〝美味しい〟は、自分《クオリア》が創る。獣人の〝美味しい〟も、同様だ」

「……クオリア」

「あなたが、そのような行動を取る必要はない」

クオリアの言葉に、優しい兄は表情を緩《ゆる》める。

「人間と生きていたいなんて言葉、アイナから聞けるとはな……」

そして、リーベは全員の視界から消失した。

最初は、誰もが真赤な嘘《ステルス》を疑って構えていた。

しかし何分経《た》っても、何十分経っても、誰も引き裂かれることはなかった。

21

「仮説。リーベは排除されていない。しかし、一時的に無力化されたものと思われる」

リーベはまだ消滅《しょうめつ》し切っていない。原理は不明だが、一旦ゴーストとしての存在が維持できなくなったようにも思える。しかしリーベが完全に消滅しきったとは考えにくかった。

カーネルも顎《あご》に手を当てながら思慮《しりょ》を巡らす。

「じゃあ、警戒を解く訳にはいかないわね。古代魔石〝ブラックホール〟も、まだあると思うし」

クオリアの右手で、５Ｄプリントが光を発する。銀色の筒、探知機《レーダーシステム》が出現した。

カーネルがそれに気づいたタイミングで、クオリアが探知先の対象について告げる。

「リーベのゴーストへハッキングした際、魔力構成についてラーニングした。その情報を基《もと》に、専用の探知機《レーダーシステム》を生成した。これでリーベの探索《たんさく》が可能だ」

「じゃあ、リーベのもう一仕事しましょうかねぇ」

「……カーネル。要求する」

クオリアの後ろでは、リーベが消失した地点をずっと見つめたまま、アイナが座り込んでいた。

放《ほう》っておけない。クオリアはそう判断した。

「あなた達に、リーベの追跡《ついせき》を要求する」

カーネルは、奥で涙しているアイナを見て、葉巻に着火した。

「クオリアちゃん。今度、アナタが何か奢《おご》りなさいね」

「カーネル。〝ありが、とう〟」

「どういたしまして。ついでに口説き文句でも覚えてきなさい」

葉巻の煙《けむり》を一息分吹くカーネルの返答を聞くと、クオリアは一直線にアイナの元へ向かう。

演算した。考えた。

アイナにとって、何をしてもらうのがいいか、自分なりの解を出してみた。

少しでもアイナの心が和《やわ》らぐように。

と想っていたら、掌がアイナに伸びて、励ますように〝なでなで〟をしていた。

昨日、ロベリアにこれを実行された時、なんだか心が落ち着いたからだ。

「クオリア様……?」

「あなたの心に、異常を検出した。昨日のように、〝いっ、ぱい、話し、てね。泣いても、いい、からね。隣に、いる、から、ね〟」

猫耳ごと〝なでなで〟する掌で、アイナの顔を寄せた。

アイナの顔が、クオリアの肩に埋まる。

そのままアイナは何も言葉を発さず、ひたすら肩を震わせていた。

泣いている。大粒《おおつぶ》の涙を、涸《か》れるくらい流している。

見なくとも、聞かなくとも、人工知能でなくとも分かることだ。

「ひぐっ……ぐぅ……うぅ……」

この涙だけは止めてはいけない。兄と出会えて、やっと時計の針が進んで、3年分の想いごと流す涙の川を止めてはいけない。

泣き止《や》むまで、クオリアは隣で肩を貸し続ける。

ずっと。泣き止むまで。

22

その夜、クオリアは台所にいたところを、エスに発見された。

「クオリア。お前は何故台所にいるのでしょうか」

「自分《クオリア》は夕食を作製している」

今ある食材を全てインプットし終え、作る料理の設計図《レシピ》を構築した。これまで食してきた〝美味しい〟の経験を類推し、完成までの最適解を導き出した。

最適解通りに、流れ作業で、誤差無く〝初めての料理〟を進めていく。

「〝美味しい〟には人の心を修復する力があると推測する。今、アイナは心が消耗している。そのため、アイナに夕食を提供する」

アイナは職務《メイド》に戻ろうとしたものの、全員に止められて一旦休息をとっている。アイナの心がまだ回復しきっていないのは誰の目にも明らかだった。

今は休んでいるだろうアイナの為に何かしたいという感情に突き動かされ、気づけば彼なりの調理を実施していた。

「〝ボア肉とじゃがいもとにんじんと玉ねぎの、赤ワインとバターとウスターソースとケチャップのスープによる煮込《にこ》みをメインとした料理〟は間もなく完成する」

「〝ボア肉とじゃがいもとにんじんと玉ねぎの、赤ワインとバターとウスターソースとケチャップのスープによる煮込みをメインとした料理〟の食事を、私は早急に要求します」

「……世界はそれをビーフシチューと呼ぶの」

ロベリアが台所を訪《おとず》れていた。

常識から懸け離れた料理名に口出しせずにはいられなかった。

「いやぁ、ここまで料理が出来る男子がいたとは……正直、キュンとするわ。うん、いい匂い」

ロベリアが覗くと、火が猛っている鍋《なべ》の中で茶色のシチューがグツグツ沸騰《ふっとう》していた。

香《かお》りは申し分ない。具材も、ミリ単位の誤差もなく均等に切られ、綺麗《きれい》な形をしている。

一切の無駄《むだ》なく、一切のズレなく、頭に描いた設計図《レシピ》通りに淡々《たんたん》と料理を完遂《かんすい》する。

「……おー」

エスも見下ろした時の無表情から、僅かに恍惚を帯びていく。しかし味見《テスト》をした後のクオリアの唇が、一瞬硬直する。

「状況分析。これは〝美味しい〟ではない」

「ほえ？　そう？　んー？　いや普通《ふつう》に旨《うま》いじゃん」

続いてロベリアが口にしても、特に不味《まず》いとは感じられない。むしろ上等に出来上がった方だと思う。しかしクオリアはその〝物足りなさ〟の課題を捨てきれなかった。プログラムにねじ込まれた小さくとも致命《ちめい》的なバグとして認識し、深く再演算する。

そして、ビーフシチューが入った鍋を持ち上げた。

「ビーフシチューのレシピ《設計図》に問題点は発見されなかった。調理工程にも異常はない。更なる分析が必要と判断。5Dプリントによる味覚センサーシステム生成を実行し、原因究明を――」

「待った待った！　食べ物を粗末《そまつ》にするのはお姉さん好きくないぞ！」

「もし捨てるのであれば、私に提供を要求します！」

明らかに食べる以外の何かに使おうとしていたので、ロベリアとエスが抱き着いて止めた。

完璧《かんぺき》な最適解だったはずなのに、ビーフシチューは何か〝美味しい〟が欠けていた。

上手い料理と、旨い料理の違い。上手い料理と、美味しい料理の違い。

それを理解しないまま、アイナに渡しても心を回復させることに繋がらない。そんな風に納得しないクオリアをロベリアも察したのか、今度は後ろから両肩を押すのだった。

「ま、いいから。アイナちゃんに持っていってみな」

「それは誤っている。〝美味しい〟食事でなければ、回復効果は薄いと判断する」

「少なくとも君より2年人間やってんだから。お姉さんを信じなって、完璧主義さん」

小さいロベリアの両手に押され、ビーフシチューの鍋を持ったままクオリアは厨房《ちゅうぼう》を追い出された。

23

3年前。まだアイナが、兄の死を目の当たりにして、人間を許せなかった頃。

クオリアという〝人間らしくない少年〟を殺そうとした翌日、朝日で目が覚めた。何故か、廃屋《はいおく》にて布団《ふとん》に包《くる》まって横たわっていた。

丁度、クオリアと名乗った少年が入ってきた。

『ごめんね。僕の家で寝かせてあげれば良かったんだけど……父上やアロウズ兄上に見つかったら酷いことになりそうだから……』

なんて反応すればいいのか、アイナには分からなかった。暴力と敵意しか向けてこない、見飽《みあ》きた人間であれば何も迷うことはなかった。なのに、クオリアという少年は違う。違い過ぎる。

こんな兄を思わせるような優しさを持つ人間相手だと、どんな面持ちでいればいいかさえ迷う。

『……えっと、君、名前は？』

『……アイナ』

『アイナはどうしてそんなに傷塗れだったの？　物凄い高熱で、下手すれば死ぬところだったよ』

『……あれ？』

アイナが自分の体を見下ろすと、傷ついた全身に包帯が巻かれていた。しかも全身を一度拭ったようで、全身に纏《まと》わりついていた血と泥《どろ》が綺麗さっぱり無くなっている。

包帯塗れの体を見つめていると、クオリアが何故か慌てふためいていた。かなり赤くなっている。

『ご、ごめん、本当にごめん、でも全身汗《あせ》と血と砂だらけで、このままじゃ治る傷も治らないと思ったから……やましいことは何もしてないから……』

『……ど、どういうこと……あっ』

干されている自分の服を見た。

そして見慣れぬ服を着せられていたアイナの全身は、その内側で至る所に包帯が巻かれている。

つまり、このクオリアという少年に全身余す所なく丸裸《まるはだか》を見られた。

そう直感した一瞬だけ、人らしい恥《は》じらいの感情を取り戻せた気がした。布団で体を隠しながら、アイナは問う。

『どうして、私を助けたの……？　あなたは人間、私は獣人、だから私を放っておくのが普通……』

『いや、だってそりゃ、死なれたら普通に後味悪いでしょ。僕、絶対後悔する』

『変わった人』

思わず、アイナはそう言った。するとクオリアは、困ったような笑みを浮かべて頬を掻く。

『うん。よく言われる。でももっと酷いことに、落ちこぼれとかって言われる。あっ、家はどこ？　送ってあげることくらいなら出来るけど』

『家なんて……無い』

『家族は？』

『……お兄ちゃんがいた。私にはもう誰もいない……あなた達人間が、全部奪った……！』

『……そう、だったんだ……』

布団を強く掴み、唇を噛んで血を流し、怨嗟《えんさ》を吐き出す。

息を切らして暫く目を伏《ふ》せて、そしてアイナはようやく気付いた。

まるで兄のように、自分と痛みを共感しているクオリアの儚《はかな》き顔に。

『……』

クオリアは一度廃屋を出たため、アイナはまた一人になった。

慣れない独りぼっちの恐怖と闘《たたか》って、兄のいない現実を整理して、段々と落ち着きつつあった。

『……どうして、クオリアさんは、ここまでしてくれたんだろう』

やがて、アイナは全身へ丁寧に巻かれた包帯に目を向けた。

全部の傷へ、きちんと手当てが施されている。体中くまなく綺麗な水で拭《ふ》かれている。とても貴族の仕事とは思えなかった。

やがてアイナの中に、徐々に罪悪感が芽生え始めていた。

これだけの看病に感謝も言わないまま、罵声《ばせい》を浴びせてしまったからだ。

確かに、憎むべき人間だ。だけどムズムズする。

『……アイナ、起きてる？』

身構えることさえ忘れていた。まるで家族のように、クオリアが自然に隣に戻ってきていた。

しかも、いい匂いがした。

クオリアの隣に、湯気が立つビーフシチューの皿があったからだ。

『お腹空《なかす》いてるかなと思って。僕料理したことなくて、慣れないけど、作ってみたんだ……良かったら……食べ……』

景色が曖昧《あいまい》になる。追想が終わり始める。

「待って……クオリア様」

思わず呟くが夢の終焉《しゅうえん》は止まらない。まだ12歳のクオリアは段々透き通って消えていく。

手を伸ばしても、もう届かない。

「私、まだ、クオリア様に……ありがとうって……」

「理解を要請する。アイナ。自分《クオリア》はここに位置している」

その手を、クオリアは掴む。

現実《15歳》に戻ったアイナの手を、現実《15歳》のクオリアがその掌を優しく握《にぎ》り返していた。

「クオリア、様……失礼いたしました、私……夢にうなされていたみたいで……」

「〝大丈、夫〟?」

その時、懐《なつ》かしい匂いがアイナの鼻腔《びくう》を掠《かす》めていた。

12歳のクオリアが持ってきたものと同じ、ビーフシチューだった。

「あなたは今、〝空腹〟と呼ばれる状態にあると推測される。そのため、あなたの心と肉体の修復の補助とするため、食事することを要請する。ただし、〝美味しい〟状態から一部逸脱《いつだつ》している可能性がある。〝美味しい〟の値が感じられない場合は、食事しないことを推奨する」

いつもは機械的なクオリアの口調に、若干の迷いがあった。しかしそれは、アイナの口に合わなかったらどうしようという、人間らしい迷いだった。

即ち夢の続きを、アイナは見ていた。

24

ビーフシチューを食べる瞬間、3年前と同じクオリアの不安げな表情をアイナは見た。

美味しいかどうか見守る気持ち。それもまた一つの調味料だ。

だから当然、アイナから返ってくる本音は一つだけだった。

「美味しい、です……わ、私の料理よりも、プロみたいに作れてます……」

心が満足を示すように、純粋《じゅんすい》な少年らしくクオリアの目が一瞬見開く。

だが直後、人工知能として無粋《ぶすい》にも問うのだった。

「……説明を要請する。あなたが作った食事より、美味しさを下回っていると推測される。それにもかかわらず、あなたは何故〝美味しい〟と発言したのか」

設計図から1ミリもズレることなく食材は切り揃えた。

1秒の誤差も無く、1ジュールの誤差も無く煮込んだ。

しかし結論として、クオリアが求める水準の美味しさに至っていない。

だからクオリアは、そんなものをアイナに食べてほしくなかった。

一方のアイナは、その理由を敢《あ》えて言葉にする。

「きっと、クオリア様が心を込めて作られたので、私には更に美味しく感じられたのだと思います」

「心」

〝心とは何か〟。

その問いが、更に難しくなった。

「エラー。自分《クオリア》は心を食材にしていない。説明を要請する。心は食材としても定義するのか」

アイナは一瞬顔を真っ赤にして躊躇《ためら》ったものの、勇気を出してもう一度言葉にする。

「はい……クオリア様の心、気持ち、いっぱいこのシチューから伝わってきました」

「……エラー。本調理工程に、自分《クオリア》の心は投入していない」

「大丈夫です。きっといつか、それが何なのかクオリア様が思い出す日が来ますよ」

「説明を要請する。以前のクオリアは、食事に心を投入していたのか」

「……クオリア様は、もう覚えていないかもしれないですが……最初にクオリア様と会った時、同じように、私の心を癒《い》やしてくれたんですよ」

アイナには二つの、同じ顔が見えた。

一見淡々としながらも、その裏では人間よりも考えている元人工知能《15歳》のクオリア。

不安げに、アイナの口に合うかだけを考えていた元の人格《12歳》のクオリア。

「あの時も、クオリア様が持ってきてくれたのはビーフシチューでした」

12歳のクオリアは、料理に不慣れだったのか粗《あら》があった。

15歳のクオリアは、最適解通りのどこか人間味を感じさせない作りだった。

この二人は、あまりにも違い過ぎている。

それでもアイナからすれば、どちらも同じだった。

その根底は同じ、獣人の自分を救い、守ってくれたクオリアだった。

優しい心が、ビーフシチューに表れている。

「はいクオリア君、怒《おこ》らないから正直に言ってみ？　アイナちゃんが嘘ついてるように見える？」

「クオリア。これは美味しいです。アイナは嘘を言っていません。もっと要求します」

ずっと見守っていたロベリアが、固まっていたクオリアの背中を軽く押しながら口を挟んだ。一方、エスは自分の皿にビーフシチューをよそって、口にべったりと食べ残しを付けながら、おかわりを要求していた。エス一人で全部食べそうな勢いである。

「〝あり、がとう〟、〝うれし、い〟」

「私も……すごく、嬉しいです」

クオリアにも分かるくらいの本音を口にしたアイナは、ロベリアとエスにも声を掛ける。

「良かったら、ここで皆で食べませんか？　ロベリア姫も、エスちゃんも」

アイナの涙と笑窪《えくぼ》を見たロベリアは、最大限の笑顔で励ますように頷《うなず》いた。

「あっ、スピリトも呼んでこようか」

「その必要は無いと判断する。スピリトの到着《とうちゃく》を確認した」

クオリアが入口を見た時、仲間に入りたそうな目でこっちを見ていたスピリトがいた。

「……私の分あるの？」

「あなたが食事することも想定して、量は計算してある」

「……そうね、師匠として弟子《でし》の料理もしっかり見なきゃ……ってうまああああああ⁉」

そこから会話が始まる。

ふわりとそそる濃厚《のうこう》な香りを堪能《たんのう》しながら、生き生きとした個性ある言葉が飛び交《か》う。

〝美味しい〟が部屋を回り回って、染《し》み渡っていく。

「……」

隣に兄がいるような気がしたが、いるはずもなかった。

「……あれから、兄は見つかってないんですよね」

「肯定。リーベは発見されていない。しかし、存在を継続《けいぞく》しているものと推測する」

クオリアの探知機《レーダーシステム》にもリーベの反応はまだ出力されていない。クオリアの推測も、〝ゴースト〟に関する情報が不足しているが故に、信頼性《しんらいせい》は低い。

「アイナ。あなたは、リーベとの会話を要求しているのか」

「話ができるということは、兄はまだ〝ゴースト〟としてこの世に留《とど》まってるってことですよね」

話はしたい。リーベが消えるまでの僅かな時間では、語れないことが多すぎた。

しかしそれ以上に、〝ゴースト〟という歪な状態にしておけない。

「……〝ゴースト〟は、負の感情で具現化していると聞きました。だとしたら、私は早くその感情を、兄に手放してもらいたいです」

人類の憎悪で、リーベ《ゴースト》は出来ている。

人類が妹をまた監獄に閉じ込めないか《の魂を輝かせないか》という恐怖で、この世に縛られている。

その執着《しゅうちゃく》を手放すことは、〝ゴースト〟としての終焉を、二度と会えないことを、意味する。

しかし、それこそがアイナの、兄に望む安寧《あんねい》だった。

「だから、もし次に会ったら、『私は大丈夫だよ』って、ちゃんと伝わるように、生きていたいです。心配をかけるような生き方をしていては、兄はずっと苦しむから」

「アイナ」

クオリアは、いつも大事なことになると、真正面に回って、真っすぐな瞳で伝えてくる。

これは、初めて会った時から変わらない癖だ。

「自分《クオリア》も、二人の〝美味しい〟を創る。〝一緒、に、頑張ろ、う〟。〝一緒に、大丈、夫って、言える、よう、に、しよう〟」

……〝獣人狩り〟をする聖職者たちは、これからも出てくるだろう。2000年続いた獣人の差別は一朝一夕《いっせき》には終わらない。そんな差別だらけの世界と、どう向き合えばいいかなんて最適解は存在しない。その解は、人工知能にさえ、〝人類滅亡《めつぼう》〟以外の最適解を算出できない。

結局、その時その時で、正しいと思う泥濘《でいねい》の獣道を必死に手探りしながら、正しくあるようにひたすら進むしかない。

でも、こんな痛い世界でも、アイナは前を向いて、生きていたいのだ。

忘れようのない食卓で〝美味しい〟と言える限りは、少なくとも前を向ける。

そして、今度こそ、食卓を失いたくない。

ロベリアを、スピリトを、エスを——そして、クオリアを。二度と失いたくない。もう一度だけ、〝家族〟として、〝親友〟として接してくれる少年少女達の中で、命がけで起き上がりたい。

ロベリアの夢も応援したい。

スピリトの優しさを支えたい。

エスと一緒に自分探しをしたい。

そして、クオリア——ずっとその心を見守っていたい。

リーベと勝手ながら重ねてきたこの少年の傍《かたわ》らに、ずっといたい。

死なないように、人ではない何か《シャットダウン》にならないように、見守っていたい。

そう思うと、思わずアイナはクオリアに声を掛けていた。

「クオリア様」

『クオリアさん』

と、声を掛けた時、ある幻聴《げんちょう》が聞こえた。

遠くの過去で、しかしすぐ近くで聞こえた。

3年前のクオリアが、ビーフシチューを持っていた。

少しだけ懐かしい思いをしながら、ビーフシチューの皿を空にして、美味しくて嬉しくて涙を流

して、腕の中に飛び込みたい気持ちを抑えて、同じ感謝の言葉を口にする。

「本当に、ありがとうございます」

『本当に、ありがとう』

クオリアはというと、3年前ほどに感情表現が豊かではなかった。

それでも照れて笑うか、本人も気づかないほどの笑みが浮かんでいるか程度の違いでしかない。

「〝どう、いたし、まして〟」

『どういたしまして』

エピローグ

1

翌日、エスは裏庭で棒付きの渦巻《うずま》きキャンディーを舐《な》めながら、十字架《じゅうじか》を眺《なが》めていた。〝R.I.P. LOVE〟と書かれた墓石である。

人によっては、『この地面には魔術《まじゅつ》人形が廃棄《はいき》目的で埋《う》められている』と言うのだろう。また、『この墓には魔術人形が眠《ねむ》っている』と言うのだろう。

そのような問答に興味は全くないが、今は亡《な》きラヴという魔術人形には興味が尽《つ》きない。

「お、エスっち。どしたの、見知らぬ子の墓参りなんてして」

「現在、ラヴの過去の行動から、自分の役割を定義できないかと考察しています」

自分探しの一環《いっかん》とエスは語る。

「私の人工魔石には、ラヴは古代魔石〝ドラゴン〟が搭載《とうさい》されていたという情報が登録されています。しかし、ラヴの行動履歴《りれき》までは記録されていません。ロベリア。ラヴの説明を要求します」

心底タイミングが悪いと言わんばかりに、頭を抱《かか》えるロベリア。

「おっけー……と言いたいけど、今は時間が無いな……ごめん、今度でいい？　今ね……2つ悪いニュースがあるの」

「それは、リーベのことですか」

「いや、魔術人形のこと」

エスの表情に変化は無いまま、不快そうに頭を掻《か》く、ロベリアを見る。

「悪いことその①。ディードスの奴《やつ》が脱獄《だつごく》したらしいわ」

ほとぼりが冷めるまでどこかに潜伏《せんぷく》するかも、と呟《つぶや》くロベリア。金で枢機《すうき》卿《きょう》も手玉に取ってきた実力は尋常《じんじょう》ではない。下手な貴族よりも力があるディードスは、強引《ごういん》な裏技《うらわざ》で危機を打開してくる。

「……でも、ディードスのやり方は分かった。本気で人命を換金《かんきん》出来る何かとしか思ってない訳だよね……笑顔《えがお》の明日を、愛想《あいそ》笑いしながら摘《つ》み取っていく訳だもんね……」

徐々《じょじょ》にロベリアの声色《こわいろ》が低くなる。砂漠《さばく》のように瞳《ひとみ》が乾《かわ》いていく。

〝人間も、獣人《じゅうじん》も、魔術人形も、笑顔で明日を迎《むか》えられる世界〟。そんなラヴの天敵とも言える存在に、静かで冷たい憤《いきどお》りを覚え始める。

「ロベリア。悪いことその②とは何ですか？」

「……自分で言っておきながら、悪いことにカウントすべきなのか分からんのだけど」

普段《ふだん》のあっけらかんとした声質に戻《もど》しながら、気を取り直して続ける。

「……カーネル公爵《おじさん》に聞いたんだけど、〝獣人狩《が》り〟にはもう一つ秘密があったらしいのよ」

「秘密とは何ですか」

「〝獣人狩り〟を止めていたと思しき人物が、もう一人だけいたのよ」

ロベリアが指を一本立てて続ける。

「〝獣人狩り〟はインジェクシが目立ってたけど、五人くらい貴族が他の場所で馬鹿《ばか》やってたでしょ？〝クリアランス〟が手分けしてそれを止めてたんだけど、だけどう ち三人は、クリアランスが来た時には――既に殺されていた」

「獣人による反撃《はんげき》が死因でしょうか」

「最初はそうだと思ったみたい。でも、目撃者の証言を聞いてると、どうも違《ちが》うみたいだった。殺された貴族のうち、一人が死に際《ぎわ》にこう発言していた。『雨男《アノニマス》にやられた』って」

ロベリアの手には、紙が握《にぎ》られていた。その文末に、匿名《アノニマス》を示す言葉が刻まれていた。

彼《かれ》は、古代魔石〝ブラックホール〟が流出した時と、今回ディードスが〝オークション〟をやろうとしていたタイミングで、まるで内部に精通しているかの如《ごと》く重要機密を横流しにしてくるのだ。

特に今回は、〝同じ晴天教会に深く関わる人物でなければ知り得ないオークション会場を、雨男は知っていたことを意味している〟。

それは即《すなわ》ち、雨男《アノニマス》は晴天教会の人間だということなのだろうか。

分からない。

どうしてラヴの十字架に、〝ヒマワリ〟添《そ》えるのかも。

何故《なぜ》、〝悪いことその②〟をしでかしたのかも。

「……悪いことその②。君以外の魔術人形が、多分〝雨男〟に攫われた」

エスの眼《め》が、大きく見開いた。それを尻目《しりめ》に、ロベリアは十字架へ問うのだった。

「ねえ、ラヴ。教えてよ。雨男《アノニマス》って、誰？　なんで君の十字架に、いつもヒマワリを添えてるの」

2

深夜。夜闇《よやみ》に紛《まぎ》れて、ディードスの肥えた体が人気《ひとけ》の少ない下層を横切る。

（くそっ……暫《しばら》くは身を隠《かく》すしかないか）

金で成し得た脱獄だが、カーネル相手では金では誤魔化《ごまか》せないだろう。事態発生を理解次第、ディードスを捕《とら》えようと刺客《しかく》を差し向けてくるはずだ。

だが一方で〝げに素晴《すば》らしき晴天教会〟の教皇たるルート王女も、今回の失敗を何かしらの形《天罰》で咎《とが》めてくるかもしれない。何せ彼女《かのじょ》は敵対するヴィルジン国王の娘なのにもかかわらず、すんなりと教皇に収まることが出来たとんでもない異例中の異例である。故《ゆえ》に、そのエピソードを裏付ける残虐性《ざんぎゃくせい》も推《お》し量れる。楽観視はできない。

（だが、俺《おれ》は晴れ男として再び蘇《よみがえ》る……このままでは済まさん）

あともう少しで逃走用の馬車に着く、といったところでディードスは水滴《すいてき》の接触《せっしょく》を感じた。

「……雨だと？　ちっ、俺が馬車に入ってから降れってんだ……」

忌々《いまいま》しそうに空を見上げて文句を言うが、それに苛立《いらだ》ったように雨脚は強くなる。

止《や》むを得ないと前を見ると、雨具で全身を覆《おお》った数人の影《かげ》が行く手を阻《はば》んでいた。

ディードスはあることに気付く。雨具で隠れた、少年少女の胸。そこから光が零《こぼ》れている。

「お前らは……魔術人形⁉　主人の俺の元に帰ってきてくれたのか……⁉」

「私達は、〝雨天決行《レギオン》〟だ。あなたの命令には従わない」

「レギ……〝雨天決行《レギオン》〟？」

口調が変わってないか？　魔術人形のくせに、人間を相手にしているような気持ち悪さはなんだ？

「雨男《アノニマス》。命令を」

ぴちゃ、ぴちゃと何かがディードスに向かって水溜《みずた》まりを歩いてくる音が聞こえた。

「てめぇらは手を出すな。あれは俺がやる」

「命令は受諾《じゅだく》されました」

「それから、命令なんて言うな。俺達《たち》は同志だ」

雨男《アノニマス》と呼ばれた男の正体は分からない。

突然《とつぜん》の雨が予定調和のように、着用した藍色《あいいろ》の雨合羽《あまがっぱ》で全身を雨から守り、深く被《かぶ》ったフードで髪型《かみがた》も隠し、その顔は純白の狐面《きつねめん》で覆われていたからだ。

「どこの刺客だ……？　言ってみろ、俺が世話してる〝お偉《えら》いさん〟かもしれんぞ、だとしたら貴様は俺に逆らうべきじゃねえぞ、神様だろうが、お金様に逆らうべきじゃねえぞおおおお‼」

ディードスなりの、ディードスにしか出来ない威嚇《いかく》。

だが狐面の向こう側に、特に何も反応はなかった。

「てめえは間違っている」

貫《つらぬ》くような声に、戦慄《せんりつ》が走る。

「てめぇみたいなのがいると、魔術人形が笑顔にならない」

雨男《アノニマス》は、両の掌《てのひら》を合わせた。

「ずっと、雨がやまない。ラヴが死んだ世界のまま、また悲劇が溢れる。俺とラヴはずっと、〝楽園〟を、〝虹の麓〟を見ることが出来ない」

祈《いの》るように重ねた二つの手を、やがて開く。

その中心、胸の部分が燦然《さんぜん》と輝《かがや》いた。

「〝人間も、獣人も、魔術人形も、笑って明日を迎えられる世界〟。ラヴの夢に、てめぇは邪魔《じゃま》だ」

『ドラゴン』

鼓動《こどう》が、雨水を吹《ふ》き飛ばす。

生命の太鼓《たいこ》が、脈動する。

「〝ドラゴン〟……!? 馬鹿な、その、その古代魔石は、〝半年前〟に……!?」

それ以上、ディードスは何も口にすることは出来なかった。

鼓動する光はやがて翼竜《よくりゅう》を象《かたど》り、寸分の隙間《すきま》無き雨の中を縦横無尽《じゅうおうむじん》に飛び回ると、そのまま母親のように雨男《アノニマス》を優《やさ》しく包み込《こ》む。

一人の少女に変容した光の抱擁《ほうよう》。

その抱擁は、愛の形をしていた。

雷鳴《らいめい》が、どこかで轟《とどろ》いた。

光が、一瞬《いっしゅん》だけ雨水が伝う狐面を照らす。

「…………魔石回帰《リバース》」

同時、雨男《アノニマス》を中心に雨が弾《はじ》ける。

「ぶひぃっ⁉」

思わず後ろに倒《たお》れ込むディードス。

次に視界が自由になった時には、結果だけが広がっていた。

白い、龍の翼がその背から左右に伸びていた。

「あ、あああっ⁉」

雨男《アノニマス》が駆《か》けだすと、一気にディードスの元まで辿《たど》り着き、その胸倉《むなぐら》を左手で掴《つか》み上げる。肥満体にもかかわらず、持ち上げることに一切《いっさい》の苦慮《くりょ》が見えない。

「待て、金なら、金ならある、金ならやるから」

「俺が創《つく》るのは生憎《あいにく》金さえ要《い》らない楽園だ」

「そ、そうだ、それなら、俺が貴族にしてやろう、俺は金で、何でも」

「死ね」

雨男《アノニマス》が右手を引く。

「か、金、か、か、かみ、神」

咄嗟《とっさ》に縋《すが》ったものは、決して金などではなかった。

「か、神よ、助け」

「神なんていいなかった」

何の変哲《へんてつ》もない、正拳《せいけん》を一発。

それだけで、ぱぁん、とディードスの首から下が、水風船のように炸裂《さくれつ》した。

その中からは、赤い中身と、地獄《じごく》に持っていくには余分すぎる貨幣《かへい》が散らばった。

血の驟雨《しゅうう》を全身に受けた雨男《アノニマス》を、夜空の水底から零れ落ちた本物の豪雨《ごうう》が洗い流す。

「お前達は、今日は帰れ。混乱している魔術人形のケアを頼《たの》む」

「……雨男《アノニマス》、どこへ」

一人歩きだした雨男《アノニマス》に、少女の魔術人形がついて行こうとする。だが手で制し、返事だけ告げた。

「……墓参りだ。伝えてくる。俺達〝雨天決行《レギオン》〟が、君の夢を叶《かな》えると」

あとがき

心を絶賛学習中の人工知能と、自分の真実を始めた魔術《まじゅつ》人形と、全部忘れたくない獣人《じゅうじん》（妹）と、全部真赤な嘘《うそ》にしたかった獣人（兄）が織りなす心のリレーである二巻、最後までお読み頂きありがとうございました。今回はあとがきでちょっと本文の内容に触《ふ》れるので、まだ読み切っていない場合は本文に回れ右することを推奨《すいしょう》します。

この物語はＷＥＢで執筆《しっぴつ》している物語を縁《えん》あって書籍《しょせき》化させて頂いていますが、一巻は大体20％が書籍版オリジナルエピソードだったりします。それも追加エピソードを挟《はさ》んだだけで、元々の展開は変わっていません。一方今回の二巻ですが、大体70％が書籍版オリジナルエピソードだったりします。それも、エピソード追加だけでなく、元々の展開を捻《ね》じ曲げるエピソード修正を行っています。他の作家様によるエピソード修正率を調査していないので、多いのか少ないのか分かりませんが。

ルネ・デカルトは『方法序説』（岩波文庫刊）にて「ワレ惟《オモ》ウ、故ニワレ在リ」に至る真理の探究の際、曰《いわ》く「ほんの少しでも疑いをかけうるものは全部、絶対的に誤りとして廃棄《はいき》すべきであり、その後で、わたしの信念の中にまったく疑いえない何かが残るかを見極《みきわ》めなければならない」としています。今回二巻の物語を創る手法として、参考にしたのはこの部分でした。ＷＥＢ版の全《すべ》てのエピソードを吟味《ぎんみ》し、「まったく疑いようもなく、これは譲《ゆず》れない」という部分以外を一度廃棄した上、白紙から物語を再構築した次第《しだい》です。

ただしデカルトの時代は、宗教改革こそ起きていたものの、依然《いぜん》真理とされてきた宗教や古代哲《てつ》学《がく》のタヴーに触れた途端《とたん》、異端《いたん》として排除《はいじょ》されることも少なくない世界でした。その渦《か》中において近代思想、果ては現代にすら影響《えいきょう》を及《およ》ぼす哲学を生み出したデカルトの偉大《いだい》な探究に比べれば、平和な時代の平和な国で一つの物語を昇華《しょうか》する省察等、大したことではありません。

それでもおかげで、納得《なっとく》できる心からの物語を、少しでも皆様《みなさま》の心に残る可能性の高い物語を、そしてクオリア達《たち》の心に溢《あふ》れた物語を描《えが》くことが出来ました。出し切れて、本当に良かったと思います。二巻をWEB版から書き換《か》えた理由ですが、別段WEB版の展開に納得がいっていなかった訳ではありません。あのまま書籍版として出すのもありだったと考えています。まあ、きっと理由なんて無くて、ただ二巻を出させて頂ける事の嬉《うれ》しさが上限突破《とっぱ》しただけだと思います。

その結果「はい！　最愛の兄の首が落ちる瞬間《しゅんかん》を目《ま》の当《あ》たりにして、かつ魂《たましい》が輝《かがや》く拷問《ごうもん》を受けまくって、今でもそのトラウマで体調が悪くなることがあります！　さらに最近お慕《した》いしていたクオリア様が自殺未遂《みすい》したのを目の当たりにして、何とか一命はとりとめたものの喋《しゃべ》り方がロボットみたいになって、記憶《きおく》も常識もすっからかんになってて、挙句の果てにはビーム出すとか訳わからなくなってました！　しかも兵器回帰《リターン》とかいう良く分からない禁断の魔術《オーバーテクノロジー》使って、〝漆黒の鋼鉄《シャットダウン》〟になりそうだったので不安で不安で仕方ありません！　でもそんな甘《あま》えなんて言えないほど世間からの獣人への風当たりは最悪で、しかも超偉《ちょうえら》い公爵《こうしゃく》にトラウマだらけの過去を根掘《ねほ》り葉掘《はほ》り聞かれて、更《さら》に何故《なぜ》か兄の名前と同じ獣人が王都を滅《ほろ》ぼそうとしてるとか何とか‼　よく眠《ねむ》れなくて兄の幻影《げんえい》を見たかと思えば敵の罠《わな》で、〝獣人狩《が》り〟で殺されかけて、そしてクオリア様まで兄は生きてたとか言ってて混乱の極みです‼　終《しま》いには死んだはずの兄が本当に目前に現れて、目前でいっぱい人を屠《ほふ》って、王都をブラックホールで飲み込《こ》もうとしてました‼　さて、アイナたんの精神や如何《いか》に‼　次回、『アイナ、忘れない！』」って話に昇華しました。あれ？　字面だと良心が微塵《みじん》もないぞ。かずなし、お前はそれでも二児の父親か。

というわけで、あとがき前段終わり。閑話休題《かんわきゅうだい》。

前巻は「異世界から影響を受ける人工知能」の面が目立ちました。美味《おい》しいを覚えたり。人の温かさを知ったり。要はインプットです。一方本巻は「異世界へと影響与《あた》える人工知能」の面が目立ってます。魔術人形に〝美味しい〟を教えたり。獣人の亡霊《ぼうれい》に「妹は生きている」とラーニングさせたり。最愛の少女の気持ちをちょっとだけ立ち直らせたり。要はアウトプットが増えました。

心とは、別の心があって初めて心足りえるものだな、とこの二巻を書いていて改めて思いました。相手を想ったり。逆に想われたり。今は亡き人類に興味を持ったり。自分にはないはずの〝心とは何か〟という問いを演算しだしたり。主からの命令による秩序《ちつじょ》の最中、不必要で命令にはない筈《はず》の助言をしたり。過去に手にかけてしまった誰《だれ》かに対して後悔《こうかい》したり。命令する主もいないのに、死と引き換えに最初の一歩を踏《ふ》み出したり。礼をしたくなったり。逆に世界全てが焼け野原になってしまえばいいと、人類全てに絶望を覚えたり。家族が作ったシチューが、温度以上に温かく感じたり。きっとそれは情報を理解するだけでは駄目《だめ》で、情緒《じょうちょ》に触れなければいけない領域です。

でもその領域はきっと、人類を知らない人工知能には最も不得手な分野だと思っています。今あるテクノロジーでも、心に踏み込む程度のことでも手をこまねいているくらいですし。オーバーテクノロジーを売り文句にしている小説なのに、オーバーテクノロジー、案外できることがないんですよね。特に人の心には。「情報」ではなく「情緒」をやりあえるか。その対象を想えるか。自他を超《こ》えて、繋《つな》がることが出来るか。肉体から心を、何かへ投影《とうえい》できるか。そんな〝心とは何か〟のヒントとなりそうなことを、オーバーテクノロジーの塊《かたまり》ではなく、最適解という理論武装をパージしたクオリアがどうやってやりくりするか、という話でした。

二巻を出すにあたり、一巻よりも沢山《たくさん》のお力添《ぞ》えを頂きました。この物語の華《はな》と言っても過言ではないイラストを描《か》いてくださった山椒魚《さんしょううお》様に。WEB版の原型を殆《ほとん》ど破棄《はき》するという無茶な方針にもお応《こた》えいただけたKADOKAWA　ゲーム・企画《きかく》書籍編集部様に。家で帰りを待ってくれていた家族に、一歳《さい》になった双子《ふたご》の娘《むすめ》達に。そして二巻からお手に取り、このページに至るまでお読みくださった読者様に。最大限の感謝をお伝えして、謝辞並びに後書きを終えたいと思います。ありがとうございました。

二〇二三年一月　かずなし　のなめ

本書は、２０２１年にカクヨムで実施された「第3回ドラゴンノベルス新世代ファンタジー小説コンテスト」で特別賞を受賞した『異世界の落ちこぼれに、超未来の人工知能が転生したとする～結果、オーバーテクノロジーが魔術異世界のすべてを凌駕する～』を加筆・修正したものです。

DRAGON NOVELS
ドラゴンノベルス

異世界の落ちこぼれに、超未来の人工知能が転生したとする2
結果、超絶科学が魔術世界のすべてを凌駕する

2023年3月5日　初版発行

著　　者　かずなし　のなめ

発 行 者　山下直久

発　　行　株式会社KADOKAWA
〒102-8177　東京都千代田区富士見2-13-3
電話 0570-002-301（ナビダイヤル）

編　　集　ゲーム・企画書籍編集部

装　　丁　AFTERGLOW

D　T　P　株式会社スタジオ２０５ プラス

印 刷 所　大日本印刷株式会社

製 本 所　大日本印刷株式会社

DRAGON NOVELS ロゴデザイン　久留一郎デザイン室+YAZIRI

●お問い合わせ
https://www.kadokawa.co.jp/（「お問い合わせ」へお進みください）
※内容によっては、お答えできない場合があります。
※サポートは日本国内のみとさせていただきます。
※Japanese text only

定価（または価格）はカバーに表示してあります。

ISBN978-4-04-074826-9　C0093